吴小丽一周的琐屑生活

陈武 著

中国书籍出版社
China Book Press

图书在版编目（CIP）数据

吴小丽一周的琐屑生活 / 陈武著 . —北京：中国书籍出版社，2018.1
ISBN 978-7-5068-6677-4

Ⅰ.①吴… Ⅱ.①陈… Ⅲ.①中篇小说—小说集—中国—当代
②短篇小说—小说集—中国—当代 Ⅳ.① I247.7

中国版本图书馆 CIP 数据核字（2018）第 022431 号

吴小丽一周的琐屑生活

陈武 著

图书策划	牛 超 崔付建
责任编辑	成晓春
责任印制	孙马飞 马 芝
出版发行	中国书籍出版社
地　　址	北京市丰台区三路居路 97 号（邮编：100073）
电　　话	（010）52257143（总编室）（010）52257140（发行部）
电子邮箱	eo@chinabp.com.cn
经　　销	全国新华书店
印　　刷	三河市华东印刷有限公司
开　　本	650 毫米 ×940 毫米　1/16
字　　数	296 千字
印　　张	16
版　　次	2018 年 4 月第 1 版　2018 年 4 月第 1 次印刷
书　　号	ISBN 978-7-5068-6677-4
定　　价	52.00 元

版权所有　翻印必究

目录

中　介 / 001
吴小丽一周的琐屑生活 / 051
支　前 / 098
菜农宁大路 / 143
换一个地方 / 175
苹果熟了 / 215
拉车人车小民的日常生活 / 227
源头活水（代后记）/ 246

中 介

0

"吴总好!"

"吴总好!"

"吴总好!"

吴平平身后跟着葛大强,他们从奔驰车里出来,往"吴氏地产"大楼上走。吴平平看了一眼身边瘦矮而神气的葛大强,头发花白、满身横肉的吴平平咧开嘴哈哈笑。一路上,吴平平不住地回应她的员工:

"好!"

"好!"

"好!"

1

"你说葛大强啊？小狗吃的，他属兔子，走路像我家兔宝宝，一跳一跳，难看死了。"

这是吴平平的话。嘴上说葛大强难看，口气里表达的完全是相反的意思。

吴平平跟邻居聊天，趴在富强杂货店的柜台上，三句两句就说到葛大强了，好像葛大强真的就是她饲养的那只大白兔，常常要挂在嘴边的。就是别人不提葛大强，她也要找话茬往葛大强身上生拉硬拽，不是说他的婚姻，就是说他所在的麻袋厂，要不就拿他的身高开开玩笑，说他跳起来没有五尺高，都是这些年憋屈的。

也有人故意"气"她，说她瞎操心，说她自己都操心不过来了，还管别人。

吴平平干脆说："就是，我就是操他的心，我还担心他一头撞到墙上。"

对方取笑道："那正好，人家是英雄救美，你是美人救大强。"

"什么呀，大强，他就是傻瓜好不好！"吴平平哈哈笑两声，又正色道："他算不上傻瓜的。"

"那他算什么？"对方故意逗她。

"你说呢？"

"我哪有你知道他啊。"话里明显有暗示，意思是说，还是你吴平平知道得多。

吴平平也乐得接受别人的"美意"，评价道："最多算一个笨蛋。"

吴平平把"笨蛋"两字说得很轻，这回的笑便有些矜持，甚至有些羞涩，嘴上说他是"笨蛋"，实际上是说他不争气，连带着表示了自己对葛大强的哀怨和不满。

"笨蛋？哈哈，你说葛大强笨蛋？"对方也不傻，看出吴平平的小心思，套她话道，"你说他怎么个笨蛋？"

吴平平再次"哈哈哈"地掩饰自己的心情，和对方就傻瓜和笨蛋谁优谁劣展开一番无厘头的辩论。辩论的结果当然是没有结果了。不过杂货店里的笑声一直是不断的。

又是新的一天了。吴平平的一天就是看葛大强从她杂货店门口"跳"去上班时开始的。

这不，葛大强又"跳"过来了。

吴平平大胖脸立即笑成一朵花："兔宝宝，过来，给你一根胡萝卜吃吃。"

她把"吃吃"说成"切切"，一副娇嗔的口气。

葛大强头都不扭，身子一闪就跳过杂货店门口的石阶了。葛大强确实是跳过她家石阶的。她家的石阶和别人家不一样，她家的石阶虽然只有两级，却拖延到了巷子里，像一条腿伸出来，调皮地要挡别人的道。当然挡的只是巷子四分之一不到的宽度，完全可以正常走过去。但葛大强喜欢偏到一边，从"腿"上跳跃而过，而且有时候还有助跑，腾空，十分潇洒。吴平平喜欢看他助跑后的起飞、滑翔、落地等夸张的动作，节奏分明，甚至还有一点点矫健的味道。这就是葛大强，每次从门口经过，都喜欢闹出一点动静。每次呢，吴平平也要跟他调笑一句半句的，算是对他"调皮"的回应。

一般情况是，葛大强要赶时间，听到她追出来的话就像耳边风，抱着饭盒径直去巷口对面的公交车站了。

这回，吴平平以为他又跑了，便冲闪过人影的门空里"啐"一口，像是葛大强还停留在那里似的，骂道："死色……"

吴平平又突然想起一件事，放开喉咙喊道："嗨，大强你忘没忘啊，给我配只大公兔！"

葛大强听到了，立即刹车，"蹭蹭蹭"后退几步，退到门口，一只脚后撤在石阶上，后仰着脖子，嘻嘻地说："给你配只大公兔？做啥用？"

吴平平也把脑袋伸出柜台，哈哈大笑道："你说什么呀小狗吃的？你要笑死我啊？你不知道我家小白是女的啊？是配给小白的，小白都长成大姑娘啦。"

葛大强假装一脸疑惑地看着因过度探头憋红了脸的吴平平，说："你家小白是只兔子，怎么成了大姑娘啦？说你自己吧？瞧瞧瞧瞧，脸红什么？小白发情又不是你发情，乱操心了吧。"

葛大强占了口头便宜，头一缩，一路跳跃着跑走了，隐约听到吴平平的笑骂声在身后回荡。

2

葛大强一路蹦跳着出了巷口。巷口正对一条马路，对面就是6路公交车站。站台后边是罐头厂的围墙，围墙上常常挂几棵莫名其妙的蔬菜，青的黄的烂的都有。葛大强需要细心辨别才能认出那些蔬菜的品种，有时是几棵雪里蕻，有时是几根蕨菜苗，有时是几棵蒲菜、茭白、芦笋，这些蔬菜虽然不新鲜，小白也许不挑嘴。每每这时候，葛大强都会朝路头望去，如果还没见6路车的影子，他就会跃身拽下那几棵蔬菜,再穿过小马路,从巷口飞进去,跑到吴平平的杂货店门口,把蔬菜塞进兔笼子里,再撒腿跑回来,全然顾不上吴平平说什么了。

这几天怪了,墙上不再有蔬菜挂出来,倒是挂上别的东西,小纸条,确切地说是半张香烟纸。这是什么玩意呢?昨天只贴一张,今天变成三张了,香烟纸也由红旗兵,变成丽华和大前门,三张纸条三种烟盒,渐渐高档了。等车无聊,葛大强就踮起脚尖,看看烟盒纸上的字,丽华牌上的内容,居然是一个要求换房的告示,主人要求从河西新村换到前河底。可能为表示诚信,也可能是换房心切,宁愿以大换小。葛大强住的这一带叫后河底,前河底离这儿不远,两个社区挨着的。葛大强没想到和自己居住条件差不多的棚户区,也会有人想来,甚至不惜以大换小。另两张内容更是怪,一张是寻找丢失的皮带,丢失地点是在6路公交车上。一张是高价求购一只纯黑的猫,要求体重在八斤以上。葛大强觉得三张纸条的内容都很可笑,房子以大换小,纯粹是傻瓜嘛。皮带怎么会丢呢?皮带是勒在裤腰上的,皮带掉了,裤子岂不是也要滑脱嘛。再说了,一根皮带值不了几个钱的,也好意思寻找。高价求购一只纯黑的猫,哪有这种猫啊,纯白的兔子倒是有一只。再说了,就算有,哪有八斤重的猫?那不是猫了,那是狗了。他想起小时候听母亲讲狸猫换太子的故事,找遍天下只有七斤半的大狸猫,后来割了半斤肉给它吃了,才勉强凑够斤数。

葛大强是个爱钻牛角尖的人,也爱琢磨。没有蔬菜让他讨好小白(其实是讨好吴平平)也就罢了,却冒出三张香烟纸的小纸条,而且都是怪怪的。于是,一天下来,三张香烟盒一直跟随着他,在他眼前晃来晃去,上班时晃,吃饭时晃,晃得他思想一直不集中,一直胡思乱想，换房以大换小，找皮带，求购黑猫，这都什么事啊？他家的房子倒是小，小得像吴平平的兔笼子，可不是前河底啊。再说了，就算是在前河底，人家也瞧不上他那间又黑又矮又潮的小破房啊，别瞎操心啦。

黄昏将临时，上了一天班的葛大强，感觉比以往累多了，脚步沉沉的。从6路公交车上下来，深一脚浅一脚踏进了巷子。

天还没有黑透，巷子里的路灯就亮了。灰乎乎的墙壁、潮湿的石板路、几根东躲西藏的路灯杆，路灯杆上卖脚气水和痔疮药的小广告，都是他熟悉和亲切的。特别是离巷口几十米远的杂货店，还有店里的兔尿味，更让他有种久违的感觉。

其实，一进巷口头，葛大强就听到吴平平撵兔子的叫声了。葛大强的疲劳顿时消停了许多。

"进去，进去，你给我进去小狗吃的！"吴平平的声音一直都是惊惊咋咋的。

葛大强看到，吴平平弓腰曲背站在杂货店门前的石阶上，没好脸地对着兔子指手画脚。大白兔很漠视她的指令，站在石阶上左顾右盼，似乎在寻找什么，两只红眼睛透出惊恐。

"进去，你给我进去，进去啊。"吴平平声音软了些，"进去乖，乖，小兔子乖乖，去你自己的窝里，你看你小狗窝里，那么多好吃的呢，胡萝卜，青菜叶，快去吃啊，别叫葛大强抢啦。"

大白兔依然充耳不闻，对已经走到门口的葛大强也是视而不见。

吴平平撸撸衣袖，吓唬道："好呀，存心叫我难看啊？"

大白兔不但不怕，反倒"哧溜"跳下台阶了。

"大强，你个小狗吃的，你说它是不是仗着你的本事啊。"

葛大强挪了下脚，哈哈笑了："你腚上有眼啊？知道我下班了呀？我有什么本事？啊？你有本事放出兔子，又没本事撵回去，何苦又放出来呢。"

"放放风，不行啊？天天关在笼子里，能长大个吗？像你啊？"

吴平平的话说到了葛大强的疼处。吴平平常常挖苦葛大强身材矮小，挖苦他家的住房像兔笼子。但葛大强知道吴平平也没有恶意，就是图个嘴巴痛快，便哈哈地说："像我才好了，省得你操心。"

"那也不见得。"吴平平说罢，瞟一眼葛大强，话里有话，眼神也意味深长。

"好好好，要不要我帮帮你？"

吴平平直直腰，还是拿屁股对着他："我哪敢用你啊，妈呀，累死我啦，我都撵了半天啦，小狗吃的你要往哪里跑啊？进去，快进去！你再不进去葛大强就要进去啦！"

葛大强觉得吴平平故意矫情给他看的，两扇肥大的屁股对着他就不说了，大粗腰还扭晃着。葛大强就放下手里的饭盒，帮吴平平吆喝兔子了。

"去，去。"葛大强把"去"说成了"却"，他说"却，却"，两只手还在胯两侧向前撩着，像是游泳时的撩水。

兔子跳回了石阶，却一点也不给他面子——不是往笼子里钻，而是掉个屁股，一跃，跳进了杂货店。

"看看，葛大强你看看，它走路像不像你？"吴平平跟着兔子也跑进了杂货店："作死啊，回来，你给我回来！葛大强，都是你，谁让你撵啦？你不知道我家小白怕你啊？你也是兔子，野兔子，和我家小白不合群！"

葛大强也跟进店里，纳闷地说："不会啊，我常常喂它呢。"

兔子已经从柜台下边钻过去，又钻进货架下，看不见了。

吴平平虾下腰，撅着屁股寻找，对身后的葛大强说："你那是黄鼠狼给鸡拜年，没安好心——你以为我不知道？你小狗吃的早就想吃我家小白了。你给我滚出去！"

葛大强哈哈着说："我想吃你家小白？真是好心拿当驴肝肺，我还不爱帮你呢。"

葛大强话虽这样说，并没有要走的意思。

吴平平大声说："你想撇清闲啊？你把小白撵进店里，你就得给我找出来！要是小白丢了，叫老鼠咬死了，我就把你小狗吃的关进兔笼子里，当小白养着。听到没有？"

"听到……"

"听到还傻站着不动？"吴平平抬腿就踢葛大强。

葛大强往后跳一步，差点碰到货架——他还在品着吴平平的话，真被她关进笼子，也许有口好饭吃。

吴平平看他狼狈相，哈哈大笑起来，挺挺肥硕的胸脯，说："呆啊傻啊？你看我干什么啊，我是小白啊？我有什么好看的？找啊！"

"好好好，我找我找。"

富强杂货店里，葛大强和吴平平在翻箱倒柜。杂货店不大，说白了就是临巷的一间居民屋。吴平平指挥葛大强匍匐在货架下，把脸贴着地板，四下搜索。依然没看到兔子。这么小的地方，一只兔子能躲到哪里？葛大强让吴平平拿一只手电筒来，亮着手电从货架下爬过去，他的屁股被货架挡着了，有些吃力。

吴平平就踩上一脚，骂道："这么小的人，还没有我家兔子大，屁股倒是不小。"

但屁股还是顶着货架子了。吴平平干脆蹲下来,两只手掐住葛大强的屁股往里推。货架摇摇欲坠中,葛大虽钻过了货架。货架后边就是床底,葛大强也钻了进去。手电光圈里,他看到两只闪闪发亮的红眼睛。葛大强兴奋地说:"看到啦,看到啦,它在床底!"

葛大强快速爬行中惊起的灰尘吸入他嘴里,有一种陈年的霉味,还引起他干咳两声。

"你忍着点,别吓了小白。"吴平平担心地说,"你不咳会死啊!我床底有那么脏吗?"

这时候的小白很乖了,它一跳,就钻进了葛大强的怀里。葛大强搂抱着兔子,从另一边游退了出来,顺便带出了遗落在床底的几件衣物,分别是一件汗背心,一件衬衫,一条不分男女的花裤衩,还有一根牛皮带和一只军用水壶。葛大强把衣物扔在柜台前,说:"你床底像个垃圾场,我给你清扫一遍啦。"

葛大强把兔子送回门口的兔笼子后,弹了弹身上的灰,回头看看。葛大强看到吴平平正对着那几件衣物发呆。吴平平用脚踢踢,自言自语地说:"死鬼的东西,我看着不舒服,大强你行行好,把它扔到垃圾箱里好不好。"

葛大强知道吴平平说的死鬼是谁,就是前年淹死的老汪。老汪是吴平平的丈夫,日子过得热热闹闹,虽说吴平平经常训斥老汪,还会动手揍老汪的屁股玩,那多半是含有打情骂俏的意思,街坊邻里能听出来。谁知道,喜欢钓鱼的老汪,失足淹死在水库里了。少了老汪的杂货店,一下子就冷清了,不热闹了。直到吴平平捡回这条小白,才又有些生机。这些床底的衣物,可能是当时焚烧遗物时,忘了收拾的。

葛大强不怕脏了手，问吴平平："真扔？"

吴平平说："扔吧……"

葛大强就掐着这些东西，扔到厕所边的垃圾箱了。

葛大强准备回家时，突然想起自己的饭盒还放在石阶上，又跑着返回去。

两级石阶上光滑滑的什么都没了。

"我饭盒呢？"葛大强在门口喊，"平平我饭盒呢？"

吴平平听到葛大强的话了，惊讶地说："什么饭盒？你饭盒怎么会在我家？"

葛大强纳闷了："我放在石阶上的，转眼怎么就不见啦？是不是叫你藏起来啦？"

吴平平正用鸡毛掸打扫柜台，睁大眼睛说："我有病啊？不就是请你逮了小白嘛，你就来敲诈我一只饭盒啊？我要是请你抓一头牛，不会把我家杂货店也赖去吧？"

葛大强被她逗乐了。他兔子一样跳进杂货店，一只胳膊支在柜台上，看货架上的商品，说："丢就丢了，我一点也不心疼，那只饭盒还是我进厂时买的，用好几年了，旧的不去新的不来，你家正好有新饭盒，我看看挑一只，也算照顾你的生意了。"

吴平平说："叫你这样说，我还不卖了，不知道的还以为我故意贪污你一只饭盒，把我当成什么人啦。"

葛大强突然想起什么来："不卖拉倒，我正好不想买了，你以为我找不来旧饭盒啊？借支笔给我。"

吴平平疑惑地看着葛大强，找了一支圆珠笔扔到柜台上。葛大强脸上发出诡异的笑容，说："再给我一只香烟盒。"

吴平平说："你不买我一包烟，还来赚我香烟盒的便宜，没有！"

吴平平说没有，还是随手从什么地方找一只淮海牌香烟盒给他了。

葛大强把香烟盒拆开，理平，在香烟盒上写了一个寻找饭盒的启事。

吴平平把头歪过来看，看她写完最后一个字，哈哈笑了："一只破饭盒还费这么大劲，笑死我啦！"

葛大强不理她，顺手摸走柜台上的半瓶胶水，拿了香烟盒跳出门，跑了。

身后传来吴平平的喊声："哎，哎，哎……大强……葛大强你作死啦，你怎么写我店里的号码啊？这是公用电话……我没时间去喊你的。"

3

罐头厂的墙壁被6路公交站牌挡成了一块黑影。黑影里的纸条似乎又多了几张。葛大强找一块相对整洁的地方，打量一下，庄重地贴上自己的广告条。

好奇的葛大强没有立即走开，他想看看别的烟纸条上的内容，可字小天黑，看不清。葛大强见前后没人，扯了几张烟纸，揣进口袋，像小偷得手一样慌张逃走了，穿过马路时，差点被一辆自行车撞上。骑车人怒不可遏，把他大骂一通。他不理会身后的怒骂，几步就蹿到杂货店门口，迎面又是吴平平的骂："葛大强你作死啦，你寻饭盒写我家电话干什么？"

葛大强喘息着，很有理由地说："不写你家写谁家？我家又没有电话，你要是接到电话，直接让他把饭盒送到店里就成啦。"

"你把日期也写错了，今天是五月十八号，不是十九号，一九八七年五月十八日，你比别人多过一天啊？"

"我就是要写十九号，我写明天的日期，我怕今晚没人看到它，怎么啦？你要是说不清楚，就去喊我一声。"

吴平平想想也是，但她嘴上不饶人："我喊你个屁，我凭什么要为你服务？为你服务我能得到什么好处？"

葛大强说："就算你学雷锋做好事不行吗？"

吴平平还是觉得亏了，嘟嘟囔囔着："好吧好吧，要是有电话来，我去喊你，跟你做邻居真是倒八辈子霉，又不是我要找饭盒，不就是一只破饭盒嘛，真费劲，早知道这样，还不如我送一只给你省心了。"

葛大强得意地微笑着，像是干成了一件大事。他一只手还插在裤子口袋里，攒着一把纸条，他怕被吴平平看出破绽来，就后退着说："行啦，不跟你说了，快饿死了，我要回家吃饭。"

吴平平推他一下说："你还饿呀？以为你找饭盒就找到饭似的——我家锅里还有一碗粥，还有半碗剩菜，够你饱肚子了，要不要吃？"

"不要不要。"葛大强转身跑了。

"药不死你！"身后追来吴平平的笑声。

葛大强回家也没有吃饭。他不想做也不想吃，不饿了。他钻进家里就迫不及待地掏出纸条，在灯下看。除了早上他看到的三个内容，另两张的内容和丽华牌香烟纸上的一样，也是换房的。他喜欢离奇古怪的事，至少要有些趣味，换房有什么意思？房子有什么好换的？住哪里还不是一样啊？都是一张床的事。

吴小丽一周的琐屑生活

葛大强琢磨了一会儿，突然关心起自己刚贴上去的纸条了，会有人捡到饭盒又能看到纸条吗？捡到饭盒同时又看到纸条的人会把饭盒还给他吗？如果也遇到像他一样捣蛋鬼，把纸条撕了怎么办？葛大强不由得就想去看看。心一想，腿就由不得自己了，做贼一样溜了出去。在路过杂货店门口时，他放慢脚步，不再像兔子，而是像猫一样轻灵——不知为什么，他怕被吴平平看见，怕吴平平喊他。他知道吴平平的小性格，老汪活着时就粘老汪，老汪偶尔出去钓回鱼，也被她骂个半死。他也怕被她粘上。他朝杂货店瞟一眼，灯光下，吴平平正背对着门看一台黑白电视机里的电视剧。

葛大强像一个地下工作者，躲在巷口头一丛冬青的暗影处，睁大眼睛，监视着6路公交站点，监视高墙上的纸条。如果有人从那里经过，他心就揪一下，害怕他们会撕走纸条。还好，没有人撕。但是连驻足停留的人都没有也不是个事啊？大家怎么对他的纸条视而不见呢，难道压根就没有看见？他的纸条这么不受重视，葛大强略有些失望。在从失望到希望的过程中，葛大强逐渐觉得撕下别人的纸条是不对的，不做好事也就罢了，做坏事，连吴平平这种傻女人都不会答应。葛大强心里渐渐内疚起来。

重新回到家里。葛大强开始研究纸条上的内容，那个要求从河西新村换到前河底的纸条他早上看过了，没什么新鲜的。另两张，一个是从南小区，换到河西新村，另一个是从前河底换到南小区。看着看着，葛大强受到启发，脑子里灵光一闪，对呀，三个要求换房的正好连环套，相互交换以后，都可以住进自己理想的小区了。还有那个找皮带的，他不是刚帮吴平平扔一根皮带吗？虽然是一根死人的皮带，至少是牛皮的，至少还能用吧？扔进垃圾箱也没什么，还可以找回来嘛。

葛大强兴致大增，浑身灼热起来，就像真的做了好事一样。

富强杂货店十四寸黑白电视机正在放《射雕英雄传》，看电视的吴平平一边嗑瓜子一边盯着电视，嘴巴却说："吃过还不挺尸啊大强？"

葛大强纳闷了："你是妖怪呀还是狐狸精？屁股上有眼肩膀上也有眼啊？"

吴平平把手里的瓜子放一小撮在柜台上，得意地说："你就像我家小白，一点动静我就知道了。"

葛大强捏一个瓜子扔嘴里，拿起柜台上的灰色电话："我打个电话。"

吴平平就把电视的声音调小些。

葛大强"哗啦哗啦"拨一串数字，接通了："喂，你是郭子时？不是？你不是郭子时是谁？我？我是谁？我不是谁……不是不是，我是谁重要么？噢，你是他爱人啊？是这样的，郭子时不是丢了一根牛皮带吗？啊？找到啦？在家里找到的？你藏的？哈哈哈找到了好。我捡了一根皮带，牛皮带，你问问他，还要不要啦？那有什么，多一根皮带也不坏，防止下次再丢嘛……啊？神经病？谁神经病？你骂谁神经病？你……"

葛大强放下电话，气咻咻地对着话机说："什么玩意，你才神经病了！"

吴平平没听懂葛大强的话，问："你跟谁通电话？"

葛大强把手里的半张烟纸拍到柜台上，气不平地说："这家伙自己丢了牛皮带，到处贴条子找，我好心要送根牛皮带给他，他老婆骂我神经病。"

吴平平拿过纸条看看，也哈哈大笑了："你就是神经病啊，这是死鬼的皮带，亏你想得出来。"

葛大强从脖子上拿下皮带，递给吴平平，说："别扔了，我从垃圾箱里捡回来的，留着还能用。"

吴平平拿手在嘴上扇风，恶心地说："拿走拿走，神经病啊，扔到垃圾箱还捡回来。"

葛大强又把皮带挂脖子上，说："看你电视吧，我再打几个电话，放心，我不少你电话费钱。"

吴平平一把抢过他放在柜台上的几张纸条，有香烟盒，还有作业本上撕下的："搞什么鬼啊，我看看。"

吴平平一张张读完纸条上的文字，都是换房子的，又说："你要干什么呀大强？你有房子要换给他们啊？"

葛大强说："不是我，我就是想换也不合他们要求啊，是他们自己就可以换，你看看，这个姓张的，要从河西新村换到前河底，这个姓王的，要从南小区换到河西新村，看是不能换对吧？但是，把这个要从前河底换到南小区的李女士拉进来，不就都解决啦。"

吴平平拍拍脑门说："哎呀我乱了，什么乱七八糟的呀，你人不大心眼不少啊，要打电话你就打吧，我可要看电视剧。"

葛大强抱着电话机，一连打了三个电话。就像街道的大妈，每个电话都热情而耐心地和对方说了半天，最后和张先生、王先生、李女士三人约好，这个周日在富强杂货店见面，协调换房的事。

吴平平虽在看电视，一只耳朵还在听葛大强的话。等葛大强啰啰唆唆打完电话，笑眯眯地要向吴平平报告时，吴平平勃然大怒："别说了，我都听见了，周日？周日就是后天啊，你要把三个不相干的人弄到我店里？你想得美！不行，我说不行啊。"

葛大强说："我都跟人家说好啦，怎么不行？"

吴平平一点也不和他通融："不行就是不行，这是我家，是我家杂货店，谁知道他们都是什么人？我烦这些不相干的人。"

"那你怎么不烦我？"

"你呀……谁说我不烦？我都烦死啦！你给我滚开！"

葛大强赖着脸皮说："人家就是换房子的，谁家没有个困难？我多一句嘴，你出一块场地，也不掉我们一块肉……说不定，说不定人家还会送块咸猪肉感谢咱们呢。"

"什么咱们啊？我跟你可不搭界。"吴平平不屑地撇着嘴，"好啊，原来你就是要贪图小便宜啊？那好，你给我家小白找只大公兔子来，我送块咸猪肉给你。"

"当真？"

"当真。"

但是，葛大强又觉得咸猪肉容易找，大不了去食品店买一块。可找一只大公兔子有些难，他看看兔笼子，看笼子里的小白不安分地啃着钢丝，说："你家小白是在磨牙，不需要给它找对象的。"

吴平平"呸"一口葛大强，说："放屁，我家小白又不是老鼠，磨什么牙？它就是起窝了。起窝你懂不懂？起窝就是……你不想帮就算了，你帮不相干的人都不肯帮我，我算彻底看透你小狗吃的的丑恶面目了！"

"谁丑恶啊。"葛大强不好意思起来，为难地说，"城里没人养兔子的，就你善良，在垃圾箱捡一只小白养着。现在好啦，小白长大了，起窝了，没办法了吧？这样吧，我写张条子，贴到罐头厂的墙上，给小白找一只大公兔子，让它们结婚配成一家子，好不好？"

吴平平想都不用想就说："好是好，你怎么写？说找个公兔子给小白配种打窝？还是说给小白找个男朋友？"

葛大强怪异地笑了："你说怎么写啊？"

"问你呢。"

"就说找男朋友吧。"葛大强又一想，说，"不行，太斯文了，人家还以为小白嫁不出去了，还以为是你要找男朋友了。"

吴平平用力推一掌葛大强哈哈大笑道："你要死了葛大强，你怎么不说要给我配种？"

"好啊，我可以在罐头厂的墙上给你写张征婚广告。"

"死一边去吧，你这小狗吃的，嘴里没有好话。"

葛大强看吴平平开心，知道她不反对了，也快乐地说："干脆直说了好，给小白配种。"

"算了算了，别出洋相了，我留点脸皮子还要开店呢。"吴平平说，"我当初就是闲得无聊——死鬼老汪走后，日子没发过了，正好小白被人遗弃在垃圾箱……多像我啊，无依无靠……我连呵斥的人都没了……就把它抱回来……我得对它负责啊……大强你小狗吃真要玉成小白的美事，我……我……"

吴平平说不下去了，眼眶里的眼泪终于还是滚了出来。

4

星期天一早，后河底街扁担巷富强杂货店的门被敲响了，先是谨慎的"笃笃"声，接着就是"啪啪"地拍门了。当然，拍门的手也是收着的，不敢用力，一听也是个小气鬼。

吴平平知道门外是葛大强，她故意不开门，也不问一声谁，哼，敲吧敲吧，把手指敲断了活该！吴平平愤愤地想，磨磨蹭蹭地从床上起不来。说真话,吴平平有些怨怪葛大强。按说葛大强小四十了,长相歪瓜裂枣,工作也不好,不过是区办企业麻袋厂合同工,没什么可骄傲的。可他自我感觉出奇地好,把自己当成王子。老汪活着时,吴平平常要给葛大强介绍对象,他不知是真清高还是装鳖,总是一提头就岔开了,满嘴跑火车,都是不靠谱的话,"我要想结婚,早就结了,想当年,厂里的姑娘排着队哭着闹着要嫁给我,我一个都没看上。"其实,葛大强完全没有必要这样自吹自擂,都是一条街上的,知根知底,哪里像他说的那样啊。是人家女方瞧不上他。他母亲托亲告友,介绍的女孩有一个加强排那么多,都被他怪模样吓跑了。他三十五岁那年,老娘死了,据说就是给他婚事愁死的。说来也怪,老娘一死,他就断了找对象的心思,即便是像吴平平这样的好心人要帮他,他也打牙撩嘴不上正套了。老汪死后,吴平平不好再旧话重提,新寡妇,怎么好意思给一个老光棍介绍对象?明显要推销自己嘛。再说了,就是自我推销,也不会推销给他。自己虽然不是一朵鲜花,至少也算得上一根树枝,不想往牛粪上插。但牛粪臭归臭,有时候也不讨嫌,有几天没看到他,还怪想念那种臭味的。甚至还现实地想过,要是真的坐山招夫,葛大强也许是个不错的选择——他比老汪还好调教,没脾气,听呵斥。能听女人呵斥和唠叨的男人都是好男人,就像小白,有时也耍点小脾气,使些小性子,最终还不是乖乖进了笼子?丑就丑吧,矮就矮吧,天一黑,衣一脱,还不是一个样啊。可这家伙一点不解风情,吴平平经常拿话暗示,他就是装聋作哑,不朝上理会。让他找只大公兔子,听起来是给发情的小白配种,但话音里充斥的弦外之音,他硬是没听出来。兔子都难免发情,何况人呢?就算是猪脑壳子,听不出来就罢了,那你真去帮小白找个对象啊。实在不行,来

吴小丽一周的琐屑生活

杂货店看看电视啊，拉拉呱啊，吹吹厂里那点破事啊，却帮不相干的人忙换房，你以为你是房管所长啊？想换就换了啊？就算倒腾成功了，得什么好处啊？再换也不会换个女人给你。呸，还有脸一大早来敲门。敲吧敲吧，爱理你！敲断手指活该，活该！

笼子里的小白大约也是听到敲门声，上蹿下跳的，把不大的笼子撞得噼噼啪啪。在它的闹腾下，笼子里的骚臭味更加浓烈地弥漫开了。小白这几天真不省心啊，屎啊尿啊特别多，而且特别骚。笼子下边垫一块塑料布，积满了屎和尿。吴平平现在急需要人来打扫。"好吧好吧，该死的葛大强，小狗吃的，姑奶奶成全你了，帮小白擦屁股吧。"

吴平平又瞅一眼小白，小白的那只耳朵还搭啦着。那天葛大强把小白从床底掏出来后，它的一只耳朵就耷拉着了。吴平平以为过一天半天就会恢复的，就会和以前一样精精神神地竖起来的。可现在不但耷拉的一只耳朵没有竖起来，另一只耳朵也半耷拉着了。吴平平看着心疼，好几次责怪葛大强，肯定叫他不小心抓伤了。好吧，这笔账也要跟你一起算。

吴平平心里想着，蹑手蹑脚走到门跟，从门缝望出去。她看到门空里的人了，却看不见对方的脸，肩膀以上被挡住了，肩膀以下是一身银灰色中山装，口袋里还插着两支钢笔，脚上的黑皮鞋也是一尘不染。谁呢？不像是小狗吃的葛大强啊？葛大强没有这么高，他的口袋里也不会插钢笔的。

不好，一定是他约的人来了。

吴平平赶忙对着板门说："来啦来啦，来啦……等一会儿。"

吴平平冲到门边又退回去，从柜台中间的一条豁口侧身而过，扑到床头，扯起椅子上的一条粉白色裙子往身上套。套了一半又觉得不妥,昨天穿过了,不新鲜了,重换一条。她打开大衣柜,挑选中意的裙子,每一条都不太中意,每一条又找不出不中意的理由,穿了三次,脱了三次,第四次穿上的,还是第一次穿过的那条——她发觉自己的衣服真少啊。她在镜子前看看,扭腰晃屁股,还是这条好,粉白的,蓝小花,素净,大方,不招眼,也不土气,不会给小狗吃的丢脸。再晃晃屁股扭扭腰,腰上的肉两边乱曳地挂在屁股上。吴平平又不满意了,叹口气,哎,腰太粗了,腰比屁股还粗,真难为情啊……管他呢,又不是相亲,将就穿吧。吴平平又跑到厨房洗把脸,梳几下头发,这才去开门。

门口站着的,不是陌生人,就是小狗吃的葛大强。吴平平吓了一大跳,钢笔黑皮鞋中山装,这是什么装扮?相亲啊?

"怎么是你啊?"吴平平一颗心落地的同时又好奇地看着葛大强。葛大强的中山装穿在身上极不协调,像偷来的一样,或者换一种说法更为恰当,崭新的中山装简直就不是穿在人的身上,而是穿在地球以外的低等动物身上。

"你怎么变高的?刚才。"

"哈哈,刚才不小心高了一下。"

"噢——"吴平平看着他的脚和皮鞋,知道他踮起脚了,意味深长地说,"刚才是吹了气,现在又泄了气了。"

葛大强得意地又踮踮脚尖,晃晃肩,美滋滋的样子,意思是说,怎么样?

"认不出认不出……你谁啊你?"吴平平夸张道,"我个亲妈妈呀,葛大强你要吓死我啊,你从哪里弄来这身行头?"

葛大强没理她,一双鼓牛眼盯着她的脸,目光从她脸侧滑过去。

吴小丽一周的琐屑生活

吴平平晃一下肥硕的腰,也跟他展示了一下漂亮衣服。可葛大强硬是没看见。吴平平便挡住她的视线,疑惑地说:"你眼睛是探照灯啊?你要找什么?"

葛大强说:"我不找什么,我……你怎么才开门……出鬼啦,你往天早早就开门营业了,今天怎么睡起了大懒觉?"

"谁睡大懒觉啊?你瞧瞧现在才几点啊?是你自己心急了吧?"

葛大强没理她,眼睛继续鬼鬼祟祟地搜寻着。

吴平平突然意识到什么,脸上浮起一丝怪怪的笑,又稍纵即逝,装痴卖傻地嗫嚅道:"对呀,姑奶奶屋里有人,野男人,不想给你开门……你一大早叫什么魂啊?给不给人睡个懒觉啊?有事说话,没事快滚!"

葛大强说:"我不滚,不是说好在你店里接头嘛。"

吴平平两手往胸前一抱:"接头?接你个大头鬼啊?你是地下党啊?看你这身装扮倒像个汉奸叛徒,王连举甫志高!"

葛大强扯扯衣角:"怎么样?合适吧?这是老妈当年专门为我定做的相亲服,相亲没派上用场,也一直舍不得穿,这回有机会穿一回啦。"

吴平平看他还是贼眉鼠眼的,怕他真以为屋里藏着野男人,便说:"屋里就小白和我,没别人……你最好回家换了,你请的客人会被你吓跑的。"

葛大强再次扯扯衣角:"不会吧?哪里不好看?还没到大夏天,我不嫌热的。我穿漂亮些,也是对他们的尊重。知道这是谁说的吗?我们厂的吕技术员,人家是大学生。"

葛大强说着,就往柜台里走。

吴平平一把推住他:"干吗干吗?女技术员?大学生女技术

员？行啊大强，跟技术员勾搭上啦？"

葛大强就像一根羽毛，被她轻轻一推，就退后两三步。

葛大强说："吕技术员是男的，不是女的技术员，人家姓吕好不好？"

吴平平说："我管他男的女的，你给姑奶奶滚出去，滚回家，换衣服，你不怕出丑，我还嫌丢人！"

"我看看不行啊？你昨天不是请我给你找兔子嘛，还让我钻你家床底，现在怎么怕啦？敢作敢当嘛。"

葛大强吃醋的话让吴平平心里美美的："我怕什么？我敢做什么啦？我床上有人也不用你来查岗，要你操什么心？"

葛大强的心思被人看了去，脸突然红了："你家没有镜子吗？我照照镜子不行啊？看看我的中山装合不合身。我才不想给你丢脸了。"

吴平平哈哈着，说一句"别让自己吓着了"就半推半就地让他进去了。

镜子里的葛大强，中山装的两只肩膀塌下来，就像没有肩膀一样，脑壳子和脖子直接顺到裤腰上了，人就像一棵绿豆芽菜，而且是受了憋屈、发育不良的绿豆芽菜。葛大强对着镜子摸了下分头，把风纪扣系上，再次扯扯衣角，左侧身，右侧身，从屁股看到脚后跟。

吴平平看不下去了，推他："好了好了，别美了，快出去，就你这样子还敢出来吓人，等会有人来了，你千万别说我们认识啊，我丢不起这人。"

葛大强屁股往后赖，像泥鳅一样滑："你推我干什么？我不会走啊？我腿上有脚，你越推我我还越不走了，你床上不是有野男人嘛？人呢？人呢？吹什么牛啊……"

吴平平腰一弓，一双胖胳膊勒在他屁股下边，把他举起来："人叫我吃了，哈哈，你不走还不好办？我像扔小白一样把你扔出去。"

"等等。"葛大强突然鬼炸似的说。

吴平平放下他，说："怎么啦？"

"有人要来。"

"呢？人呢？你看到鬼了吧？"吴平平向门口望去，门空里空荡荡的，一阵风吹进来，兔骚味翻卷弥漫，直钻鼻息，"对了，小白脏死了，你去给小白打扫卫生去。"

吴平平随手就去推他。

葛大强缩着屁股，说："你推我干吗？"

"我就是要推你，还要踢你……你这小狗吃的！"吴平平又一把掐起了葛大强，差不多要把他举到头顶了。

就在这时，一个戴眼镜的瘦高男人走进了杂货店。来人还没弄清真相就又惊讶地看到，葛大强被一个高大的女人举起来，从柜台里边扔了出来。

瘦高男人立即冲上去，扶住葛大强，对吴平平说："有你这样打孩子的吗？危险知道不知道？摔坏就不长个子了。"

吴平平听了，愣一下，随即就哈哈大笑了，笑的气喘吁吁，飞花乱颤。

葛大强挣脱瘦高男人的手，怒斥道："谁是孩子？睁大你狗眼看看……"

葛大强立即又软下口气，"请问，你是张先生还是李女士？"

对方扶扶眼镜，使劲睁眼看面前的葛大强，被吓了一跳，但还是很斯文地安抚道:"对不起啊,用词不当用词不当,不过你眼神也不好吧?我走眼把你看成是小孩子了,你怎么把我看成李女士啦?我是王先生,大男人王先生。"

葛大强乐了,两手抱住王先生送过来的手,摇着说:"终于把你们盼来啦,情况是这样的,这个……你来的可真早,请坐请坐。"

王先生环顾一下,并没看到凳子,只看到一只臭气熏天的兔笼子。他不会坐兔笼子上的,便抽回手说:"不用坐了。我住南小区,离你们后河底老远的,倒了几趟车才过来,所以来早了……那个是这样,和我换房的人什么时候来?我就是想住到河西新村,上班近。"

葛大强看了下腕上的手表,说:"人还没到,还有一个小时,我约的是八点半。"

王先生说:"不要紧不要紧,我等等,这杂货店是你家的?"

葛大强听了,慌一下,看一眼吴平平。只见吴平平正在梳头,吴平平留着柯香头,一手放在脑后护着短发,一手用梳子快速地梳,短袖衬衫的袖口里钻出一缕粗黑的腋毛。

吴平平没理会葛大强的目光,一扭身,把肥大的身板给了他。

"小店小店。等会儿我去清扫兔笼子。"葛大强含糊其辞地唔唔道,前半句是说给王先生听的,后半句是说给吴平平听的。

王先生幽默地说:"没事,我不嫌臭,我是说,你每天都从柜台上飞来飞去?你们两口子真会娱乐啊。"

吴平平听不下去了,又把身板转过来,说:"说什么说什么呢?"

王先生急忙改口说:"对不起对不起,不是娱乐,是……这样方便,方便是吧?"

吴小丽一周的琐屑生活

吴平平继续迁怒于葛大强,他跟葛大强翻翻白眼,意思是说,都是你。

吴平平转身往厨房走了。

厨房里响起哗哗的流水声时,王先生跟葛大强挤一下眼,小声说:"看来你老婆不支持你啊,嫌没有好处是吧?女人都这样,她不懂我们男人的事业,等房子换成了,我请你下馆子喝一杯。"

葛大强说:"喝酒就免了,我不是图什么好处,我就是觉得这事怪好玩的,你刚才说对了,玩的,说娱乐也行,顺便做做好事学学雷锋,你说是不是?你这么早就过来,说明你真心想换房,李女士和张先生要是也能早来,这事就妥了。"

"还有李女士?"

"是啊,不过李女士住在前河底,她要换到南小区。"

"什么?我是南小区不错。可我想换到河西新村啊,咱俩……搭不上啊。"

"你别急啊,有人搭得上。"

"谁?"

"张先生。张先生住河西新村,他想住前河底。"

王先生纳闷了:"你说什么?我怎么糊涂啦?"

"糊涂什么呀,账是这样算的,"葛大强拿手比画着,"你不是住南小区吗?你想到河西新村不是?而前河底的李女士想到南小区,你又不想到前河底,是不是?看起来不能换是不是?还有张先生啊。张先生住在河西新村,他想到前河底……明白啦?"

"不明白……"

"你戴眼镜像个聪明人似的,怎么就不明白呢?"葛大强的口气很冲。

吴平平跳过来了,她张嘴就喷葛大强:"你绕什么绕啊,我来说。"

葛大强委屈地闪到一边了。

吴平平对王先生说:"我来告诉你,你搬到姓张的家里,姓张的搬到姓李的家里,姓李的搬到你家,懂了吧?"

王先生想想,似乎懂了,不过他嘀咕一句"这么烦人"后,把眉头皱跟卵皮一样了。

这时,门口暗一下,一个陌生人探头探脑地问:"这是富强杂货店吗?"

"是是是是,请进请进。"葛大强嬉笑着迎了上去。

来者立即又返身,把一辆黑乎乎的三轮车上了锁。

此人正是张先生。张先生敦实、粗壮,大头大脸,模样和吴平平倒是般配。不过他不像吴平平生一张嘻嘻哈哈的肥脸,他生一张心事重重的柿饼脸。可能是对于即将成功的换房交易异常激动吧,和葛大强甫一照面,就是不停地感谢,葛先生长葛先生短的,恩人长恩人短的,救星长救星短的,搞得葛大强晕头转向,不就是换个房吗?换了很好,不换这些年也住了,不死人的,至于吗?葛大强拿杂货店的暖壶热情地给张王二位先生各倒一杯水,把情况又和张先生说了,主要意思是,仅靠二位是换不了房的,得第三方李女士来了才能谈妥。张先生和王先生一样糊涂,葛大强做了好几次讲解说明,嘴唇都有些麻木了,期间王先生还插了话,才算讲清楚。

于是张王二位先生都知道了李女士的重要性,就耐心而焦躁地等待了。

电话机摆放在靠门边的柜台上,那是公用电话,收费的。张先生能看出来,他几次瞟向那部电话,似乎有很重的心事,似乎很想去打个电话。张先生没去打电话,电话反倒响了。吴平平咚咚地跑出来,嘴里还吧唧吧唧地嚼着东西。

"喂?"

吴平平拿起听筒,只"喂"一声,就专注地听了。她一边听,一边吧唧嘴,一边跟葛大强招手。

葛大强跑过去,接过吴平平递过来的话机:"喂……对,什么?什么什么?你不换啦?你你你……李……再考虑考虑嘛……好吧。"

放下电话,葛大强懊恼地说:"姓李的不换了……"

5

吴平平哼着满街流行的歌:"天边飘来故乡的云……归来吧,归来哟……"这是今年春节晚会上新唱的,一个不知是外国人还是中国人唱的,名字好记,叫费翔,人帅气,帅得不真实,没有葛大强可亲可信。吴平平的歌声住了,对于自己想什么都会拐到葛大强身上很不自在,但又似乎由不得自己。待到歌声再哼时,便有气无力了。

电话铃声又急促地响起了。吴平平的歌声切换成骂声:"这个小狗吃的,这不是给老娘添乱嘛。"

吴平平极不情愿地抓起话筒——果然又是那个姓张的,果然又是央求她去喊葛大强接电话。吴平平这次决定不喊了。从昨天下午到今天晚上,她已经喊了七八次了,这个姓张的真是烦人,盯住葛大强不放了。吴平平不但决定不喊,还要好好教训对方:"喂,我说你能不能讲点道德?我不认识你,凭什么三番五次给你喊人?对不起，我没空。"

吴平平没等对方说话，就把电话拍死了。但是，电话刚放下又叫起来。不用看号码，吴平平就知道还是姓张的。她不再理会了。

正巧有人进来买东西。

吴平平笑脸问："要点什么老胡？"

老胡说："你先接电话吧。"

吴平平说："不，我不接电话，你买什么说话。"

对方还是客气地说："你先接电话，这电话叫得这么急，一定有大事。"

吴平平说："没有事，一个……一个小屁孩的骚扰电话。"

老胡支吾着，又似有所悟地"噢"一声，意味深长地说："骚扰电话是不能接啊。"

电话铃声恰好停了。

吴平平附和道："是啊，它不响了吧？"

老胡说："我拿一袋盐，还要一壶海鲜酱油。"

话音未落，电话又响了。

这一次似乎比先前更急。老胡再一次意味深长地一笑："接吧，有话跟人家说清楚，人家还是小屁孩……下次就不骚扰你了。"

他把"骚"字说得很重。吴平平觉得姓胡的不地道，也不想对他解释。冷着脸不说话，把盐和酱油拿到柜台上。

老胡拿起东西离开时，怪异地再看一眼她，才晃出去。

电话还在响，带着声嘶力竭的杂音。

吴平平两眼瞪着话机，咬牙切齿地骂："葛大强，小狗吃的，死没用啊，这点破事都摆不平，这不是坑害人嘛。"

狂叫的电话告诉吴平平，如果再不接电话，对方看来要让电话一直响下去了。吴平平没有好办法让对方不打,解铃还须系铃人,她拿起听筒,没好声气地大叫道:"等着等着等着……啊……"

但是,她在说"等着"之后的零点几秒里,感觉对方发出一种奇怪的声音,她把撂下的话筒又小心地捡起来,警觉地听一下。她听清楚了,这个姓张的在哭。哭声难听死了,高低不平磕磕绊绊呼呼喘喘,像哭又不像哭,但肯定是哭了。吴平平听一小会儿,好奇起来,一个大男人,就因为电话没接通,就要哭吗?就因为房子没换成就要哭吗?而且哭得如此惨烈如此让人不忍心听。她本来是想捉弄他一下,话机撂在一边,让他一直等下去。现在她突然改变主意了——电话另一头的大男人抱着话机痛哭伤心的样子让她心里"咯噔"一声,像有什么东西砰然断裂——老汪刚死几天里,也不是常常半夜哭醒吗?她冲出店门,在小巷里狂奔起来。

小巷里的路灯一直都不是很亮,昨天晚上又坏了一盏,从杂货店门口到公共厕所这段路上,就暗了许多。在暗影里的厕所旁,有一条黑乎乎的夹巷,夹巷里只有三户人家。葛大强家就住在巷底。吴平平不想走进这条无名巷,多半原因也是和臭气熏天有关。但没办法,老男人的哭声吓着了她,她只能捏着鼻子跑进小巷。但她只跑了三步,就喘得透不开气了,就只能是模拟着跑了,其实两条腿还是走的节奏。天黑路窄,她一路高抬腿,急速向前时,感觉一个黑影往她身上撞来,像鬼魅又像闪电。躲闪已经来不及了,黑影像一枚炮弹撞到她怀里,"噗"一声,又被重重弹了出去,发出"哇"一声惨叫。

"眼瞎啦?"黑影躺在地上吼叫道,"瞎眼啦,眼睛长裤裆啦?"

吴平平听出来了,躺在地上连滚带爬的,正是葛大强。吴平平气不打一处来，自己被撞得生疼，还要挨骂，没有天理啦！她忍着疼，跳过去，对着黑影就是一脚："谁眼睛长裤裆啦？谁瞎眼啦？"

葛大强听出来是吴平平，忍着被摔疼的屁股，爬起来，跳着嚷道："你要害死我啊？我屎都跌裤裆啦！你撞就撞了，使那么大劲干吗？"

吴平平胸部的疼痛和葛大强的疼痛是不一样的，葛大强是硬硬地疼，吴平平是闷闷地疼，从肌肉深处慢慢泅出来。吴平平抚着胸，吸着气，把再要踢他的脚收回来，说："大强你行行好吧，姓张的疯啦，你不接他电话要出人命啦！"

葛大强也爬起来，瘸着腿说："又打电话来了吧？我知道他还会打电话的，妈的，老子想好对付他的办法啦。"

吴平平继续揉着疼痛感渐渐放大的乳房，声音更小了："你有鬼办法啊？别把自己家狗窝换了就好。"

葛大强吃惊地说："啊？你怎么知道？"

吴平平说："什么我知道啊？别找话啦，快去接电话。"

葛大强说声"好"，翻身跑走了。

吴平平这才轻轻抚弄一下胸，深吸一口气，那种疼痛已经消散得差不多了，刚才连说话都不敢大声啊。

吴平平吃不下这个哑巴亏，她脚下带劲地走到杂货店门口——她要罚他打扫兔笼子。

还没到家门口，吴平平就听到葛大强牛气哄哄的声音了："对呀，这就对了嘛，你不哭就对了，你不哭，问题就解决了，你不哭没人说你是哑巴，你不哭，说话我才能听清，你给我听好啦，你的房子换成啦！你不是说后河底也行吗？……对，哈，你也知道后河底和前河底挨在一块啊……你早说后河底不就成了嘛……跟谁换你不要管。明天我再通知你。放心，三天之内，绝对能搬……当然不大啦，你不是说大小无所谓吗？……对呀，我刚跟你说过了，就是后河底，哈哈……不客气，不是我吹，我是什么人？吐唾能砸出窝子，说话绝对算话……好啦好啦，别再哭啦……她呀？什么？我老婆？对对对，是我老婆，女人头发长见识短，她都听我的……脾气不好你原谅就成了……我真不明白，换个房子要闹这么大动静啊？你能跟我说说吗？好，我明天上你家考察考察。"

吴平平看到葛大强夸张地撂下电话，转过身来时，脸上已经是笑眯眯的了。

"解决了，"葛大强轻松地说，"解决了解决了。"

"谁是你老婆？"

"什么……没……我哪有老婆啊我……"

"谁头发长见识短？"

"谁……谁头发都不长啊……你这二刀毛……柯香头……你你你不会再有骚扰电话了，房子换成啦！"

吴平平看他说话的样子，心里美美的，跟着松一口气，突然觉得葛大强的可爱来，心疼地抱怨道："你呀你呀，你说你没事闲得腚疼，干什么不好呢，要帮人家张罗这个事，换成换不成跟自己屁关系都没有，白让我也跟着操心。看你一脸笑眯眯的熊样子，帮姑奶奶打扫打扫兔笼子吧，算是对你的奖励。"

一听说兔笼子。笼子里的小白又躁动不安撞击笼子了，身体甩动着，头撞得咚咚响。吴平平跑过去，弓下腰，心疼地哄道："兔子乖乖听话，听话别闹啊，好啦好啦，不要姓葛的打扫啦……哎呀，我信不过葛大强你也信不过啊？他说好要帮你找个伴去的。葛大强你帮人家换成房子，也帮帮小白啊，算我求你不行吗？"

葛大强也过来了，他和吴平平并排蹲在兔笼子前，看小白急躁的样子，看小白搭拉着的一只耳朵，惊讶地说："小白这只耳朵坏啦？"

吴平平气不打一处来："还说，那天叫你在床底掏的，是不是？就指望你逮一回小白，小白就被你祸害成这样了，葛大强啊葛大强，你让我怎么说你好啊。"

吴平平说着说着就哽咽了。吴平平从顶上掀开盖子，把兔子抱在怀里，抚摸着它的头，心疼地说："头都撞肿了吧？葛大强你是不是人啊？你就忍心看小白头上撞了几个大包包啊，你摸摸，你来摸摸看。"

葛大强伸手在兔子头上摸一下。小白立即不安起来，在吴平平的怀里一纵就要滑脱出去。葛大强伸手去逮兔子。兔子没有逮到，却逮到吴平平的乳房了。而小白已经蹿到了地上。

吴平平惊叫一声，把葛大强的手吓回去了。

吴平平迅速去扑小白。怎奈吴平平太肥，加上小白突然变成了狡兔，"哧啦"蹿出去了。吴平平跳起来，跺着脚跳骂道："要死啦葛大强！"

葛大强以为吴平平骂他误抓了她的乳房，吓得张开两只巴掌举起手，不叠连声地慌张道："对不起对不起对不起，我不是故意的。"

吴平平继续跳骂："什么呀？你傻啊？什么破手啊？抓牢了啊。"

葛大强脸红了，他双手掐兔子的动作太狠了，看着吴平平被他掐坏了的衬衫，看着蹦出来的一只大乳房，在灯光照耀下闪闪发光，吴大强吓得别过脸去，喘息着说："我……我我我不敢……"

吴平平不理葛大强的目光,她麻利地把乳房塞进衣服里,扣上纽扣,脸都急红了:"还呆站着,快抓啊,等会儿就跑没了影。"

吴平平是说兔子。

葛大强这才意识到吴平平不是关心自己的乳房,她只关心逃进小巷的小白。葛大强这才把心放回到肚子里,头一缩,学着小白式动作,一跃跳进了小巷。

吴平平也跟着跑进小巷。杂货店门前的两级台阶似乎太高了,差点把吴平平的大肥腰给闪断。吴平平和葛大强一起,一个从垃圾箱的东边,一个从垃圾箱的西边,包抄过去。小白跑在两只垃圾箱中间,露出本来就不长的尾巴,像是故意挑衅吴平平和葛大强,小尾巴一翘一翘的。吴平平和葛大强同时扑向小白。小白又一个转身蹿出来,三纵两跳就跳进了杂货店。葛大强也跟着追了进去。吴平平在身后喊:"别逮它耳朵啊!"

于是,小巷里的人都知道吴平平和葛大强再一次在杂货店里抓兔子玩了。

6

又过了两天,正是周日。一大清早,吴平平刚开门,刚把兔笼子搬到台阶边上,就看到一路急走过来的葛大强了。葛大强似乎起来很早了,精神抖擞,一张歪瓜裂枣的脸不像是早晨的脸,就像是中午的脸。

"星期天也起这么早啊小狗吃的?"吴平平睡眼惺忪地说,"是不是去帮小白介绍男朋友的?葛大强你跟我说实说,你写那破纸条到底贴没贴?我怎么就一次电话没接到呢?你看看小白这几天瘦的，都成什么样子啦！"

葛大强很有心事地瞥她一眼，脚步没犹豫就直行而去。

吴平平被闪了一下，骂道："捡到钱啦？骄傲跟屎壳郎一样，有本事别来求姑奶奶！"

葛大强听了吴平平的话，突然收住脚，回身说："对了，你家不是有一辆三轮车吗？我怎么就忘了呢？吴平平你家三轮车借我用用啊？"

吴平平一扭腰，屁股对着葛大强，对小白说："谁爱理你，你跳啊？撞啊？撞死你活该！"

葛大强已经走到吴平平大屁股后了，他涎着口水说："平平吃过啦？我借你家三轮车用用。"

吴平平又转过身："你存心啊？死鬼死前就把三轮车卖了，知道他要死似的，弄得我现在拉货都没有车用。"

葛大强想不起来老汪卖三轮车的事了，他只好尴尬地笑笑说："那算了。"

"你借三轮车做什么？"吴平平冲葛大强的背影说，"一大早的，不会吃饱撑的吧？"

葛大强虽然没回头，声音还是传过来："不找了不找了。"

葛大强破例地没跟吴平平打牙撩嘴，急走几步，拐进断头巷，回到家门口，看堆在门口的一堆破烂——那是他的全部家产啊。葛大强今天一大早就起来收拾东西准备搬家了。他把家里的东西一件一件往外搬，看起来只有一张床，一个柜子，两只小土缸，还有蜂窝煤炉和一套做饭的炊具，却把门口搬了一大堆，原来那张大木床年代太久了（听母亲说，是刚解放时从财主家分到的浮财），不搬还好好的，一搬散了架，床头、床架、床板，还有雕花的床柜，散成一堆，加上两床黑乎乎的棉被胎，一堆垃圾几乎堵死了他家的门，幸亏他家住在巷底，没有挡住别人的路。

葛大强没借到三轮车，走进搬空了的屋里。

葛大强手拿一把短柄扫帚，站在屋中间，想打扫一下卫生时，突然觉得自己住了这么多年的家太低矮太破旧太寒酸了，屋里潮湿、昏暗，散发着呛鼻子的霉味，白天还要亮着灯，墙壁分不清是白是黑，屋顶的角角落落还有那么多落着灰尘的蛛网。葛大强觉得对不住张先生。这间只有十几个平方的破屋，怎么能和张先生窗明几净的楼居相比呢？虽然，他没和人家说换，只是临时换住一段时间。这是他昨天和张先生达成的协议之一。另一个协议是，张先生也并不是全家搬来，只搬来五分之二人口，即张先生和他老婆，他父母和女儿还住在原有的住房内——这不是葛大强原来的意思，原来他是想和张先生换房的，虽然他家是后河底，不是张先生要求的前河底，但是前河后河挨在一起，也能讲得通。可一到张先生家，一看张先生家的房子和境况，他改变主意了，人家房子这么大，这么好，哪能好意思拿自己的小破屋换呢？再者说了，就算张先生同意换，这间小破屋，也住不下张先生一家三代五口人啊。所以，葛大强才灵机一动，只换一间，而且是临时的。简单说，就是葛大强拿自己的房子，换他家两室一厅中的一个小间。张先生对他的决定更是感激涕零，也跟着葛大强来看房了。葛大强还满心希望张先生看不好，免得难为人家。没想到张先生一眼看中了。

葛大强心情有些复杂，对自己的这间小屋突然生起感情来，手脖子一软，扫帚掉到地上，"吧嗒"一声，引爆了门口的大嗓门："葛大强，小狗吃的，你真要和姓张的换房啊？"

吴平平比门还宽的身板堵住了门。

屋里更加的昏暗了。

葛大强看到吴平平,立即换了心情,豪情万丈地说:"男子汉大丈夫,一言既出驷马难追,我都表过态了,再后悔我成什么人啦我。"

吴平平说:"你是什么人还是什么人,你以为你是谁啊?你不会拿你这兔笼一样的小破房子去换人家亮亮堂堂大楼房吧?"

葛大强说:"你小看我了,我哪里是贪图小便宜的人啊,你不懂情况的,就算我爱贪小便宜,我也不好意思啊,老张家还有两个七八十岁的老人,还有个读高中的女儿——河西新村河西中学是全市重点中学,正好离孩子上学近,不能住到后河底的。"

吴平平"噢"一声,低头挤进来,在屋里巡视一圈,像哪里来的大员,手还搁在屁股上,挺着肥肥的肚皮,腰上的游泳圈快把衬衫撑破了。屋子太小,她没走两步就得曲步扭身,伸手从屋笆上抓一把蛛网,看看屋子,又看看葛大强,深叹口气,说:"我晓得了,真晓得了,大强,不要说你,就是我,住在你家,说不定还长不出你的身材,这哪里是人住的地方啊天啦?你看我家,面积虽然不大,至少还高大敞亮。"

"所以心宽体胖嘛。"

"什么意思?骂我啊,不许说胖字。"

"那……"

"猪也不许说。"

"我哪敢说你是……"

"闭嘴,你心里想说的……你那点小鸡肠子还想瞒我?小狗吃的,你要真换到大房子住,说不定还能蹿个子,长高十公分也有可能。"吴平平手摸着门梁,屈腿向外望,瞅着门口一堆破烂东西,说:"就这些家当啊?"

葛大强说:"是啊,还少啊?我都嫌多了,够用——我说到哪啦?是啊……我刚才说到哪啦?她女儿上重点高中是吧?对了,老张家腾出一个七平的小间让我住,可以吧?我现在就等他们来了,他们一来我就搬走。"

吴平平心里不知为什么很憋屈,突然心疼起葛大强来,嘀咕道:"折腾,你就折腾吧。"

吴平平没继续跟他说话,而是犹豫一会儿,面色也开始阴沉,没有再看葛大强,腰一弓,挤出去,走了。

吴平平一边走一边擦眼角,她流泪了。她不知道为什么悲伤。这种悲伤实在是没有道理,突然就来了。她在心里说,随你去了随你去了随你去了,谁爱管你闲事啊小狗吃的。

葛大强没有注意吴平平的变化,从后背上看,吴平平也没有变化,只是在她的映衬下,小巷显得更窄小了。葛大强挥一下扫帚,开些清扫屋里的蜘蛛网。

老张是在葛大强清扫房间的蜘蛛网时,推着三轮车来到巷子里的。

三轮车上躺着老张的老婆。老张的老婆叫迟桂花,一个四十二三岁的女人。迟桂花常年卧床,什么怪病不知道,只知道身体里插着导尿管,自己不能动,隔段时间就得有人给她翻身,不翻身就会出事,休克或抽搐。就算是经常翻身,也会抽,像羊角风一样,又不是羊角风。老张一定要换房,一定要换到前河底,主要原因就是因为离他单位近——他在前河底的煤球厂上班,前河底煤球厂是全市最大的煤球厂,确切地说,老张是煤球厂送煤工,每天骑着三轮车,穿梭在前河底的大街小巷里,一天要送五十车左右的煤球，没时间回家给老婆翻身。他所住的河西新村，是个新兴的小区，离前河底足有十好几里路啊，不要说一天要帮老婆翻十次八次身了，就是回家一趟也不容易啊，那些要煤球的人家，哪家不是火烧火燎等着煤球做饭啊。搬到前河底就不一样了，离厂子近，又是他管送的范围，就是在送煤球的途中，也能溜回来给老婆翻个身，陪老婆说说话。可惜前河底没搬成，只能凑合着搬到葛大强所住的后河底了。迟桂花可能活不了多久了，医生几年前就说过，根据她病情和以往的病例，她早该死了。她早该死而没有死，医生说主要原因可能是家里人对她照顾的好，让她心情愉快。老张对老婆好，为了让老婆多活几年，他是想方设法也要多花点时间照顾老婆的，所以换房对他来说，是唯一能照顾好老婆又能干好工作的办法了。

葛大强看老张来了，提着扫帚，像家里来了亲戚一样迎出来。

老张已经刹好车，从车上往下搬东西了。他先搬一张折叠床下来。葛大强帮接住，直接往屋里走。老张在身后说："先支起来啊，我把桂花放床上。"

可葛大强在支床时，发现折叠床是坏的，一头的床腿锈断了。

葛大强说："三条腿啊？"

老张已经抱进来一摞半截砖，说："不碍事，垫起来就跟好的一样用。"

葛大强在帮老张支床时，发现这张折叠床实在坏得不成样子了，东摇西晃的随时都要歪倒或塌陷。葛大强担心地说："能行啊？"

老张说："没法子，就是它了，平时她也动不了。"

葛大强诚心地说："早知道这样，我的大木床不拆了。对呀，你家七平的小房间也铺不下我这张大床啊。老张，我看你也不用嫌弃，干脆把我家大木床再支起来吧。"

老张边忙活边说："那怎么行，已经够麻烦你了，还能占你家的床？"

老张说罢，住了手，歪头瞅向门口，说："看床头，确实是张大床，那个小间还真有些为难——绝对摆不下。"

葛大强说："就是，不搬了，留给你家用。来，咱们再把大床支起来！"

外边的迟桂花听到了，用力抬抬头，有气无力地说："老张，咱不能再占葛师傅的便宜啦，我会折寿的。"

"没事，迟大姐，我一个人，个子小，睡哪里都舒服。"

不消说，大木床一会就安顿好，迟桂花也被老张和葛大强合力从三轮车上移到了大床上。葛大强看到，床上的迟桂花腿上绑着一个塑料尿壶，一根管子从尿壶伸进了裙子里，露出来的皮肤都萎缩了。她脸色苍白，面容枯瘦，睁圆的眼睛望着葛大强，嘴唇嗫嚅着，只挤出来半个"谢"字，泪水就涌出来了。

葛大强见不得这一幕，赶快避开了脸。

迟桂花以为葛大强嫌她身上有酸臭味，就说："老张呀，早上让你帮我擦一把，你偏不。"

"我这就帮你洗。"

屋里的老张忙着给迟桂花擦洗、翻身，还打情骂俏几句。葛大强有一搭没一搭地整理那堆破烂，感觉别人的日子都是好日子，自己的日子真他妈的索然无味。

安顿好迟桂花，老张对床上的病人说："桂花你躺着好好歇歇，我送两车煤就回来，再带饭给你吃——搬新家了，咱今天吃顿好的，蒜苗炒鸡皮。以后啊，你想翻身就能让你翻身了，我就在这一带工作，你咳嗽一声我就听到了，你打个饱嗝、放个屁我都能听到。"

老张说罢，就急慌慌骑上了三轮车。葛大强想跟他打个招呼，可他眼里像没有葛大强似的，一个加速，冲出了小巷。

7

葛大强继续收拾东西。

大床被重新支到屋里后，门口也就没什么东西了，那张破柜子他也不准备搬了，留给老张家还能派点用场，两口小土缸（坏了一口），也留给老张用吧，盛米装面，老鼠偷不到的。葛大强看来看去，也就只有两床棉被胎，还有一包自己的衣服可以带过去，当然煤球炉和一堆锅碗是生活必需品，虽然看上去更像一堆破烂，也得带上啊，搬家三年穷呢，这些东西再像破烂也不能丢，丢了旧的就得买新的。就这几样东西，葛大强倒来倒去搬弄有好几次了。屋里的迟桂花听到有动静，跟他说话。他也东一句西一句地答着。其实他也没必要搭理她。也没有什么重要事情。迟桂花有气无力的声音像什么呢？都病成这样了，还关心葛大强怎么就一个人住，老婆呢？就没个一丁半子？葛大强想，真是废话，有老婆还会换房？但葛大强还在门口磨蹭，他既不想和迟桂花说什么，也不想立即离开，似乎说多了，家就真是别人的了，似乎离开了，就再也回不来了。是啊，葛大强突然后悔了——真的要离开了，还恋恋不舍起来。

天是快到晌午时开始变脸的，阴云密布了，像要下雨的样子。在这之前，老张回来两次，两次都帮老婆翻了身，还说好多句体己话。葛大强听了,也好像没听到一样。房子都换给别人了,还关心人家说什么话?是的,葛大强对什么都不关心了,他突然觉得对不起吴平平了,吴平平求他帮找一只兔子都没帮她,算什么好邻居呢?河西新村的新家,有吴平平这样的好邻居吗?葛大强心里突然难受起来,便对阴沉沉的天气说:"想下就下吧,别像吴平平一样,尽使脸子。"

心情阴郁的葛大强,在自家的一堆破烂前埋头撅腚到晌午,肚子里咕咕叫了,饿了。晌饭怎么解决呢?他决定到外边去吃,大吃一顿,他妈的,吃!要钱有屁用?你看人家迟桂花,都这样了,还吃蒜苗炒鸡皮。

这样一想,便站起来,顺顺蹲麻了的腿,走进了小巷。

前边就是富强杂货店了,吴平平要是问他晌饭吃了没,怎么回答?吴平平肯定会笑话他,奚落他,甚至骂他傻瓜笨蛋冤大头。

葛大强连富强杂货店的门口都不愿走了,曲回头,从巷子另一头,跑到味芳楼去吃了一屉蒸饺,一碗干丝笋块肚片汤。这是味芳楼拿手的小吃,确实味道好,也好贵啊,还好多年前吃过的,当然是母亲带他来吃的了,一晃居然就十多年了。这么多年来,他只要不想做饭时,就会想起味芳楼的蒸饺。一屉蒸饺四块钱,一碗干丝笋块肚片汤三块钱,实在是太贵了。这一次,终于不仅是想想,终于是吃一顿了。但是葛大强吃完就后悔了。花七块钱吃顿饭,你以为你是大地主啊?后悔就后悔吧,后悔有屁用啊,吃到肚里就变成屎了,就算把肠子悔断了,也变不成蒸饺了。

葛大强在街上瞎溜达。在路过一个公交站台时,无意中看一眼站台后的玻璃橱窗上贴一张纸条。条件反射一样,他急步躲开了。他不想再看那些破纸条了。以至于他不想走大马路了。他在一些小巷里钻来钻去。他对这一带很熟,大大小小巷子他都钻过,大大小小的河还有河上的桥,都熟悉不过了,不知不觉就走到后河底一带,不知不觉雨就落了下来,不知不觉天就黑了,街巷里的路灯,像害红眼病一样,昏昏暗暗的。葛大强幸亏穿一件中山装。他不是因为怕冷要穿中山装的。他是因为只有这一件值钱的衣服了,他怕放在门口露天地里不安全,要是被捡破烂的搂草逮兔子顺手捡走就亏大了。这会儿正好管了用,落雨的天,还是有些冷,有一件中山装穿在身上,好多了。

葛大强还是看到富强杂货店的招牌了。富强杂货店没有招牌。富强杂货店的招牌就是已经关上的门缝里漏出一线光。一闪一闪的,一定是吴平平在看电视了,《射雕英雄传》不知演到哪里了,吴平平最喜欢看这些破电视剧,有什么好看的,有什么好看呢?

雨还在下。小雨,不紧不慢的。这种雨最湿衣服了。葛大强的衣服没多久就湿透了。落雨时,他还想到门口的棉被胎,他不急于跑回家抢救,是因为他知道老张会帮他拾进屋里的——主要是,他怕回家了。他实在后悔自己鲁莽的决定了。

葛大强没有注意到门缝里漏出来的那线灯光是何是消失的。他真走不动了,也不想走了。他走了一个下午,还有一个晚上。肚子也饿了,一屉蒸饺不过三个,一碗干丝笋块肚片汤里也没有几片肚片,到现在快有十个小时了。也该饿了。饿就饿吧。葛大强不想吃,也不愿走了,似乎还犯困。葛大强就走上富强杂货店的台阶。台阶只有两三级,葛大强很费劲地走上来,走进了杂货点的门檐下——其实是后支出来的一个挡雨棚,大雨也许挡不住,但这点牛毛一样的细雨,正好挡出了门空里的一块干地面。

葛大强掩掩衣服,蹲了下来。他蹲着的地方,正好是白天放兔笼子的地方，兔子的屎尿味很重，葛大强也管不得这些了，觉得兔笼子也是亲切的，兔子的屎尿味也是亲切的。吴平平常常要把他关进兔笼子，真要被吴平平关进去，他也愿意了。

葛大强本来只想蹲一会儿。可能是太累了，仿佛屁股离地一尺高就睡着了，还做了个怪异的梦，耳朵被人一把拧住了。葛大强捂住耳朵，叫道："耳朵耳朵……哎呀哎呀，好疼啊……你以为我是兔子啊，一把就逮住耳朵啊……哎哟……"

葛大强抱耳朵时，抱到一只大胖手。

原来不是梦。原来真是被人拧住了耳朵。

"谁呀，谁呀谁呀……吴平平轻点好不好？"葛大强睁开眼，望着头顶上的一张大圆脸，歪着嘴说，"疼死啦……"

"就是要叫你疼，就是要叫你记住……"吴平平说，"睡这里舒坦吧？"

"把你晦气手松开……"

吴平平手一松，葛大强就歪到她腿上了。吴平平腿上一用力，他就顺着台阶滚到巷子里了。葛大强跪在地上，看门框下站着吴平平。吴平平两条裸露的大胖腿像两根巨型的柱子，灯光从两腿间穿过，照到他脸上。

葛大强被灯光照花了眼，他挤眯着眼说："你要害死我啊？"

"我就要害死你！"吴平平冲到他身边，"害死你怎么啦？你这种人不死还有什么意思！自作自受！猪心眼，死脑壳子！还不如我家小白！我家小白死了，硬生生撞死了，都怪你这小狗吃的。一命抵一命，纳你狗命来！"

吴平平一手揪住他衣领，一手揪住他胳膊，把他拎到了屋里。

吴平平是用脚后跟把门关死的。

屋里随即传出"啪啪"声,还有葛大强救命一样的"啊啊"声,接着就是吴平平的哭声和笑声了。

吴平平说:"你不是没地方去吗?这下好啦,正好兔笼子空着,你就待我兔笼子里吧,你帮这个换房,帮那个换房,怎么没想把你的破房子跟我换?你怕进我家门是不是?还是怕我进你家门?这回你可别想再跑啦!"

"哎哟,你轻点啊……疼……"

"疼?谁打你啦……去,钻兔笼去!"

"你家兔笼子也搁不下我呀。"

"兔笼子搁不下我这里搁下啊……来……来呀……你这小狗吃的。"

屋里是短暂的沉默,接着就响起乱七八糟的声音了。

这回是葛大强发出笑声了,葛大强呵呵喘喘地笑着说:"不对呀,这是什么声音?听,听听,听听听听,是兔子,是小白,小白没死啊,小白又活过来了。"

"正好,你不用进去了。"

"放下,放下,放放放……你抱我干吗啊……"葛大强连嘘带喘地说,"你以为我是你家小白啊……呀呀呀,你抱不动我……"

8

葛大强怀里抱着兔子,身边跟着吴平平。

这是水田中间一条窄窄的柏油路,路上除了他们没有一个行人,也没有车辆,走了大半个小时也只有一辆马车逆行而过。马车上装着几十个兔笼子,每个笼子里都有几只兔子,灰的白的都有,

吴小丽一周的琐屑生活

它们一只只滑溜溜的，比葛大强怀里的小白轻灵多了。

"看！兔子！"在马车擦肩而过时，吴平平兴奋地大叫道。

"你就喜欢兔子，喜欢你抱啊。"葛大强说，"我抱着它，就像抱着一只小火炉。"

"不是兔子热，是天热。抱一只兔子还累着你啦？"

"不累你怎么不抱啊？"

"我要抱就连你一起抱了，信不信小狗吃的？"

"算了算了，我不叫你抱，我有腿。"

吴平平脸上笑媚媚的，头发丝都贴在红扑扑汗涔涔的额头和脸上了，身上也叫汗水湿透了，进入六月，天气突然炎热起来，今天更是热得出奇，毒辣的阳光让吴平平一路上怨声载道，不断数落着葛大强。葛大强有时辩白几句，有时什么屁都不放。不过葛大强也聪明，他一直躲在吴平平的影子里，吴平平的影子和她身体一样庞大，至少葛大强觉得自己一直走在阴凉里。

吴平平身上肉多，走一步都有好几处地方跳跃或抖动，还不时抹一把汗，甩在地上，发出吁吁的喘息声。但她嘴巴一直不闲着："葛大强啊葛大强，你这个小狗吃的你说你能做什么啊？就你这个家底还把自己的房子白白送人了，我看你是要不回房子了。我家可不能一直收留你啊。回去你就给我滚远远的吧，有多远滚多远。你说你给小白打个窝，也要拽上我，我看你就没安好心，存心要把我热死是不是？"

"迟桂花越活越滋润了，一年半载也死不了，我不睡你家睡哪里啊？"

"我这辈子好名声叫你毁了，告诉你葛大强，你不死我非把你赶进我家兔笼子里，和小白一起打混。"

"不呀。"葛大强说,"隔壁的老胡,夸我呢,说我长高了,年轻了,笼子我可不想再待了。"

"是吗?这个老胡,平时没有好话,歪心眼不少,倒是这句话像个人话,嘻嘻嘻,我爱听。我看看啊,哈,大强你小狗吃的,你还真见长个子了,肩宽了,脸也大了,还是我家伙食好,养人,家大屋大,宽敞。"吴平平扯一下葛大强,又推他一把,"力气也长了不少。哈哈哈,走,跟上我。"

葛大强紧跑两步,扯住吴平平的衣角,说:"长高了吧?力气大了吧?我想啊,是换房换出好处来了,是吧平平?"

吴平平没说话,大脸盘上的笑容说明她心里认可葛大强的话了。

"要是在咱家杂货店里挂个牌,兼着帮人搞搞换房,不知能不能收点小费用啊。"葛大强试探着说,"就算不收费,增加人气,也能多卖点货啊。就算没有人气,做做好事也能开心长寿啊。平平你说呢?"

吴平平扭头看看葛大强,一把拧住他耳朵,说:"行啊大强,我家饭食果真养人啊……你这小脑袋瓜越来越聪明了。这事交给你办,往后,我分管杂货店,你就分管换房吧。"

"哎呀哎呀……你轻点好不好?我耳朵呀……那就说定啦,要想富走险路,多种经营才能成为万元户啊……"

吴平平松开手,拍拍他脸,哄道:"对不起对不起……你毒主意真不少啊大强,我真是没走眼!不过你嘴巴不行,比猪屁眼还蠢。我改变主意了,还是你分管杂货店,我分管换房,好不好?"

"好!"

吴平平听了葛大强爽快的表态,心里美滋滋的,不觉加快了步子。

葛大强心里也美美的，紧紧跟着，和吴平平一样，也汗流满面了，他因为要躲在吴平平的影子里，只能迈着小碎步，看起来有点亦步亦趋的意思。一时间，从他们脚下响起的"噗噗"声，都不像是脚步声了，和吴平平的喘气声差不多了。

"你喘气声怎么像放屁？"葛大强说。

"说你自己的吧？你才像放屁了。"吴平平又突然警觉地说，"嫌啦？"

"不嫌，"葛大强赶紧说，"迟桂花那样子了，老张都不嫌，我哪敢嫌你啊。"

"是啊，迟桂花那样子都不想死，咱们也得好好活。"吴平平这回是真感叹了，"身上还插着导尿管呢……大强，你说……"

"说啥？"

"算了，不说了。"吴平平用肉肩膀撞一下葛大强，"说人家做什么，说说咱自己吧，你说农科所真的有大种兔啊小狗吃的？要是没有你就得给小白打窝！"

葛大强哈哈大笑了。葛大强紧紧抱着怀里的大白兔子，笑着说："我要有那本事就不来农科所了，天这么热，不是你急着要来啊？这是城郊，不通公交车，我要去老张家借三轮车你又不让我去借，只好步行啦。再坚持一下，前边那片红瓦房就是农科所了。"

"我不累，我是怕把你累坏了，瞧你这小身体。"吴平平说，"老张的三轮车能借吗？那是煤球厂的三轮车，他屁股不离地送煤球，哪敢借给你？你手头轻点好不好？你又揪小白的耳朵了，小白的耳朵已经被你揪坏一只了。"

葛大强也不狡辩，他手上松一松，对小白说："让农科所的兽医给你把耳朵竖起来，啊，别闹，前边就到了。"

"哪里啊？还那么远呢，你就骗小白不懂事吧。小白要是打上窝，生一窝小白兔，你说家里多热闹啊。"

吴平平嘴上说小白，却摸摸自己的肚皮，觉得例假过了大半个月没来了，不会怀上葛大强的杂种吧？死鬼老汪白长一根清水鸡巴，没留个一丁半子，死了也不安心。没想到葛大强还真强。吴平平看看葛大强满头的汗，停下来，掀起衣角，给他擦擦。

葛大强趁机把脸贴到她大胸上了。

她被弄痒了，一把推开他，咯咯笑着。

他们一路不停地说着，笑着，玩着，大太阳也一路护送着他们，近午时才来到农科所。

然而，让葛大强和吴平平哭笑不得的是，小白不是女的。农科所那个年轻漂亮的女技术员，听了吴平平对小白的介绍和形容后，只是摸了摸小白，就没好声气地对吴平平说："搞笑死了，你两口子连公母都不知道了——这是一只大公兔！"

吴平平和葛大强同时愣住了，接着吴平平就把自己笑傻了。吴平平一边笑一边捶打着葛大强。葛大强收着肩膀，缩着脖子，还想要护住兔子。

女技术员不知道吴平平为什么表现的如此夸张，小声嘀咕道："神经！"说罢，小手一松，离开了小白。

小白"蹭"地蹿出去了。

四周全是兔子，这是农科所的种兔养殖场，许多只兔子被茂盛的青草淹没。小白大约早就被它的同类吸引了，一蹿到草地里就撒欢狂跑起来。其他兔子有的也跟着小白跑，有的抬起头来观看。

吴平平再次失声叫道："看，竖起来啦，竖起来啦！"

葛大强看到，小白一直耷拉着的耳朵，直竖着，在草地里狂奔，前边有几只兔子，被它惊得四散开来。

但是吴平平马上意识到问题的严重了，推着葛大强说："大强，你快去追啊，你个小狗吃的，光顾看了，小白跑没了，以后我抱谁啊！"

葛大强望着跑远的小白，嘀咕道："这么大一块草地，这么多兔子，我上哪去找啊。"

果然，片刻间，小白就混在兔群中了，真的分辨不出来。

"我都看不到小白了……"吴平平伤感地大声喊道，"小白！"

半个小时后，农科所一望无际的农田间，走着两个人，一男一女，先是女的在前，后是男的在前，再往后，女的又抱着男的走了一程。他们这次农科所之行，赔了大本，一只大白兔子跑丢了。

9

有一天，已经是七月末了，几场雨过后，放在富强杂货店门边的一只兔笼子，已经锈得不成了样子。站在石阶上抚摸肚皮的女店主吴平平，用脚踢踢兔笼子。兔笼子发出"哗哗"声，有一些铁屑烟雾一样腾起来，还散发一股怪异的臭味。吴平平冲兔笼子大声说："小狗吃的葛大强，还挺尸啊？我叫你好几回了，把这破东西扔了，你耳朵塞驴毛啦？我的话你敢不听是不是？"

吴平平屁股后响起葛大强的声音："不能扔，我想再弄只小兔子来，你不是喜欢养兔子嘛，这回我弄两只，一公一母。我都想好了，过几天，我去趟农科所，买一对。"

"屁话，谁稀罕……谁喜欢养兔子啊？赶快把这破笼子给老娘扔了！"吴平平说，"再说了，你明天招牌就做好了，房屋交换中心就要开张了，再养个兔子，就不务正业啦。"

"好吧，听你的，我这就去扔了。"葛大强也出现在门口台阶上了，"平平，我一直害怕，你起的名字太大啦，房屋交换中心，就咱这间小杂货店，我怕配不上啊。还是弄块大木板，贴香烟盒、小纸条方便省事，心里也踏实。"

"你有出息没有？不是跟你讲过啦？我来分管。大强，你是我的大福星，你一进我家就变聪明了，你一聪明，我更聪明了，跟你说吧小狗吃的，不仅要叫中心，老娘将来还要改名，改更大更牛的名，吓死你！"

"啥名？"

"保密。"吴平平又踢一脚兔笼子，"快扔了它！"

"真舍不得啊——我想留它做个纪念。"

吴小丽一周的琐屑生活

周一

每个周一,吴小丽都要从城里匆匆赶往乡下,每次都是在小区边上的苍梧路公交站点乘车。这儿离解放桥城乡公交总站有二十几站的距离,要耗费大约四十分钟。从总站再转乘城乡客运专线,到她上班的洋浦小学,还有二十多公里,再加上转车消耗的时间,近两个小时都在奔波中,挨累倒没什么,起大早最让她难受——五点二十分就得起床,五点二十啊,许多人还在呼呼大睡,还在做美梦,可吴小丽手机闹铃就把她闹醒了,她在懵懵懂懂中叫醒女儿,又在懵懵懂懂中起床、穿衣、洗漱、渐渐清醒……

她居住的小区叫同科花园,"同科"虽然刻板,后面"花园"二字,似乎又有一些微妙的意味,和吴小丽的性格颇为切合——表面镇静、严谨，内心却活泛着暗流和激情。但，总体上，吴小丽还算是个清爽的小女人，肤色白净细腻，鹅蛋脸，五官周正，说不上漂亮，也说不上不漂亮。说她漂亮自然是对的，眉眼秀气，唇红齿白，身材婀娜苗条。说她不漂亮也没错，肩太削，颈太长，脸骨稍有尖凸，且奇瘦无比，感觉随时会飘起来，额头和左眼上还有几颗不合时宜的痣，个别恶毒的人甚至骂她寡相。不过吴小丽自我感觉好。自我感觉是个奇妙的东西，对女人来说尤其重要，这从她走路的姿态和表情上就知道了——该挺的地方一定挺得到位，该翘的地方翘得恰如其分，柔韧的腰肢也很有风情地摇曳，而她的表情始终是端庄的，略有笑意的，一副小学老师的标准风范。

吴小丽具体乘车线路是这样的，先在小区附近乘 23 路，再到解放桥换乘 222 路。222 的早班车是五点五十，吴小丽不用赶第一班，能赶上六点十分那班当然很好了，但大多数时候她只能赶上六点半的车。所以五点三十五分是她和女儿的出门时间。在同科小区的林荫道上，她一手牵着女儿，一手提着一只布袋，肩上还挎着包，快步走出大门。女儿九岁了，在她教书的学校读三年级。每次也和她一样，也是慌慌忙忙的，一边走，一边吃东西。

以前，早饭都是丈夫陈大华做的。陈大华是一家房地产公司的质检技术员，天天忙得顾头不顾腚，但总之是在市里上班，不用起大早。只在周一早上表现一下（当然，夜里也是要表现的，不管吴小丽开不开心，他都十分卖力），给老婆和女儿做顿可口的早餐，等娘儿俩出门了，他还可以再睡一会儿。早饭也简单，煮两碗面，煎两个蛋，加上吴小丽爱吃的橄榄菜，就很好了。可最近几次，丈夫懒得早起了——也不知为什么，吴小丽也不去勉强他，毕竟谁都不愿意早起的，便随便带块面包，打发了自己也打发了女儿。

吴小丽一周的琐屑生活

　　一切都很顺利（和此前的无数个周一如出一辙），23路公交车准时进站，她牵着女儿的手随着人流自然涌动。女儿抢在前面刷公交卡，喇叭里响起一个电子女声："学生卡。"她跟着女儿也刷了卡，好像只听到咳嗽般的哼声，没有"学生卡"的声音亲切，甚至那声音像极了一个不太响亮的屁。公交车启动时，还总要打个颤，每次都这样，似乎所有驾驶员都不会开车，或在学习开车。好在她都习惯了。她和女儿往车后走，这也是经验，一来后边有座位，二来，接下来的几站都是大站，人多，到了该让座时轮不到她。

　　车到枫林路口时，遇上红灯。她情不由衷地望向车窗左侧。左侧，隔着几层绿化带，是一片树林。这片树林离她家只有几百米，平时没来过，也没有时间来。有一次，也是在公交车上，女儿发现了林子，惊叹林子这么大，这么绿，还说："林子中会有小白兔吗？啥时候带我来玩一次啊。"她答应了女儿。但终究没有带女儿来。据说，这是枫林公园的选址，因为这一带是新建的小区，入住率不高，人口稀少，号称"鬼城"新区，公园也迟迟没有动工，几年来，只有疯长的树，没有其他的设施，也没有亭台楼榭等景点。吴小丽望着一望无际的树林，心里被轻轻拨动一下，微微有些异样般的介于酸麻之间的感觉——虽然没带女儿来林子，自己却来过几次。就在昨天下午，四点多时，她又来到林子里。林子里停一辆车，刺眼的阳光从叶缝间穿透，射在车上，斑斑驳驳的，有些鬼魅。吴小丽熟悉这辆车，车子里的人她也熟悉，区文广新局的黄新，熟悉或不熟悉的人都称他黄哥。他不仅是这家文化单位的头，还是区书法家协会的头和云山印社社长，制印、书法是全区的权威——在没当文广新局的头之前，他充其量是个三四流书法家，平时无人问津。自从当上了头，自然就是一流的大师了，这家请，那家带的，呼风来风，唤雨下雨，屁股后面追捧的人有一大堆。吴小丽就像跟着人流上车一样，由不得就被夹裹在人流里，又由不得地拜了黄新为师。吴小丽来到林间，本来是她主动要送作品请黄新斧正的，黄新却约她再次来到这里。所以，吴小丽轻车熟路就找到了他。吴小丽看到车里的黄新，甜甜一笑，保持依然的爽朗和明媚，也表示打了招呼。但吴小丽没有拉开车门进去，只把手里一枚精致的小盒子递进了车窗。车里的黄新没有伸手接住，只是"哼"一声。吴小丽不知道这声哼是什么意思，大约是让她上车吧？不知为什么，吴小丽不想上他的车。她拜他为师，跟他学篆刻，也小一年了，见面没有几次，老实说他也没教她什么。倒是从前，她常请黄新在她的作品上题款、盖章，当然，那都是在他办公室里的。这次印社要搞个印展，她刻了一枚"风荷留香"的印，自我感觉不错，但毕竟拿不定主意。上一次市里的印展，她的印就没有入选，这次虽然是印社的展，在吴小丽看来，也很重要。虽然入不入展，是黄新一句话的事，但要从这次印展中选出优秀作品参加市展和省展，她就重视了，是真心想请黄新老师帮个忙的，就是在她的作品上动动刀，做些修改，也可以接受。就这点儿事，有必要上车吗？吴小丽隐隐感觉到这样的见面非同寻常，甚至预感到接下来要发生什么事。果然，黄新没有接她的印，在"哼"一声之后，半隐半露的脸上露出捉摸不透的笑，说："进来坐坐吧，聊会儿。"吴小丽下意识地缩回手，把手里的印盒攥紧，抬起目光扫了四周一下。黄新又说："没事，没有别人。"吴小丽怕被熟人看见，其实她也知道，黄新更怕别人看见——这年头，不管官大官小，和女人约会都是敏感的。另外呢，怕被人看见的事，总之不是好事吧。请老师修改作品，本来是光明正大，却搞得像地下工作者，或像一对偷情的狗男女，真是莫名其妙。吴小丽无奈，还是绕到车的另一侧，拉开车门上了车。黄新这才接过她的小盒，取出一枚印章，逮眼一看，就连连夸道："不错不错，好，好。"吴小丽也不知他的话是真是假，不错，怎么个不错？好，怎么个好？疑惑归疑惑，心里还是不由得一阵美滋滋的。接下来的话题，当然围绕这枚篆刻作品了，主要是黄新谈，吴小丽听。到最后，黄新说，印章先带回办公室，研究一下再说，然后……然后居然也什么事没有发生。不知为什么，离开黄新的车子之后，吴小丽松口气之余，竟然有些遗憾，遗憾什么呢？老啦？没有吸引力啦？当初在黄新的办公室，吴小丽不是也多次拒绝黄新的暗示吗？怎么没觉得遗憾？吴小丽对这样的遗憾突然警觉起来，恶狠狠地"呸"了自己一口。

公交车子颠簸一下，随着绿灯的到来，再次行驶在城市的清晨里。

路边的林子在吴小丽的眼中魔幻了起来，不多会儿便消失在车后了。

一路上停停靠靠，四十分钟后，准时到达解放桥。她牵住女儿的小手过马路，进入城乡客运公司的院子，在222路检票口排队。222路已经停在停车场上了，离检票时间还有三分钟，时间卡得正好。吴小丽神情轻松下来，从包里拿出一页纸，上面是一首古琴曲《梧叶舞秋风》的片断，昨天早上刚学的。三分钟时间，她可以把曲子哼唱一遍，加深一下印象。吴小丽是从暑假开始学古琴的，至今不过两个多月时间，每次上课时，那个老师哥老师都夸她弹得好，这和她用功背谱不无关系。所以，平时不论去哪里，包里都要带着曲谱，哼哼唱唱，有时手上还比画着。这次她无法比画了，手里多了一只布袋，沉沉的，手提包挂在胳膊弯里，身前靠着女儿，身后还挤着一个陌生的中年男人,那家伙不怀好意地拨弄一下她的长发,手指划到了她,她感觉到了,向前挪挪步,其实只不过做了挪步的动作,身体丝纹没动——她怕挤了女儿,哼曲子的好心情就打了折扣,老感觉后背上趴着一只癞蛤蟆。

当公交车到达浦南镇时(上下车人较多),车厢里的人只剩稀稀落落五六个了。吴小丽拿出手机,上了QQ。有三个头像在闪。吴小丽一个一个点开,第一个是黄新的,只有一句问候她的话:"吴老师早上好!"第二个是她的书法老师陈桐兴,陈老师留了好多话,是一个关于全国书法展的信息。第三个是开书画店的周师傅,问她扇面写得怎么样了。

说到这里,你们该知道了,吴小丽是个好学的青年书法家,琴棋书画,除了棋,她都样样精通(至少她努力要样样精通),还有篆刻,也是她努力的方向。她曾给自己做过许多规划,也畅想许多美好的时刻,最让她心仪的,是在她个人书画、篆刻展上,身穿一身古雅的裙装,弹一曲古琴,展厅里墨香萦绕、琴声悠扬,大家纷纷向她投来羡慕的目光……

当然,如果有赚钱的机会,她也不错过。上周三,书画店的周师傅请她写三十张扇面,讲好三十块钱一张,这个周三写好就可以了。吴小丽做事比较急,她花一天时间就写了三十五张。吴小丽看了QQ留言,先回了周师傅:"周二就送去。"吴小丽想想,又给陈老师回复,感谢老师一直以来对她的关心,并且告诉老师,她准备写一幅大作品投稿。最后,又顺手给黄新发个调皮的笑脸——这个调皮的笑脸是不是她的真实心情呢?连她自己都不知道。

洋浦小学的校园特别美丽,一条小河从校门前流过,水虽不算清澈，也比城里的河流干净多了。小鱼儿一群一群地漂在水皮上，玩水花、晒太阳，不亦乐乎。水里的水草杂乱而翠绿，石缝里躲着小虾小蟹，探头探脑的，很好玩。沿岸遍植各种花卉和高大的香樟树，倒映在河水里，幻境一般迷人。吴小丽每次走在河边，从古旧的石桥上经过，心里都有一种愉快和舒畅的感觉，都想捡起小坷垃，扔进小河里吓唬小鱼们。在走过教学楼时，教学楼和操场之间的道旁花圃里，沿路的几株桂花树吸引了她，桂花树要开花了，上周五还没有半点儿动静，两三天时间就全是花骨朵了，已经浓香四溢了，像开在她心里一样，美美的。她伸手抚摸一下金灿灿的桂花，还把脸送过去贴一下，轻嗅嗅，沁凉和馨香直入肺腑。

女儿已经在她前边跑进教室了，她便有时间在桂花树下踟蹰了一小会儿，对，只一小会儿。她喜欢校园，校园里的一切都让她感到亲近，感到圆满，就像自家的院子。所以，对于心里涌动的想调离的想法，一直有种虚幻和不真实感——说真话，她一门心思要在艺术方面做些成就，一来是真喜欢，二来也并非没有一点儿功利，她是想借助黄新的关系，调到市书画院的。黄新的言谈中多次透露过，他和市文广新局的沈领导关系如何如何，他又送了哪位名家的一幅字给沈领导，沈领导是如何的把嘴都笑歪了，等等。黄新甚至还主动说："你将来要想离开学校，离开乡下，往城里调，书画院是个不错的单位，现在那几个专业创作的家伙，一个五十七，两个五十八，三个五十九，眼看就要退了，青黄不接啊。沈领导找我谈过，有意叫我去做一把，重振书画院，你想想小吴，书画院哪有区文广新局牛啊，不过你要能去就不一样了，能解决许多问题的，孩子上学啊，前途啊，分居啊，一揽子解决啦。"吴小丽听了黄新的话，心里不是没动过，只是自己才参加一次国展，连个中国书协会员都不是，调到市书画院，说服力不够啊。吴小丽还是现实的，自己也才三十二岁，还年轻，还有上升的空间，先脚踏实地写几年，水到渠成吧。

吴小丽心情明丽地走在桂花树边，刚才乘车的烦躁早已抛到九霄云外。

一走进办公室里，小朱老师便跳过来，笑哈哈地说："看看，看看，新买的。"

小朱老师穿一件乳白色长袖连衣裙，袖子、肩和领口是镂空的花，里面白白嫩嫩的皮肤半隐半露，很好看，很诱人，也很性感。

"漂亮啊，"吴小丽放下手里的包和提袋，伸手捏了捏布料，"多少钱？"

"猜猜。"

"五百八。"

"神啊，死丫头，五百六。"小朱老师开心地说，"你昨天是不是也逛'一百'啦？对了，你不逛'一百'的，你都逛步行街，专卖店。"

"也不逛啦，我都忙死了，哪有时间逛街啊。"吴小丽说的是实话，又得意地说，"我逛网，我买衣服都是在网上买的。真五百六啊，不贵，我是瞎猜猜呀，现在是换季嘛，衣服都打折的。"

"三折，合算吧？"

"三折还这么贵，真好。"吴小丽嘴上这样说，心里觉得价位没这么高吧？

门口一暗，大朱老师进来了。大朱老师是个大块头，办公室顿时小起来。她进来就夸张地说："在门口马路上就听到你们喳喳喳的，什么美事啊？噢啊，小猪猪穿新裙子啦，好看好看，转过身我

吴小丽一周的琐屑生活

看看,唔,腰是腰,屁股是屁股,真好看。我要是穿啊,没有腰,也没有屁股,全是肚子了。丽,你也能穿的。"

吴小丽已经习惯性地往窗户下边走了。那里有一张闲桌,吴小丽早就占为己有,她在上面铺一块毡子,摆上纸墨笔砚,当成了自己的书案,一有空闲,就在上边写小楷。吴小丽听了大朱老师的话,说:"开学三四周了,我还没买一件衣服,下周我要买衣服,你们两位不许劝我啊,不许拦我啊,也不许打击我啊。"

"那可不行,新衣服一定要让我们过过眼。"小朱老师说,"你买衣服总会走眼。"

"谁让你眼睛那么刁啊。"吴小丽满心欢喜地说,"告诉你们,花园里的桂花要开了,我都闻到香味了。"

吴小丽和两位朱老师最要好,大朱比她大三岁,胖,高,很有些女汉子味道。小朱比她小一岁,瘦长,穿什么衣服都好看。三人结成好姐妹,在一起就叽叽喳喳,还经常结伴去烧香,结伴游青湖,结伴去喝茶、吃凉面,去年还一起在桂花树下铺上台布,大朱小朱去摇树干,金色花朵小蝴蝶一样落下来,不少落在吴小丽的脖子里和头发上,弄得她痒痒的。几个人快乐像孩子般收集了好多桂花,每人分了一小袋。要是三姐妹穿什么新衣服,必定也要互相评头论足一番。至于互相赠送小礼品、分些小零嘴什么的,更是屡见不鲜。

这不,大朱把提袋里的两只纸盒拿出来,急慌慌地说,"一人一个啊,别抢,明年是姐的本命年,先给两位妹妹发身红色小内衣,你们自己拿。我去早读啦。"

小朱"啊"地大叫一声,跳过去抢。

吴小丽笑嘻嘻的,把一支狼毫拿在手里,用舌尖含一含,看着小朱老师冲过去。其实并没有人和她抢，吴小丽知道小朱就是小孩子性格，惊惊诧诧地好玩。不过她还是看着小朱打开一只精美的纸盒，拿出鲜艳的大红色内衣，理了开来。应该说大朱老师的眼光真毒，这种带蕾丝花边的文胸和小内裤，绣着小图饰，精致、性感、撩人。不知为什么，一瞬间，吴小丽有点脸热心跳。吴小丽也跑过去，拿起另一件，说："哪件是我的呀？我要小号的，朱姐知道我是小号的。"

"天啦，大猪猪真疯啦？疯啦疯啦疯啦，哪有这样送礼的？丽姐看看多少钱？八百六十块！穿这么好，谁看见啊……啊，这件就是小号的，拿去！"

吴小丽也看签牌上的价，觉得花这么多钱买一套内衣，确实奢侈了些。大朱老师是大方人，早就说明年是她三十六岁本命年，自己要穿红的，承诺也要送两个妹妹一身红，帮她一起闯灾避难。没想到会这么昂贵。吴小丽把内衣包好，放进盒子中，说："还有三四年，姐也本命年啦。"

小朱老师再次夸张地"啊"一声，说："丽姐你有这么老啊？呸呸呸，臭嘴，丽姐不老，丽姐年轻哦，丽姐还会脸红呢，少女一样。丽姐不要太小气，到时候我也要给我送红哈。我也要这么贵的，还要在屁股上写行字，内有昂贵内衣一件……哈哈哈太费事啦，干脆直接把商标贴上好了！"

吴小丽还没有回答，小朱老师就旋风一样拿着教案和书闪身出门了——她和大朱一样有早读课。吴小丽周一早上没有课，她把内衣又看了看，确实精美，也觉得朱姐的大方真是名不虚传，但穿这么昂贵的内衣确实奢侈了些。吴小丽放好衣服，开始写字——她在接到陈老师的QQ留言时，就想好了投稿的形式，用几件小作品，拼接成一幅大作品。她在画册上见过这种形式，很好看，也新奇，说不准能博得评委的好感呢，套用一句时髦话，梦想不能没有，万一实现了呢。

周二

  吴小丽有两个家，洋浦村是她老家。她是独生女，从小到大都生活在洋浦，和陈大华结婚也是在洋浦的家里。大华是山东临沭人，和吴小丽的父亲同在一家房地产公司上班。吴小丽父亲看中陈大华的聪明、踏实、肯干，人也拿得出手，又家在外省，有心招在家里做上门女婿。便托人做媒，自己也做女儿工作。让他惊喜的是，大华和女儿都愿意，这门亲事真可谓天作之合。小两口婚后恩恩爱爱，不到一年便生了女儿。前年更是在城里最好的同科花园买了新房，置了新家。大华上班不用天天奔波了，就在城里看家，她也能在周末带着女儿进城住两天。而平时呢，她从洋浦小学就近回洋浦的家里，和退休不久的父母一起生活，犹如回到童年。这样的生活方式让她满心的欢喜。

  教师生活的好处，就是每天的工作都是固定的。周二这天，吴小丽有早读课，还不到七点就到学校了。早读结束后，她在十点三十五有一节课，下午两点多还有一节课。昨天晚上，吴小丽就做好了安排，她要在今天上午去一趟市里，把扇面送给周师傅，再和数学老师调下课。

  吴小丽照例拎着那只手提袋上了进城的公交车。手提袋里是写好的三十张扇面，是昨天晚上就挑好的，余下的五张，她放在一边，也卷好了，如果一切顺利，她可以把五张再免费送给周师傅，超市里都时常搞赠品，周师傅帮她卖字，送几张也是应该的。对，周师傅的字画店叫瑞雅轩，一共卖了她六幅字了，上个月有一张《心经》，周师傅给了她八百块钱（事先谈好是五百块），大约卖了好价吧。

从公交车的车窗望出去，风景依旧，或根本就不叫风景，新式的厂房，绿化的道路，穿梭的车辆，间或飘来的怪异的化工原料味，都是她熟悉的。车子不算旧，但总是病病歪歪的样子，一路上咯咯吱吱，蹦蹦跳跳，停停跑跑。她也不急，急也没用，所以也心安理得，所以再想想正在创作中的参加国展的作品，截稿日期是十一月底，时间还充足。不过她可不想慢慢打磨，她是个急性子，干什么事都是雷厉风行，昨天她在学校就开写了，晚上回家继续写，早写好早了心事。作品内容当然还是抄自己的诗词了（上一次入展就是抄自己的诗词），书以文名嘛，历史上，没听说有哪位书法家不是诗词家或文章家的，晋人王羲之和谢安等一干朋友们玩曲水流觞，如果不是《兰亭序》，鬼才知道他书法好了，那次聚会中，书法比王羲之好的人多的是（她猜的），因为他官大，才让他作序的嘛，先有序文，后才有书法。所以，大大小小每次参展的投稿，都是写她自己的诗词，这样才叫真创作，否则，抄别人的诗词，盖别人的印章，自己干了什么？写字？那就是一个抄书匠的差事啊，没劲的。

就在吴小丽想入非非中，手机响了。吴小丽拿出手机，显示的是黄新的号码。黄新打电话，一定是在办公室闲得无聊了。

"黄局你好。"吴小丽笑着，仿佛黄新就在她对面——尽管这笑脸是装出来的。

"干吗啦？QQ不说话，微信没动静，手机也不接。"黄新的口气很不悦。

"有早读,嘻嘻,手机没上线,你打电话啦?在车上,没听见吧。"

"车上?"

"公交车呀,我去市里一趟。"

"哦,什么事?"黄新的口气,仿佛在说,到市里怎么不和我说?别是和别人约会吧?

"到瑞雅轩,送扇面。"

"你怎么还跟姓周的啰唆啊?我不是跟你讲了嘛,姓周的就是骗子,拿你字去卖钱的。"

"我知道啊。"吴小丽心里不满黄新的口气,心想,卖钱怎么啦?谁不爱钱啊。

"你傻啊,你的字被他卖成了白菜价,还有……还有……你不怕人家讲你跟他什么什么的。"黄新声音提高了很多,口气里充满不屑、鄙夷和不耐烦。

但是公交车正好响起预报站名声,吴小丽没听见他"还有"后面的话,只听到"白菜价",这已经伤了吴小丽的好心情了,料想后边没听清楚的话也不是好话,让他重复一遍等于自己又被羞辱一次,便保持一贯的口吻,说:"黄局我在车上,听不清啊,下车我再打你电话好吧,我把扇面送去就回的。"

吴小丽不等对方回应一声,就摁断了手机。

吴小丽对黄新的这个电话深感奇怪,姓周的就是一个普通的卖画的,就算能画几笔花鸟虫鱼,也不入流,靠开个字画店维持生活,怎么就得罪了黄新呢?按说,黄新是区书协的主席,姓周的隶属于美协,虽然都属于文化艺术,但交叉的机会并不多啊。更何况，周师傅不过一个小人物，画是一分钱不值的，就是画画扇面或扇子，也只能放在自己的店里，蒙蒙个别假内行，骗点工资钱。而黄新，不仅是全市名家，就是在全省篆刻界，也是享有大名的。据私下里说，他的一方印，最低起价是两千块钱一方，如果是三枚一套的书画套章，八千起价，姓周的和他根本不能相提并论。其实，吴小丽一开始就猜到，黄新反应过敏，一准是怕她和姓周的接触次数多了，日久生情。想到这里，吴小丽从鼻子里发出一丝冷笑，我又不是你的什么人，吃醋也轮不到你呀。但吴小丽也不是傻瓜，能让黄新吃醋，说明自己还是小有风情嘛。吴小丽并非要耍弄什么小心机，既然周师傅帮卖字，挣点儿零花钱，还能让黄大局长嫉妒吃醋，也未尝不是好事，你姓黄的能耐大，也帮帮我呀，那枚印章还在你手里呢，能不能参加篆刻展，就看你的啦。

公交车到解放桥城乡客运总站，吴小丽匆匆下车，匆匆招呼一辆三轮车过来，准备抓紧时间去瑞雅轩，却听到马路对面有人喊，小丽。

黄新在一辆商务车里探出油光光的脸来，向她招手。

吴小丽一笑，跑过去，问："黄局有事啊？这么巧。"

黄新呵呵道："顺道，接你一下，上车吧。"

吴小丽本想矜持一下的，一想到时间紧，去过周师傅店里还要赶回乡下上课，就拉开后车门，钻进了黄新的车里。

"谢谢黄局，换车啦？"

"没有，我开自己车出来接你不方便，怕人家看到啊。"车子已经缓缓滑行了，"我送你去瑞雅轩。"

"真让你费心啊，上班还出来。"

"有事要跟你说。"黄新说，"我考虑很久了，这事对你比较重要。"

　　什么事啊？吴小丽想，不会又是借机挖苦周师傅吧？吴小丽抢先替周师傅辩护道："周师傅其实挺好的，他让我写扇面，也是想帮帮我，他知道我手头紧，要还房贷。"

　　"我不是说他，他不值得我说，一个小碎鬼，画什么破东西，都是垃圾，你常跟他来往会掉身价的。再说了，挣那点儿小钱，也是眼前利益，等你入了中国书协，名气大了，一张字是现在的几十倍、上百倍，房贷、车子都不是问题。"黄新的语气比电话里平静多了，"当然，你的调动也更不是问题了。"

　　吴小丽支吾着，表示认同他的话，但心里却想，说说容易，中国书协那么好入的？两次国展那么容易吗？

　　黄新眼睛注视前方，老练地驾着车。他听不到吴小丽心里的声音，问："怎么不说话？"

　　"嗯，我投稿作品正在写，写好托一下，还请你帮盖章和题字啊。"吴小丽不是谦虚，大作品她真的不敢题款和盖章的，好几枚印，布局啊，大小啊，她拿不准，怕破坏了整体感。以前都是陈老师帮题的款和盖的印，自从结识了黄新后，又都是请黄新题款和盖印了。开始时，吴小丽可以随时去他的办公室，渐渐又改在星期天了。改在星期天也是黄新的建议。黄新现在越来越谨慎了。

　　果然，听了吴小丽的话，黄新转头瞟她一眼，仿佛在说，你求我办事就对了。但口气却不像内心里的得意，平静中略带温柔地说："你星期天早点儿去，把作品带上，我七点就在办公室等你。"

　　吴小丽"嗯"一声，突然想起黄新说有事要说，便问："什么事呀，这样急？"

　　"噢——"，黄新也想起来了，自得地说，"是这样的，我主要是想帮帮你嘛，我有个好的策划，你听听啊，咱们海湾市博物馆在全省还是很有名的，你用小楷抄写三幅《海湾赋》，一幅捐给市博物馆，一份捐给市图书馆，还有一幅，赠给作者。这两个部门的头都是我朋友。到时我让他们搞个接收仪式，我再请报社、电视台等新闻媒体炒作一下，你的名气就大了，对你以后调动工作有帮助。懂了吧？"

吴小丽听懂了，但又似懂非懂。她习惯性地说："谢谢黄局啊。"

"咱们……还说什么谢啊。"黄新说，"你做了义捐后，名气有了，又是我的会员，你要是想进城，运作起来就方便了。万一进不了书画院，我跟教育局领导推荐你调入城区名校，也是水到渠成的，明白我的意思了吧？要不然，我没有由头去推荐你，教育局那帮家伙，还不知要怎么乱猜呢，我也是保护你的名声啊。"

吴小丽心想，能调进城里的学校当然好啦，但想调的老师有一大堆，非特别硬的关系莫办啊。

"调到城区的学校啊？"吴小丽感叹道，"太难了。"

"一步一步来嘛。"

吴小丽觉得也对，义捐这事确实是个好主意，一来能扩大自己的知名度，二来自己的作品能被家乡的文博机构永久收藏，也是许多人梦寐以求的事，第三也给黄新争了面子，也算是政绩的一部分吧。

"这个事情先保密，你把这次国展的作品写好了，就可以写《海湾赋》了，什么时候写出来，什么时候就搞捐赠仪式。当然越快越好啦。"黄新带一下刹车，说，"到了，哎，古玩市场，你快去快回，我等你。"

吴小丽一周的琐屑生活

瑞雅轩在古玩市场的最里边,位置不是最佳,一间不大的小门面,堆满了字画。墙上挂的数幅书画作品中,有三四幅吴小丽的书法小品,其中有一幅《心经》格外显眼,挂在店堂最好的位置,紫色仿红木框加上洒金宣纸,显得十分富贵。吴小丽清楚店堂的格局,所以每次来都会给她带来快乐。

周师傅没有看到吴小丽已经站在门里了。他有客人,正背对着吴小丽听客人讲话。

"你不知道……周师傅,那种人我晓得的,迟早要出事……那种水平,不是头上的官帽子,连个屁都不是!"声音小了些,"要么当好官,要么做好……好艺术,什么都想要……要,结果会什么都要不到……"

客人有些结巴,说话鬼鬼祟祟的,他看到了吴小丽,突然不说了。他不认识她,赶紧对周师傅说:"有客人了。"

吴小丽是聪明人,她已经听出来对方议论的是谁了,没错,一定是黄新。吴小丽早就知道黄新得罪了不少同行,加上不少同行对他当主席颇不服气,各种各样的评论都有。吴小丽从来不参与这些评论,听到也跟没听到一样,不去传话给黄新。所以她笑吟吟地和周师傅打招呼,周师傅也热情接待吴小丽,一张一张地看吴小丽写的小楷扇面,有正楷,有行楷,有行中带草,有楷中带隶。吴小丽也在一边看,小心思地想,也许过不了多久,自己的字就会升值了。

周师傅年纪不大,叫周景成,五十刚出头的样子,是个诚实人,他并没有把扇面翻完,就从抽屉里拿出准备好的信封,说:"这么低的价格真是委屈你了,这是一千。"

应该是九百的。吴小丽心想，多给了一百，也不能白了人家。就从包里拿出另一个小卷，说："多写了五幅，也给你，算是赠送的。"

周师傅嘴都喜歪了，对那个客人说："看看，小吴老师真是做大事的人，讲究。"

客人看来也是行家，他笑吟吟地说："要想作品留传下来，存世量一定要大……那个，叫你吴老师对吧？"

"小吴小吴。"吴小丽谦虚地说。

"你的小楷有前途。"

"谢谢，谢谢。"

吴小丽和许多艺术家一样，都爱听好听话。如果不是黄新在外等她，或许她会在店里逗留十分八分的。她知道黄新会胡思乱想，便和周师傅打声招呼，告辞走了。吴小丽临出门时，周师傅的那个客人也翻看桌上的扇面了。吴小丽还心想，不知道这个人背后会怎么议论了。

吴小丽穿过马路，上了停在树下的车。

黄新说："这么快。"

"要赶回去上课。"

"不急的，我送你去快得很。"

"十二点就有课了，三节，都是我的，得赶紧回。"

"现在才十点嘛，时间很充裕啊，到哪里聊会儿吧。"黄新说，"真是身不由己啊，如果不当这破局长，就能和你到山下喝茶了。这样，我送你回校，顺道拐去青湖，聊会儿，我有话和你说。"

吴小丽想说现在说也行啊，可又怕太直接了得罪他。但她真不想去青湖，主要是怕单独到那种僻静的地方，青湖太偏了，虽然就

吴小丽一周的琐屑生活

在洋浦路边上,离公路不到一公里,可堤岸长,柳树密,吴小丽春游时带学生去玩过,也很喜欢那儿的湖光水色,喜欢那儿的安静。但确实平时没有人去。就算姓黄的把她推到湖里淹死,也没人知道的——当然,黄新还没有理由要害她,但是,且慢,如果他提出非分要求被她拒绝呢?吴小丽心里紧一下,灵机一动,说:"不行啊,还有作业没批,二十篇教育故事也没弄好,还有演讲稿要写。"

"什么演讲稿啊?二十篇教育故事?疯了吧?"说话间,黄新已经开车行驶在大街上了。

"就是啊,校长安排我下周四参加全市青年班主任教师技能演讲比赛,要求要有二十篇教育故事,还要有六分钟的演讲。我哪里想去啊,累死了。"吴小丽说的是实情,她真的不想参加这种比赛,前年她就参加过,得了个三等奖,去年是二等奖,校长胃口越来越大,上周通知她参赛时,笑着说:"这次不要求一等奖了,能确保二等奖就可以啦。"校长嘴上这样说,心里明显还是向往一等奖的。吴小丽虽然不情愿参加,也有自己的小九九,这种奖得的多了,特别是要能得到一等奖,在学校里还是有分量的。万一书画院调不成,备选方案是调进城区的学校,对此无疑会增加砝码的。

黄新听了吴小丽的话,眉头皱了皱,说:"这种乡下学校就是破事多,烦死了,最迟今年底,我一定要把你调进市区!"

吴小丽想说谢谢,还没等开口,黄新又说:"好吧,我送你到解放桥吧,正巧我也有点儿事,那个《海湾赋》要抓紧写啊。"

"吴局你多费心啦,我一定快些开工。"吴小丽还是留了余地,说:"反正周日盖章还要到你办公室去的。"

最后这句话,吴小丽吓了自己一跳,干吗?这不是明显暗示么?吴小丽赶紧弥补道:"我盖章一直盖不好,这回吴局你得给我多讲讲，省得老是麻烦你。"

晚饭以后，吴小丽有几件事是必须要做的。依次是：书法创作（这回是写参展作品）；查女儿的作业；听（监督）女儿拉二胡；自己上二楼练半小时的古琴。

一般情况下，吴小丽写字也就写一个小时，有时候不到一个小时。她坐在通向二楼楼梯口边的桌子前，在小碟子里倒点儿一得阁墨水，开始创作了。女儿黏她，就坐在她面前的另一张桌子前写作业，和她面对面。女儿的作业不多不少，每次都是在吴小丽写累或写烦了，女儿的作业也正好写完。

女儿今天特别乖，作业一写完，就主动拉二胡了。女儿的二胡已经考过七级了，在同龄孩子当中，水平算是好的了，老师喜欢，她也开心。她准备让女儿在五年级之前考过九级，然后就全心全意学习功课。那时候，按照她的计划，她也调进了诚里。然后，再让女儿上个重点中学。接下来的日子就平坦而安心了。

女儿练完二胡，时间是七点五十，丈夫陈大华的电话也适时地打来了。

陈大华每天都会在七点半至八点之间打个电话来家的。有时候有事，有时候没有事，瞎聊几句，扯扯痒，像做爱一样例行公事。吴小丽对先生的电话并没有多少兴趣，接和不接没有什么区别，有时候干脆把手机递给女儿，让女儿跟爸爸瞎掰几句。不过她这次还是接了电话，因为她有事要和他讲。

"喂，你在干吗？"吴小丽问。

"不干吗啊，刚吃好饭。小乖呢？"

"小乖作业写好了，二胡也拉了，马上上楼洗脚了，我上去还要弹会儿琴。"吴小丽语速很快,"唉,你什么时候请郭蓓蓓?上个星期说过的话,又拖这么长时间。"

"你定个时间吧,老婆。"

"那就周六,周六晚上,你找个好点儿的饭店,先预订一下,我们早点儿吃。"吴小丽说,"你复习怎么样啦?还有几天就考试了,加油哦。"

"书还有一本正在看,老厚老厚的,眼睛都看酸了。"

"你明晚不要回家了吧,好好看书,我肚子疼了,可能要来例假,听到啦?"

吴小丽是边和丈夫通电话边上楼的。最后一句她没等丈夫回话就掐断了。这些年,他们夫妻间有个并非约定的规律,就是每个周三,陈大华都会从城里回来,开始两人也确实是生理上的需要,后来也不是每次回来都要做爱的,但是这个规律却是保持下来了。有过一两次因为雨雪吧,大华没回来,母亲就会在第二天一早问吴小丽,是不是夫妻吵嘴啦?是不是闹别扭啦?而且一周之内要问好几次。后来小两口协商,大华就每周三风雨无阻地回家了。

再说关于请郭蓓蓓吃饭的事,也是吴小丽先提出来的。郭蓓蓓是一家建筑工程公司的副总,又漂亮又有气质,特别爱好书法和绘画,也是陈老师的学生。有一年多了吧,那次在陈老师书法集首发仪式暨七十寿辰酒会上,吴小丽和郭蓓蓓恰好坐在一起,两人一见如故,互相看着都顺眼,便交换了联系方式。当时吴小丽就想,丈夫工作的建筑公司是一家小公司,发展前景不妙,工资也不高,要是能到她的公司,倒是不错的选择。于是吴小丽便透露了先生和她是同行的信息,这下两人谈话更为投机了,郭蓓蓓问了吴小丽很多,吴小丽也乐于回答,把自己的书法历史几乎全盘讲述一遍,连她先生陈大华的情况也详细告诉了郭蓓蓓。更为巧合的是，在那次酒席谈话不久之后，吴小丽到陈老师家送作品，又和郭蓓蓓相遇在他的书房，两个年龄相仿的女人相聊甚欢，谈了不少私心话。而更让吴小丽开心的是，郭蓓蓓主动提出要请大华到她公司上班，并许诺很高的月薪。吴小丽自然满心欢喜了。就这样，大华就去了郭蓓蓓的公司，在技术科做一名普通的质检员，在郭蓓蓓关照下，干得如鱼得水，仅隔几个月，就升任了副科长，而且郭蓓蓓还鼓励大华看书学习，准备考中级质检师。与此同时，关于郭蓓蓓的有关信息，吴小丽也从大华的嘴里知道了一些。原来郭蓓蓓是公司大老板的情妇，她这个副总很有实权的。有了这层关系，吴小丽觉得遇到了贵人，大华的工作会非常的稳定，便让大华出面，请郭蓓蓓吃顿饭。虽然郭蓓蓓不缺吃请，也不需要他们感谢，但吃顿饭表示一下知遇之恩，也算是人之常情。可这话说过就一去好多天，忙忘了。当半个多月前陈老师的生日聚会上，吴小丽和郭蓓蓓再次相遇时，吴小丽终于有机会亲自感谢郭蓓蓓，并邀请她吃饭。郭蓓蓓并没有拂她的好意，答应得很愉快。这让吴小丽也开心得很，两个女人成为知心的好友，聊得更为投机了。相聊中，吴小丽还知道郭蓓蓓是个很有成就的琵琶艺术家，得过全市琵琶比赛的一等奖。怪不得她的谈吐如此得体，举止如此高雅，艺术感悟又是如此之高。

吴小丽的古琴就放在卧室外的过厅里，上面盖着一块粉色的纱巾。吴小丽坐到琴前，酝酿一下心情，把曲谱摆好。陈大华的电话又打来了，兴奋地告诉吴小丽："约好郭总了，周六晚上五点，在苍梧蒸菜馆。"陈大华还特意强调一句："郭总喜欢吃蒸菜的。"

这天晚上的古琴声，悠扬而动听。

周三

　　整整一个上午，除了第二节课，吴小丽都在网上——她要尽快把二十篇教育故事写好。然后才有好心情写字。一口气写这么多文章很难的，找一些资料，又不能照搬，改写也要结合自己的经验，观点可以用，例子得自己找，所以，一个上午，她也只写了三篇。后来她想了一个妙主意，把以前写过的文章找出来，改写一下，还用了一种省事的办法，就是把自己写过的教育故事，另加一个标题，叫《给孩子们讲故事》，前边加个小引，然后之一、之二，一直到之五。就这样，到了下午两点半，一口气编了十二篇，过半还多。吴小丽做事干净利落，这是她个性。她还有一个好习惯，某件事一旦开了头，就一定要把它做完，如果拖下去，成了半拉子工程，另一件事情绝对做不安稳。所以，她打定主意，晚上要加个班，把二十篇文章搞定。她还自我表扬一下，幸亏决策英明，让大华晚上不回来，没有人闹，可以安心加班啦。

　　就在吴小丽一门心思扑在教育故事编写的时候，发生了几件事，一是大朱老师出人意料地打扫卫生；二是市教育局检查组突然来学校检查工作；三是陈老师打电话来，市高新经济技术开发区要搞一个金秋书法展，叫她写一幅中楷参展，虽然没有奖金，也没有任何奖品，但可扩大影响，"十一"展出时，也可以出席开幕式和书友们见见面。后者她没去多想，立即决定明天上午写，中楷也快的，半个小时搞定，下午正好去市里一趟，把要参加国展的作品送去托裱，再把中楷送给陈老师代为转交——陈老师也要参加金秋书法展的。

但是，关于大朱老师一反常态地提前到校又积极打扫卫生，直到局里的检查组到来时，吴小丽才悟到什么，才暗暗敬佩自己的这个小姐姐真是人精中的人精，同时不知为什么，吴小丽心里涌起一阵五味杂陈的滋味，一直伴着她萦绕不去。

还是在早上刚一上班时，吴小丽就发现大朱老师比平时早到了近半个小时——如此准确的时间，吴小丽是有权威的。因为平日里的吴小丽，都是第一个到校的老师（除非特殊情况），所以，当她看着大朱老师停好自己的丰田180E，一路急急地走进办公楼时，她下意识地看一眼腕上的时间，还差十分到七点。吴小丽略有奇怪，喊了大朱老师一声。更奇怪的是，吴小丽的声音不小，在早晨寂静的校园里，大朱老师居然没有听到。吴小丽停好电瓶车，让女儿下车后，又转头看一眼办公楼落地的玻璃大门，那里一道白光一闪——大朱老师穿一件白色连衣裙，假旗袍的样式，很豪华的，以前穿过一次，小朱老师还调侃她又成新娘子了。吴小丽看看自己，今天虽然新换一条裙子，还是洗过几水的旧式样，不鲜亮了，暗暗想，明天也要穿那件粉色的旗袍，再不穿，年龄大上来，就没机会穿了。就是穿了，说不定腰也不是腰臀也不是臀了。不知哪位姑奶奶说，出名要早。美丽也要趁早展示的。

到了办公室，吴小丽看到大朱老师已经在淘洗抹布了。吴小丽也没有在意，她心里惦记着二十篇教育故事，和大朱老师打过招呼后，便坐到电脑前了。大朱老师挨个桌子擦一遍，在擦到吴小丽写字的小桌子时，大朱老师改变了称呼，亲切地说，"丽，今天还写字吧？"

吴小丽头都不抬，手指在键盘上嗒嗒地敲，说："参展作品写好了，今天不写了，忙死啦。"

"那我收拾一下啊。"

"谢谢猪猪姐啊。"吴小丽的话完全是机械式的。

吴小丽也没有注意，等到大朱老师又涮拖把拖地时，才发觉她今天有些反常，穿这么漂亮的裙子，一般都怕弄脏的，别人打扫卫生时躲开还来不及呢，她反而更加积极。吴小丽偷眼看看写字的那张小桌，桌子上的小碟子、笔洗、笔架、镇纸、一瓶一得阁，还有一卷格子宣纸，都被大朱老师收拾到桌肚子里了。吴小丽只是稍有奇怪，还没有心思去多想。倒是随后进来的小朱老师，夸张地和大朱老师说笑几句。最后，小朱老师调皮地说："打扮跟新娘一样啊，猪猪姐，这么素洁高雅，美若天仙，怕我们不注意吧？美丽给谁看呀？嘻嘻，是不是要送给哪位亲爱的参观啊？"

在其他老师的笑声中，大朱老师完成她的清洁工作，腾开嘴，对小朱老师说："你嘴巴真毒啊，小猪猪，我干活还不讨你好，等一会儿收拾你。"

小朱老师和大家一起，互相又拿大朱老师的漂亮裙子开心地说笑一番，便各自上课去了。剩下的几个老师，有的在批作业，有的在备课，各自都忙于工作了。吴小丽也在聚精会神地编写教育故事，谁都没有注意校长进来。

校长是来传达一个重要决定的，他假咳嗽一声，引起大家注意后，说："辛苦啦，大家，有个事啊，上午十点左右，县教育局检查组例行到咱们洋浦小学检查，孔局长亲自带队，大家都要打起精神啊，气质上要阳光，要快乐，要幸福，把自己的卫生搞搞，教案再查查，教案没准备好的，赶快补补，我们都是有经验的老教师了，不要出乱子。"

小朱老师心直口快,惊讶道:"为什么呀?早点儿通知,我们好有个准备啊。"

校长两手一摊:"我怎么知道啊,我也是刚接到通知,突然袭击吧。"

大家都嘀嘀咕咕地抱怨局里不地道,坑爹坑姐的话都说出来了。

校长说:"这也是新形势,所以要求大家平时就要保持临战状态,随时接受各种检查。"

校长走后,吴小丽也没有把大朱老师的反常和这次检查联系上(或许是她太埋头工作的缘故吧),直到检查组到了,直到她看到孔局长和大朱老师那销魂的对视,她才突然顿悟,原来大朱早就知道这次的检查,她应该比校长知道的还早(或许昨天她就知道了),甚至她漂亮的白色连衣裙,也是为孔局长穿的。想到这里,吴小丽心里"咯噔"一下,突然觉得大朱老师真是深不可测啊。吴小丽再次还原当时的场景:先是门口响起一阵杂乱的脚步声,接着是校长进来,他大声地跟大家说,大家欢迎孔局长来我校检查工作。话音未落自己就先鼓起掌来,接着便是在校长的掌声中,进了一行人,前边白脸分头、白衬衫扎在蓝色西裤里的矮胖子,就是大家经常在主席台上见过的孔局长了。孔局长微笑着,很标准地跟大家挥手致意,对刚响起的稀稀落落的掌声也回应了两巴掌,用眯成一条缝的眼睛扫视一圈,目光和大朱老师的初次碰撞时,并没有多余的反应。与此同时校长适时地提议说:"大家欢迎孔局长做指示。"于是又是一阵掌声,这一回较齐整一些,也比先前响亮多了。孔局长也没客气,他开嘴就是一套标准的讲话,简明扼要地回顾一下洋浦小学的光荣历史,又着重表扬现在学校取得的成果,最后展望一下

吴小丽一周的琐屑生活

学校光明的未来。整个讲话时间不到五分钟，检查事实上也就结束了。在陪同人员的领掌声中，孔局长该回会议室喝茶、打牌、等午饭了。但孔局长显然意犹未尽，他亲切地和在场的老师握手。握到吴小丽时，校长介绍说："我们的才女吴老师，多次在片区和全市各种比赛中获奖，还是我市著名女青年书法家。"在校长介绍她是书法家的一瞬间，吴小丽以为孔局长会知道她。但是，从孔局长的反应看，他并不知道，对她的书法家身份也一点儿不感兴趣，他反而松开吴小丽的手，迫不及待抢过大朱老师胖嘟嘟的手。校长及时介绍道："朱老师，我们学校的老先进。"孔局长摇着大朱老师的手，说："知道的知道的知道的。"大朱老师很矜持地微笑着，又黑又媚的眼睛看着孔局长，眼睛里闪烁着丰富的内涵，深情款款里暗藏着一把尖锐的刀锋，似乎要刺穿孔局长的骨髓和灵魂，而孔局长的眼里也闪着光。吴小丽心里就是在这时"咯噔"响了一声的，是啊，大朱老师这样的眼神，非一般关系才有的。

吴小丽突然间明白了大朱老师一早就开始的反常了。

大朱老师早就在市里买了房子，儿子也在市里的重点中学读初一，往市区调，也是迟早的事。这个天天跟她嘻嘻哈哈的大朱老师，这个熟悉的好姐姐，让吴小丽突然感到生活好复杂啊。

在接下来的时间里，吴小丽的精神就很难集中，恍恍惚惚的，虽然工作也在做，效率和质量就不比先前了，眼前也经常会出现大朱老师暧昧的眼神。那眼神在她眼前每一次出现，吴小丽的心绪就乱乱的，思绪就会被中断，再回到工作中时，就会费一番思量。

下午临放学时，她接到一个电话，对方自我介绍说见过她，一是顺道来看看她，二是还为她刻了一套书法印章，人已经在校门口了。本来这是一件值得开心的事——她的书法用章只有有限的几套,老用黄新给她刻的章也让她厌烦了,心里早就动了再请人刻章的意愿,就是花几千块钱也是在所不惜的。没想到瞌睡送来了枕头,有人主动为她刻章了。当她看到对方时,感觉此人好面熟,一定在哪里见过。她接过对方递过来的两个小盒子,硬是想不起来了,就像话到嘴边,不知要说什么似的。她的犹疑,弄得对方也没劲,跟她张了张嘴,什么也没说(估计是想拿章换字的,这是书画界的常规,初次见面,不好开口而已)。等她从呆傻中回过神来,想着感谢对方时,人家已经开车走了。只好打电话,在电话里说声谢谢,虽然是补充的感谢,也可弥补一下失礼的。当她拿出手机,才又发现根本就不知道对方的手机号码。吴小丽只好拿出印章看边款,他叫古一玄。吴小丽确认不认识这个人,但面熟是怎么回事呢?看来此人似乎也不善言谈和交际吧,把来意说得太简约了,难道仅仅是为了送一套章?吴小丽觉得对不住人家,如此冷落人家老实人,总归心里像欠了什么。如此坏情绪,一直延续到放学,又从学校延续到家里。她甚至都不想准备教育故事了,有什么用啊?狗屁都不如吧?大朱眼看都要调进城里了呢——有孔局长这座靠山,调动一个人还不是便便的。

当吴小丽收拾包,拿出周师傅给他的信封时,突然想起来了,这个古一玄,不就是在瑞雅轩碰到的那个人嘛,当时他正在不指名的议论黄局呢。吴小丽终于松一口气了,也不再纠结大朱的好运气了,决定再加会儿晚班,写字,弹琴。

周四

星期不过三,过三没时间。一眨眼,今天就周四了。吴小丽周四的正课最少，只有一节，副课却有好几节，音乐、德育、体育、电脑都有，孩子们这一天最开心。所以在每周四，吴小丽都会安排自己做私事。

生活也真是凑巧得很，每逢周四，也确实有许多事情要办。

因为决定要到市里，吴小丽在七点时，就到班级看看了，以便有尽量多的时间和孩子们在一起。

已经有两个孩子到了，接着便有孩子陆续走进教室。先到的孩子都主动拿出书，大声朗读。本来今天早读是英语，英语老师是大朱老师兼任的。吴小丽看有个别孩子拿语文书来读，便走过去提醒一下。孩子差不多到齐时，她看大朱的身影在窗口出现，便走出去，和大朱打招呼，算是早读的交接，就回办公室了。路上还想，大朱老师脸色亮堂堂的，眼里闪烁着快乐，嘴角一直弯着，仿佛昨天的喜庆还遗留未褪。有空得问问她，是什么时候和孔局长熟络的，对姐妹们还保留这样深，该打屁屁吧。吴小丽也是俗人，她对好朋友大朱，突生一种复杂的情感，说不清道不明，大约就是"羡慕嫉妒恨"吧——恨倒是也没有，如果有，也勉强而已。而前两者却是实实在在的。

回到办公室，吴小丽第一件事是想着昨天晚上没有睡好，得冲杯咖啡先提神。

一杯香香浓浓的热咖啡，果然身心顿爽。接着，便到小书案前，写市高新经济技术开发区的参展作品。一幅中楷，好写的，早读课时间正好够用。吴小丽展纸调墨，一挥而就，一幅七律就写好了，抄录的是一首自己的诗。

吴小丽看着飘着墨香的新作，又轻声读一遍诗作，打内心里满意。

第二节课刚铃声刚响过,小朱老师鬼慌鬼忙地跑进来了——她早读课之后,就凑着想和吴小丽说什么,因为办公室有不少人,还因为吴小丽急着要去上课,便把话给憋了回去。这会正好办公室里就她俩,小朱老师像逮到机会一样,开口就神叨叨地说:"姑奶奶你真忍得住啊?你早就知道,就是不对我说,是不是?"

吴小丽瞪眼看她,一副不明就里的样子。

"你要干吗去?"小朱老师对她的神态也不理解,说,"你还无动于衷啊?"

"去市里,送件参展的作品,还要去裱画店裱东西。"

"还有心情做这些啊?大好事啊,知道不?"

"什么大好事?"

"大猪猪发达啦。"小朱老师显然对吴小丽进城不感兴趣,对吴小丽什么都不知道也着急,她急不可待地说,"本姑娘得到非常秘密的消息,大猪猪要调市里啦。"

吴小丽听了,也颇感惊讶,将信将疑道:"是吗?"

"你真傻啊?不过我也够傻的,我也才知道——校长一早透露的——要不了多久大家就会知道啦。"小朱老师由于过分惊诧,眼睛睁得圆圆的,让她的小圆脸更圆了,"你知道调市里哪儿啊?不是学校,说出来吓掉你小魂了,直接调市局教研室,厉害吧?"

"啊?这么厉害啊?"这会轮到吴小丽不相信了。

"不叫厉害,叫牛×!"小朱老师说了一通很酷的脏话,"大牛×!什么叫人不可貌相,海水不可斗量?说的就是大猪猪!不不不,打嘴打嘴,大猪猪貌相也是一流大美人——这头大猪猪,她真能憋,一点儿没有透露啊。哈哈哈,人家这才叫城府,透露出来就显得浅薄了,是不是?这个大猪猪,还真有一手,对咱姐俩都瞒得严严实实的，不会连请客也省了吧？不行，她给咱们买身红就想过关啊？今天就敲她一顿！"

吴小丽听出来，小朱老师虽然是当作好消息来报告，用词上却充满不敬，说明小朱老师和她一样，对大朱老师的好运气，也是羡慕嫉妒恨的。

在去城里的公交车上，吴小丽尽量想忘了大朱老师调动的事。这么好的事，什么时候才能落到她的头上啊。要是也能调到市里，自己学琴，女儿学奥数，拜访陈老师、装裱字画这些事就很轻松了。她拿出手机，想给黄新发短信，让他关心关心调动的事。吴小丽刚拿出手机，手机响了，来电显示是郭蓓蓓。

"郭经理你好。"吴小丽一副尊敬的口气。

"叫什么郭经理啊，叫我郭姐好啦。"郭蓓蓓的声音永远都是体贴入微的。

吴小丽随即改口说："郭姐好。"

"嘻嘻，真听话，亲一个。你到哪儿啦小丽？听说你要来陈老师家，我也专门等你来了。"

"啊？郭姐你在老师家啊？"

"是啊。我请老师和你吃饭。"

"哎呀，咱们要请你的呀。"吴小丽说，"我让老公把饭店都安排好了。"

"我就知道你会这样说，什么我们你们啊，我们都是陈老师的学生，今天我请老师，你一起陪陪，可以吧？"郭蓓蓓嘻嘻地说，"你家听话的乖老公跟我说了，这个周六，是吧？我忘不了的。"

"郭姐你真会说话，好吧，今天就吃你的。"吴小丽也喜欢郭蓓蓓的干脆利落，"不过我得先去一下装裱店，有一幅作品要托裱一下。"

"抽时间再去不行吗？这边等你啦。"

"托一下很快的，正好也带给陈老师看看，让老师给我指点一下。"

"那你快点儿，越快越好，我在老师家等你啊。"

吴小丽的书法作品，都是在朝阳路上的瀛洲装裱店装裱的，而且由老板兼店员王师傅亲自做，质量非常好。吴小丽一下公交车，就叫一辆三轮车，赶到瀛洲装裱店了。让吴小丽感到意外的是，在瀛洲装裱店遇到一个人，他就是昨天送印给她的古一玄。吴小丽心想，他真能窜啊，那天是周师傅的瑞雅轩，今天又是装裱店。

古一玄也吃惊得嘴都歪了，连说："太巧了……太巧了。"接下来，就没话了，嘴张了又张，歪了又歪，喉结上上下下滑动好几个来回，脸憋红了都没再蹦出一个字来，仿佛有许多话都卡在喉咙里了。这哪里像一个见过世面的篆刻家啊。如果不是亲眼所见，真不敢想他就是那天八卦别人的人。吴小丽感到好笑，又替他着急。不过他制的印，确实有特点，古朴苍茫中穿插着秀雅和娟细，很适合她的小楷书。

吴小丽条件反射似的马上道歉，说："昨天真不好意思，连感谢都忘了说了。这下也好，正好让我当面谢，古老师，你的印真好，谢谢啊。"

古一玄的紧张感才稍稍减轻，脸上像花开一样有笑容绽放，但还是结巴地说："不用不用……我也是看你的字好……才才才……在周师傅那儿，才对上号……其实你的字我早、早就欣赏过了。"

"在哪里看我的字啊？"吴小丽好奇了。

"这个这么……在那个那个黄局的办公室里，还有还有他家书房里，都有都有的。办公室是《千字文》，家里是《洛神赋》……是吧小吴老师……你的字真高级，真好！"

"哪里好啊。"吴小丽说，脸上的笑容渐渐变得不自在起来，好像只是做出笑的姿态而非真实的笑——她最怕别人评价她送给黄新的字了。黄新手里有很多幅名家的字，大到中国书协主席的，小到本市名家的。奇怪的是黄新偏偏一幅不挂，偏偏要挂她的字。黄新所有的场合都不带她，不愿意她和他出现在同一个场所，包括饭局，包括出席大大小小的书画活动，怕别人说三道四，却在办公室和自己家的书房里挂她的字，一度让吴小丽十分纳闷，也十公不解。吴小丽曾说过这事。黄新却说这是为她做宣传，想想吧，书协主席的办公室里是你吴小丽的字，说明你的字不是一般的优秀了。但吴小丽还是心虚的很，怕别人拿她的字产生联想，和黄新扯不清楚。所以，当古一玄说起此事时，吴小丽立马变脸了。好好的一脸欢笑被突然烘干成标本一样，不笑吧，又不对劲，毕竟人家在夸她，笑是一种应有的回应。笑吧，心里又确实尴尬得很，于是笑就变成了化石、标本，只剩下笑的模样而失去了笑的内涵了。

古一玄竖起了大拇指，完全不顾吴小丽悄然变化的脸色，继续夸道："作品上的印也好，我一眼就看出是黄局刻的，他是吴古尼的正宗传人，第七代了……"

好在王师傅是生意人，他对古一玄的夸奖兴趣不大，也或是有意回避，便直接问吴小丽这幅字的裱法和用途。吴小丽像是遇到救星一样，从古一玄的话中解脱出来，拿出几张作品，又拿一个样板，告诉王师傅，她这幅作品要投稿用的。

看来古一玄是真喜欢吴小丽的字，在吴小丽把几幅作品拿出来，告诉王师傅顺序时，他也歪过头来，欣赏吴小丽的书法，嘴里发出叽里咕噜的声音，称赞、感叹、惊呼、叫好，还不失时机地说："吴老师，我送你的印，也……也可以用用的，这样就显得丰……丰富了。"

吴小丽嘴上也不好不答应，但心里却拒绝了。因为他要周日去黄新的办公室，请黄新给她盖章，她使用的那些大大小小的章，当然都是黄新刻的了。如果不用他的章，保不准他没有意见。

但古一玄似乎更来了精神，他说："我有时间再给你另刻一套，再送你几方闲章，你需要什么内容可以告诉我，我刻好送你。"

就在古一玄不断说话中，吴小丽又接到一个电话，还是郭蓓蓓的，她问吴小丽什么时候到。吴小丽告诉她还有一个小时吧，吴小丽让她陪老师聊聊，说十二点之前肯定到的。

"吴老师还有事啊？"古一玄又问。

"是啊，还有事。"吴小丽已经注意到古一玄称呼的变化了，开始是小吴，现在是吴老师了，便说，"古老师你还是叫我小吴吧。"

"唔……哦……好……小吴老师，你看我想中午请你吃个便饭的，能不能给个面子啊？"

吴小丽当然不可以答应了。

经过和古一玄的接触，觉得这个人太面和碎了，肯定处不来的。而且他还和黄新关系不一般（不是谁都能出入黄的办公室和书房的），还是个两面三刀的人（在周师傅的瑞雅轩八卦黄新）。所以在她等王师傅托裱的过程中，故意站在王师傅身边找话说，表示没时间理会古一玄了。

直到王师傅用烘干机把拼接好的作品弄好了，古一玄还不死心地说："小吴老师，中午不能不去啊？把你朋友一……一起叫过来，我请。"

吴小丽说:"真的不行的,陈老师都等我半天了。"

吴小丽话音一落,古一玄精神一振:"哪个陈老师?是陈桐兴陈老师吗?太巧了,我正好也找陈老师有事,走,我开车,咱们一起去。"

一路上,吴小丽都后悔,怎么不小心把陈老师给说了出来,让姓古的钻了空子。吴小丽觉得真是世事无常,如果不是凑巧见到姓古的,只是收了他的印,说不定好印象会一直留下来。但是为什么就突然的话不投机了呢?难道仅仅是他知道她的字挂在黄新的书房和办公室?也许他因此还知道一些别的吧?男人们都会显摆的,也都有几个知心朋友,如果姓古的真的是黄新的座上宾,保不准她和姓黄的之间互相会吹什么牛。毕竟拿女人说事,是每个男人的保留节目啊。吴小丽感觉自己赤裸裸地暴露在姓古的目光下了。

好在古一玄见了陈桐兴,规矩多了,不再胡言乱语了。

周五

对于吴小丽来说,周五这天依旧是琐屑而细碎的日常生活,工作上都是老套路,上课,下课,批作业,和淘气的学生耐心沟通,和老师们小心地保持一定距离的交往。唯一的大变化是,大朱老师没有来。小朱老师进一步散发了准确的消息,大朱老师今天到市教育局教研室报到了,不是大家传说的调动,而是借用,工资、关系都保留在学校,只是屁股坐到别处了。但大家都心知肚明,所谓借用,不过是障人眼目罢了,要不了多久,就自然过渡为调动了。

让吴小丽难以理解的是,大朱老师并没有郑重其事地和她说起借用的事,跟小朱老师也没说,连告辞的言行都没有。为此,小朱老师还发了通牢骚,说本来想给她送送行大吃一顿的,看来还是自己的人品特别不好,这送行的大餐也免了。吴小丽也一下子觉得和大朱老师生分了。真是难以想象,周一那天还热热闹闹分了她派送的性感红内衣呢,转身就变脸了,这可不是大朱老师的风格啊。难道有什么隐情?"屁!"小朱老师不客气地说,"都这会儿了,傻瓜也知道她和孔局那码子事了,装什么纯情啊。"吴小丽听了小朱老师的话,便不再议论下去了。

吴小丽决定今天开工抄写《海湾赋》。

《海湾赋》是一篇长赋,有一千二百多字。吴小丽开始不知道,当她从黄新的博客里看到《海湾赋》的署名时,才吓了一跳,原来是出自分管文化的副市长之手。惊吓之余,吴小丽也理解了为什么黄新这么看重这篇《海湾赋》了,还以为黄新真是为了吴小丽的前程才让她抄写的呢,原来道理在这里。黄新不过是借她之手,要舔领导的屁眼而已。吴小丽虽然犯恶心,但一想大朱老师的春风得意和自己的那点儿小心思,觉得这样也好,对于黄新来说,是一箭双雕,既讨好了市领导,又讨好了吴小丽。而对吴小丽来说,就是一石三鸟了,难道不是吗,博物馆、图书馆能收藏自己的作品,自然是无上荣光的事;书写了领导的作品,还要送一幅给领导(黄新所说的作者),自然是给了领导的面子;而她又听了黄新的话,给了黄新的面子。

《海湾赋》是一篇古赋,从上古写到当代,大多四字一句,一韵到底不转韵,抄起来也不难,只是耗时间是肯定了,而且不是抄一张,是两张(其实是三张),用的也不是一般的墨水,是金粉,形式是长卷,抄好后大约有近三米的长度。给作者的那一张,她只想用普通的墨水,尽管作者是副市长,她也觉得没必要费那么大心思用金粉抄了。但无论金粉还是普通墨水，这么大的一幅作品，要保持相当的耐心才能完成好的。还是在昨天，在陈老师的书画院里，说起抄写《海湾赋》的事。陈老师的态度是不支持也不反对，甚至认为吴小丽已经不需要在本市出名了。言下之意十分明了，抄不抄无所谓。但陈老师也说："这项工作，算是为本地的文化事业做点儿贡献吧。"吴小丽觉得陈老师的观点也没错，自己的作品，收藏在本市的博物馆、图书馆，给文化部门提供一个新闻宣传的借口，也给她本人提供一个扩大影响的机会——这也是黄新的初衷，一切为了她调动工作的方便。因此，陈老师的话并没有动摇吴小丽的决心。

可以说一整天，吴小丽都在纠结，就算是校长关照她，让她好好准备下周四的比赛，她也没有太多的上心。一来，下周四还比较遥远，二来，她的二十篇教育故事完成了十九篇，还差的一篇她也想好了，不是还要有一篇六分钟的演讲稿子吗？那篇演讲稿可以代替第二十篇的，一箭双雕，哈哈。不过校长的最后一句话还是对她刺激很大，我们学校决不耽误人才，吴老师好好比，能像朱老师那样，往市里调，我一定支持，一定放行。校长的话并没有让她感动，甚至她还觉得校长的话是话里有话，是另有所指，她突然有受了侮辱的感觉，但也不便反驳，因为事实是她确实想往市区调动的，所用方法和手段也不比大朱老师高明。不知道自己将来调动成功后，会不会也和大朱老师一样遭人背后议论呢。

后来的事后来再说，吴小丽不愿去多想了。

周六

　　别人的周六都是用来休息的,都是用来睡懒觉的,或者是用来玩乐调情的。吴小丽的周六却要为生活打拼,简单说,是用来赚钱的——她要给书法班的孩子教授书法。她的书法工作室教学规模不小,共有三个班。七点半到九点半,是高级班,全写毛笔字,以四五年级的孩子为主。九点半至十一点半是初级班,学生来自一二三年级,都是暑假后新来的,有学毛笔也有学硬笔的。下午一点到三点是混合班。每个班约有十五名学生,她的书法教室里挤得满满的。因此,对于吴小丽来说,周六反而比平时更加忙碌和辛苦。

　　早上六点十分刚到,吴小丽身体里的时钟就敲响了。这些年养成的习惯性早起,成为一种定式,一睁眼就没有一点儿睡意了,即便是有心睡个回笼觉,身体上也缺少这种反应了。所以,吴小丽的起床,近乎条件反射,简单而迅速。草草梳洗之后,她没有像往常那样喊醒女儿,而是到楼下,给高级班的孩子们起头了。

　　吴小丽在周六的书法教学课上,习惯把手机QQ开着,微信也开着,一有消息就会有提示。但是今天的QQ、微信还真的没有消息,这让吴小丽突然想起来,黄新已经有几天没给他留言了,微信、短信、电话都没有来。可不是,从周三开始,算上今天,整整四天,都没有他的消息——这个反常的举动,让她感到奇怪。从前的每天早上,黄新都要给她QQ留言的,而且总是那句不变的话:"吴老师,早上好!"可能是这几天太忙了吧,吴小丽居然忽视了

吴小丽一周的琐屑生活

黄新的习惯。吴小丽拿起手机，上QQ翻看黄新的头像，对话框里，她在周五留言，告诉黄新准备开笔《海湾赋》时，黄就没有回复。吴小丽也没有多想，就又给黄新的QQ留言："这几天忙啦？"吴小丽的言下之意，怎么突然失踪啦？

半天还没有黄新的回复。

这让吴小丽感到奇怪，也许他还没有起床吧？如果八点他还不回，就直接打电话了。毕竟，《海湾赋》的开笔，也是大事，要通报一声的。

还没到八点，吴小丽被一条刚到的短信吓了一跳，短信是瑞雅轩的周师傅发来的："听说了吗？黄新出事了，被双规了。"紧接着又发来一条："我也是听说的。"

谣言。这是吴小丽第一反应，一定是谣言。但吴小丽却发现自己的手在颤抖，心里也慌慌的。周师傅是老实人，如果不是准确的消息，他不会散布传播的。吴小丽立即要拨打黄新的手机，却在最后一个数字之前停住了。傻呀，这电话已经不能打了，短信，还有QQ，还有微信，都不能发了。黄新的手机，说不定早就被监控了。吴小丽立即给周师傅打电话，平时很利索的手指突然哆嗦了，接连按错了号码。

"周师傅你好，"一接通，吴小丽就迫不及待地说，"你是说文广新局的黄新吗？"

"是啊。"

"不太可能吧？"吴小丽试探地说，"他是搞艺术的，能有什么事？"

"是啊，我也不相信的，一个书友告诉我，我不信，今天又有一个上边的朋友，他是市纪委的，千真万确了，我才告诉你的——

也不是要特意告诉你，大家都是熟人嘛，互通一声，免得有什么误会。"

"哦？"吴小丽犹疑着，心想，误会？什么误会？

周师傅咳一声，说："就是古一玄，那小子神叨叨的，他说前天中午在陈老师书画院碰到你，还说你们中午一起吃了饭。是他说起黄新的事，我这种小人物哪里知道啊，呵呵，我以为古一玄会对你说的，原来你真不知道啊。"

吴小丽这才觉得古一玄的反常，怪不得这家伙又是送印章，又是请吃饭，原来他早就耳闻了，可他并没有透露一点啊。吴小丽心里一急，说："我怎么知道啊？古一玄我也不是太熟的。"

"这样啊？呵呵，什么不知道也好，什么不知道，清静。"周师傅似有弦外之音。

挂断电话，吴小丽清楚了，觉得这个古一玄也不是好东西，在这个关口送印给她，却不透露黄新出事的事，为什么呢？吴小丽突然想起来，古一玄当时结结巴巴的，说黄新的办公室、书房有她的字。原来，他是想说又不想说，想说又不敢说的。真是怪，就算姓古的知道黄新出事了，那他为什么要专程跑来告诉她？还临时为她刻了一套印，真是煞费苦心啊。解释只有一种，古一玄知道她和黄新的关系（事实上什么都没有发生）。如果连古一玄这种小人物都知道了，那全市文艺系统不是全知道啦？至少书友间早就传开了。

吴小丽的心全乱了，起头也没劲了。觉得属于她的日子已经结束。《海湾赋》还写不写呢？写了又有谁主持捐赠？算了，不写了，调动的事，也从此不再想了。

吴小丽嘴唇煞白，脸也灰白，手里的笔忘了放下来，突然没了神，黄新再怎么不好，她也是把调动进城的事全托付给他了啊。这

吴小丽一周的琐屑生活

么多年的辛苦，目标只有一个，到城里，一家团聚，甚至自己的书法前途，也是围绕这个目标。现在，这根稻草突然断了，真让她猝不及防。

吴小丽在如此乱乱的心境中，看到第一个班的孩子陆陆续续来了。

好不容易挨到九点半，第一个班的孩子放学后，吴小丽都不想教下一班了。可事先没有通知放假，突然不上课显然也不合适。但是上课又完全没有感觉，提不起精神，脑子乱，注意力不集中。她意识到，黄新突然出事，不仅折断了她的前途，还直接影响到她的声誉。她和黄新的聊天记录，还有监控录像，都是有关部门核查的重点。吴小丽想不起来她去过多少次黄新的办公室。早些时候，吴小丽每周日早上七点，去学古琴一小时，八点离开，或八点半离开。她有时坐公交车，转两站，到文广新局的办公大楼，请黄新为新作品盖印，有时打的去。无论是公交还是打的，一般都在八点半到九点之间到。这时候的黄新已经在办公室等她了。文广新局办公大楼的门口、门厅、电梯、走廊等各个地方都有监控吧？谁知道呢，她进出的身影会从不同的角度留下来。想到这里，吴小丽再次出一身冷汗。她已经出了好多次冷汗了。唯一让吴小丽感到幸运的是，她没有跟姓黄的上床，否则，就全完了。但不上床不等于没有流言蜚语啊。

吴小丽最终没有坚持上完下午的书法课。不，她是根本就没上——她在勉强上完上午的课后，感到心里发慌，头脑也时常出现眩晕的感觉，便给几个学生打电话，下午的课不上了，让他们互相转告，下周六延时补上。

如果不是黄新被双规这个突如其来的消息，吴小丽应该在下午三点结束一天的书法教学，大约三点半左右，会和女儿一起准时出现在洋浦村边的 222 路城乡公交车站。

今天提前来到公交车站了，不是三点半，而是十二点半。女儿背着二胡和书包，她则肩挎平时的包，手里拎一只手提袋。手提袋里，是卷起来的一幅书法作品，就是周四上午托裱好并请陈老师看过的准备投稿的作品，吴小丽是按计划，准备明天上午请黄新盖章的。吴小丽在拿手提袋时，犹豫了好一会儿，这幅书法作品还要不要带呢？但她也懒得重新收拾了，还是随手一拎走了。在车站等车时，她习惯性地拿出手机看看QQ，没有任何留言，也没有新的未读短信。不过上午陈大华发了一条短信来，还是晚上请客的事，他让吴小丽和女儿直接去苍梧蒸菜馆，省得回家跑一趟了。他自己也在五点之前赶到。因为根据往日的经验，吴小丽三点半等车，到市里转车，再到家，也是五点左右，还不如直接到饭店省事。吴小丽看过短信也没回。当时她正难受，对于晚上的请客懒得理会了。现在情况有变了，这时候回城，一点多就到了，人家午饭还没吃完呢，吃什么晚饭啊。她要先回家里，好好理理纷乱的思绪再说吧。

女儿看吴小丽今天闷闷不乐的，也特别乖，背着二胡背着书包，一声不吭地坐在吴小丽身边，偶尔瞥妈妈一眼，也一副不快乐的样子。女儿正在学会理解和揣摩大人的心思了，她看吴小丽老是看手机，就提醒说："妈你别看了，要向车窗外看，当心晕车的。"吴小丽偶尔会晕，这多半是在QQ聊天或看微信时才会发生。现在的吴小丽，脑子里一团糨糊，看手机也没有明确目的，上QQ，看微信，看短信，并没有新内容。事实上，他的看，也只是期待，期待突然会有黄新的消息。

但是，吴小丽心里突然咯噔一下，一个女人的面目突然出现，

吴小丽一周的琐屑生活

就是郭蓓蓓，晚上要一起吃饭的郭蓓蓓。郭蓓蓓爱好书法，收藏了不少名人字画，对艺术圈子也非常熟，她会不会也知道黄新双规的事呢？如果知道，那她一定也听说黄新别的事了，比如黄的办公室和书房里挂谁的字啦，有几个情人啦，受贿多少啦……其实人们更热衷于捕风捉影，更热衷于编排并传播风流韵事。郭蓓蓓会知道哪些呢？她都听说了什么？她和陈大华是一个单位，她会把听到的事告诉大华吗？大华会怎么想……吴小丽真不想参加晚上的晚宴了。可是是自己起的头，再说先生在她手里上班，不参加是不行的。

在解放桥，吴小丽和女儿转上了23路公交车。似乎是女儿提醒她上的车，还似乎是女儿提醒她别丢了东西。

又是糊里糊涂的，吴小丽回到小区了。往日回来，她都能闻到小区里特别的气味，和乡下不一样的气味。乡下已经不是乡下了，到处都是开发区，到处都是工厂，到处流动的气味也是化工的、塑料的。而小区的气味反有一点儿草木的感觉。但是今天她什么感觉也没有，对小区草木花卉的清香浑然不觉，依然是糊里糊涂走进了电梯，仿佛女儿是她的导盲犬。当电梯升到十九层时，她才意识到，到家了。

她在每个周末都会回家，从没有像这次这样感到亲切，感到贴心，刚出电梯，还没进家门，一种温暖就扑面而来。虽然家里没有人——陈大华周六也上班的。但这里是她最好的避风港，似乎一回家里，什么烦恼都会消散一样，又回到她从前的美好里，弹琴，写字，听听音乐，按照计划进行，娱乐也是工作，休息也是工作，两不误。

吴小丽就是在心情发生微妙变化时，开门进家。其实她只把门打开一条缝，钥匙还没有拔出来，就听到屋里的动静了——先是鸟一样短促的鸣叫,接着是风声和碰撞声,甚至有金属声。吴小丽心头一惊,以为家里进了贼,下意识地喊一声:"谁?大华?大华?"

屋里没有应声。那种怪异的响声还没有停歇,反而更加急促起来。

吴小丽不敢进屋。谁会在家里?吴小丽把女儿保护在身后,又喊一声:"陈大华!"

"来啦……"从卧室里走出来的正是陈大华。

陈大华似笑非笑地站在客厅里,T恤虽然套在身上,牛仔裤虽然穿在身上,但还是歪七扭八,衣衫不整——应该是刚才急促穿戴的结果。

吴小丽突然明白了,卧室里还有一个人。没想到啊,陈大华……吴小丽听到身上的血液在咆哮,"嗖"地窜到头顶。吴小丽眼前一黑,脚底飘了起来。吴小丽还是站住了。她不能倒下,卧室里的人还没出来,她怎么能倒下呢?她要看看卧室里的女人是谁?吴小丽强撑着坐到沙发上,看着卧室门,平静(她没有力气了)地说:"出来吧,躲在屋里算什么啊,出来让我看看……"

从卧室里走出来的,是郭蓓蓓。

吴小丽惊呆了。

美丽的郭蓓蓓此时脸色彤红,头发凌乱,提一只粉色潮包,仓皇从客厅穿过,超短旗袍下是光裸的长腿和一双染了红脚趾的脚。

"郭阿姨……"女儿怯怯地说。

郭蓓蓓窜到门厅,拎着鞋跑了出去。

从吴小丽进屋到郭蓓蓓逃离,整个时间不过几十秒。吴小丽经历恐慌、惊愕、愤怒、绝望等几个反复。在郭蓓蓓出门的一瞬,吴小丽想把她追回来。但她没有力气说话也没有力气追赶了。她眼前

吴小丽一周的琐屑生活

再次一黑，晕厥了过去。

等吴小丽平静下来，她第一个反应是，陈大华居然有胆量偷腥。

吴小丽把脸埋进沙发里，任泪水在流。她什么话也不想说了。郭蓓蓓也认识古一玄，那么陈大华一定也知道黄新出事了。当然也听到她和黄新之间的流言了。尽管她小心谨慎，尽管她不想伤害陈大华。但陈大华的报复还是来得凶残和暴力。她能有什么好说的？而且，女儿还认识郭蓓蓓。这太奇怪了。在吴小丽的印象里，似乎和郭蓓蓓刚认识不久似的，可连女儿都认识她。只能说明，陈大华和她发展太快了。

门突然被敲响。吴小丽家的门很少被敲响。不，在吴小丽的记忆中，从来都没有听到敲门声。吴小丽已经不再流泪。敲门声又让她从复杂而凌乱的思绪中回到现在时。她望向门。她没有看到门，却看到陈大华。陈大华高大的身躯挡在门空里。他也听到敲门声了。他望着吴小丽，目光不是胆怯，而是犀利，脸上的表情介于笑和尴尬之间。陈大华这样的神态让吴小丽再一次血液上冲。

"要开门吗？"陈大华在征询吴小丽——他知道门外是谁了。

吴小丽不知道门外是郭蓓蓓，她还以为是有关部门派来找她谈话的人，甚至会把她带上警车。终于来了。吴小丽想。

没有想到推门进来的会是郭蓓蓓。郭蓓蓓真是色胆包天，她居然敢回来。她站在陈大华身边，两人虽然都有些局促，又似乎不在乎，不太像是一双被抓现行的偷情者，仿佛是共同抓住了吴小丽的什么把柄。

郭蓓蓓说："我拿手机。"

茶几上有一款手机，新式的苹果6。吴小丽刚才没有注意。现在突然意识到手机的重要，一把抢过来，作势要扔过去，把手机砸在这对狗男女的脸上。但是，吴小丽挥起的手臂在半空中强行刹车了。吴小丽歇斯底里地大叫道："滚，谁欠你的破手机！"

吴小丽的声音仿佛玻璃划在玻璃上，出奇得尖锐、可怕。

陈大华脸上的怪笑在玻璃声中消失了，女儿也"哇"地大哭起来，倒是郭蓓蓓同情地望着吴小丽。

"走吧走吧。"陈大华说，这回他选择站在老婆一边了。

他把郭蓓蓓推出了门。

吴小丽并不想没收她的手机。她的手机再好，对吴小丽也没有吸引力，更不要占什么小便宜。吴小丽知道手机里有可能隐藏着秘密，隐藏着郭蓓蓓和陈大华的秘密。

吴小丽打开郭蓓蓓的手机，她看到郭蓓蓓和陈大华的短信记录，一条一条的，和吴小丽预想的一样，短信充满了暧昧和色情。相比刚才，吴小丽已经相对平静，相对理性。她不再歇斯底里，不再血液沸腾，她要知道这对狗男女是如何瞒天过海，她要知道他们偷情有多长时间。但是，在录像功能里，吴小丽发现一段视频，录的不是郭蓓蓓和陈大华，而是她和黄新。视频画面是黄新开车来到树林里，接着是吴小丽开门上车。吴小丽惊呆了，她的手颤抖起来。郭蓓蓓怎么会有这段视频？只能说明，郭蓓蓓跟踪过她。吴小丽手腕一软，手机掉落到地板上。她没有力气也没有勇气去捡手机，也不敢看陈大华了。

"怎么啦？"

是陈大华在问。他一定在装疯卖傻。怎么啦？难道你没看到视频？难道郭蓓蓓没把视频给你看？吴小丽又联想到陈大华刚才的倚门而笑，那种笑里有望穿一切的意思，简直就是一场阴谋。

周日

  如果是正常的周日，吴小丽应该在早上六点二十起床，简单梳洗后，她去学古琴，然后去黄新的办公室，听他对她书法的指导，在她的大幅作品上比比画画，然后盖章。现在，这个周日已经不是正常的周日了。吴小丽坐在客厅的沙发上，已经度过了整整一夜。吴小丽一丝睡意都没有，一夜居然也很短暂，想了那么多事，一件事情都没想透，天就亮了。日子突然如此糟糕起来，如此不堪收拾，而且没有任何预兆，突如其来闯进了她的生活。她甚至都想不起来错在哪里，是谁的错。她觉得这些年的努力，这些年的辛苦，都白费了，调到市里？调来又有屁用？为这个家？这个家也在摇摇欲坠，即将塌陷了。

  女儿比陈大华先起来，起来就依偎在她身边。女儿虽然不知道发生了什么事，但肯定知道发生了事。而且让爸爸妈妈都不愉快的事。"妈。"女儿叫一声。她搂了搂女儿，说："你去洗脸写作业，吃好午饭，我带你去学二胡。"女儿说："爸说了，今天他带我去。"

  这个周日真的和以往任何一个周日不一样了。

支　前

1

　　一九四八年深秋，一直在国统区和游击区做贼的麻大姑，骑着枣红马，回到我们鱼烂沟村。这一次，麻大姑身份变了，不再是贼，而是鱼烂沟乡指导员。那天她骑在枣红马上，挎着盒子炮，威武地出现在村口，看见她的人，都吓得小腿肚抽筋，巴狗爹还尿了裤子，以为她还是那个杀人不眨眼的贼头，又来"抬财神"了。其实，早在三年前，麻大姑就被区里收编，成为区中队一名能征善战的小队长。随着淮海战役第一阶段黄百韬兵团往西撤退，海州西乡自然就由国统区，变成了解放区，麻大姑也被县里正式任命为鱼烂沟乡指导员。

　　麻大姑在我家门口下了马，故意把盒子炮拉到肚子上，喜洋洋地大声问我祖母,大丑妈,大丑呢?

大丑,是我父亲的小名。我父亲初小毕业,没钱继续念书,正跟着瘸三老爹学做生意。

我祖母一听麻大姑找我父亲,心里就害怕了。我祖母刚要谎称我父亲不在家,出门做生意了。但我父亲一听有人找,还是跳了出来。父亲先看到那匹高大的枣红马,又看到枣红马身边的麻大姑,心里莫名地激动了一下,跟着才看到麻大姑身上的武装带和盒子炮,又有些紧张和害怕。麻大姑也看到我父亲了,一笑,说,大丑长这么高啦?我估计也长成大人了,哈哈,几年前,还这么小。麻大姑拿手在胸口比画一下。麻大姑快乐地说,正好,跟我支前去。父亲不知道什么叫支前,正想问。祖母说话了。祖母知道支前是干什么的,她赶紧编了个谎,说,大丑有病,还没好透,不能去打仗。麻大姑把身上的盒子炮,往胸口拉拉,说,不想上前线也行,你家那头大黑牛要去,还有瘸三家的大车,我这就去跟瘸三说。我祖母脸色还是不好看。麻大姑一点情面也不讲,大丑妈,现在解放了,人民当家做主了,要杀富济贫了,你要心里有数。我祖母知道麻大姑的厉害,只好说,我有数,我有数。可可可……可我家的牛,不光是我家的,还有巴狗家的一条腿。麻大姑脸色一冷,说,大丑妈,你不要这样没觉悟好不好,你家大丑刚长大成人,可以上前线,也可以不上前线,谁说了算?不是你,也不是大丑,是我,懂啦?不上前线我可以放一马,牛是不能放了。麻大姑继续说,牛有巴狗家一条腿?大丑妈你真会编排,巴狗家穷得连一条裤子都没有,哪有一条牛腿?这事说定了,明天一早,去瘸三家套车。碾庄圩也不远,来回二百来里地,不会累着你家的牛,弄不好,还要立功受奖戴大红花。

没办法，我家的牛，还有瘸三老爹家的木轮大车，在两天后，拉着征集来的公粮，跟上浩浩荡荡的支前大军，赶往淮海前线的碾庄圩了。

黄百韬兵团被消灭的消息，也是麻大姑传递来的。

那天她雄赳赳气昂昂地走在村道上，见人就安排工作，指东画西，吆五喝六，让大家烙煎饼，做军鞋，推军粮。麻大姑来到我家时，对正在推磨的祖母说，大丑妈，你家立功啦。其实，我祖母已经知道了，支前队的人回来讲，我家的牛，被一颗炮弹劈了，牛肉也慰问了亲人解放军。麻大姑说，政府决定要对你家进行奖励和补贴，政策还没有下来，反正一句话，不会亏待你的——你信不过我还信不过政府？不过大丑妈，也不可能赔你家一头牛啦。我祖母一听，不乐意了，为什么？我家好好一头牛上前线，还能赔我一条牛腿不成？麻大姑脸色又冷又黑，铜钱大的麻子闪闪发光。她把屁股上的盒子炮，习惯地往肚子上拉拉，严肃地说，实话告诉你大丑妈，不但不赔一头牛，连一条牛腿都没有，一根牛毛都没有。不过，奖状有一张，区里……也可能是县里的……你家牛表现好，我争取县里吧，盖上大红印。我祖母嘀咕一句，屁用。麻大姑虽然没听到我祖母的话，但从嘴形上，能猜出八九不离十。麻大姑不乐意了，她手拿马鞭，指着我祖母，严厉说，大丑妈，你说什么？我祖母说，我说……我说能不能把大红印盖……盖大一些。麻大姑说，如果你觉悟高一点，盖个大章也是有可能的……不过，这回，大丑是一定要上前线了，知道吗？仗打到徐州了。大军到哪，我们支前民工就支到哪，这是政策，说吧，你家大丑，是想参加运粮民工，还是参加担架队？担架队可是跟炮弹赛跑的。我祖母一听，急了，她放下磨棍，说，麻大姑你行行好，我家牛都被劈了，我不想大丑也像牛一样死。麻大姑继续冷着脸说,这话能乱说吗?乡里支前的人,有一个死的吗?不是好好都回来啦?瘸三还长胖了三斤肉呢,巴狗还哭着喊着不想回呢。知道巴狗为什么不想回家?他从死人身上扒了好几条裤子……人人都觉得支前光荣,你的觉悟呢?再说,马上就要土改了,我们区里的政策是,每户人均十五亩地就算富农,你家呢,五口人,一百亩地。不抓紧立功,要划成地主的。麻大姑就要走过去,这次是我祖母主动追上去,说,大丑还是个孩子,他不懂事啊,万一出差错,误了前线打仗,我怕大丑担当不起,还有啊……我家的田,算上祖坟,连毛带屎,也不过七十亩……麻大姑说,别扯远啦,你家有多少田,你知,我知……支前嘛,就让大丑跟着我吧,我不死,大丑就不死。再怎么说,咱们还是亲戚嘛!

麻大姑的后一句话,让祖母心里稍稍有些安慰。麻大姑和我祖母同族,是我祖母一个本家叔叔的女儿。这个本家叔叔因为欠了赌债,跑了,一去无影踪。我祖母娘家兄弟,曾对麻大姑家有所接济。

话说到这个份上,我祖母对麻大姑已经心存感激了,心想,到了节骨关口,麻大姑真可能对我父亲多些关照吧。我祖母显然对即将到来的土改心中没底,她迅速又编一个谎言,我家不是五口人,我家是六口人——大丑的亲事订下了。

麻大姑远远地回过身,笑着说,办喜酒时,别忘了请我。

就这样,我父亲跟着麻大姑,上了淮海前线。

2

鱼烂沟乡的支前民工,共有一辆木轮牛车,一头骨瘦如柴的老黄牛,六辆架子车,还有十多副扁担,共二十多人,一路上吱吱呀呀,很有气势。可一汇到支前大军的海洋,连一滴水都不是了。

大军开拔到陇海铁路两侧,我父亲头便晕了。不问有路没路,支前队伍分四条纵队,大车拉,小车堆,扁担挑,一齐向西挺进。一路上,还有不断加入的支前队伍,也不断有消息传来,说徐州解放了。不过半天,又有消息传来,仗打到安徽了,在双堆集,拦住了黄维十几万蒋匪军。不多一会儿,又有更振奋的消息,解放大军在陈官庄,包住杜长官二十万人马。这台戏越唱越大,好看了。

麻大姑听了这些消息,一直处在亢奋状态。她骑在枣红马上,前后照应着鱼烂沟乡的民工,不断叮咛,跟上,跟上,一个咬一个,咬紧了,不能掉队啊,谁掉队谁死。麻大姑特别关照那辆木轮牛车,车上的粮食大大小小有二十多袋,黄豆、玉米、荞麦、高粱面,好多品种,还有一口大铁锅,半口袋盐,一土坛菜瓜酱和两大捆干菜。麻大姑不止一次对车把式吴七说,看你的了,孬种吴七,我没给你派压车,你要给我盯住了,丢一粒粮食,我活剥你皮!吴七生性小胆,他把麻大姑的话当真了——她是贼头出身,村子里虽然好像也没哪户人家受难,但那些抽筋剥皮挖眼珠的传说还真不少。

麻大姑的枣红马,在前不见头后不见尾的支前大军中,显得十分威武,再加上她背着短枪,不知道的人,以为她是县里的大官。

其实她也的确把自己当着人物的。她不光管鱼烂沟乡的支前队伍，就连前后左右的队伍，也要吆喝几句。她还经常把一张碎嘴叮在我父亲身上。她说，大丑，你把绳子拉弯啦！大丑，车轮子要咬到你屁股了！大丑，留着力气娶媳妇啊？用劲拉！

我父亲和瘸三老爹搭档，一个推车，一个拉车。瘸三老爹虽然是瘸子，其实只是左腿稍微长点，力道并不差，跟好人一样，加上板门一样宽大的身架，一看就是鱼烂沟乡支前队的好把式——他干得确实是最出力的活——推车。他推的架子车两边，各绑着两条口袋，共四口袋面粉，足有二百斤。给瘸三老爹拉车的，就是我父亲。我父亲经常把绳子拉弯，这也正常，谁让瘸三老爹力大无比啊。

走了一天路，夜色渐渐来临。前边的队伍陆续停下来。

麻大姑从高头大马上一跃而下，大声喊道，原地休息。

黑压压人群顿时乱成一团，有的埋锅烧水，有的随地大小便，有的吃干粮，有的直挺挺躺到地上。瘸三老爹找一块干爽的地块，坐下来，拿出干粮，小声跟我父亲说，大丑你发现没有，前后一眼望不到边的人，有几个女人？我父亲说，没看到一个。瘸三老爹诡异地笑了，就你那麻大姑一个嘛，还骑着枣红大马，也不怕裤裆磨出水泡来。我父亲知道瘸三老爹的话不是好话，便不搭话。瘸三老爹说，脸红什么？

麻大姑正在喂马。她看瘸三老爹和我父亲嘀咕什么，敏捷地跳过来，瞪着瘸三老爹，问，捣什么鬼？瘸三老爹是老油条，若无其事地说，捣你鬼啊，大丑想骑你大红马。我父亲一听，急了，刚要辩解，麻大姑却一口应道，好啊，明早上我跟大丑换换，大丑你骑我大红马，我拉车。我父亲说，我不会骑。我父亲是实话实说，可瘸三老爹却恨铁不成钢，说，骑啊——骑都不会，是不是带把的？没用！麻大姑听了，哈哈大笑，她一脚把瘸三老爹踢个仰八叉，骂道，死鬼瘸三，你老少不分啦，敢跟孩子油嘴，听话音，你很会骑啊？赶明儿一颗炮弹，把你骚筋炸断喽！

麻大姑的声音又脆又响。各种姿势的人群里，轰地笑翻了。

突然，跑过来三个人。从铁路另一边跑过来的。三个人都年轻，三十岁两边，个子不高，有一个脸上有块紫色刀疤。我父亲见这三人的气度，吓得把笑僵在脸上。瘸三老爹也咬着一口饼不动了。麻大姑感觉气氛不对，回身一看，愣住了。麻大姑脸上的大白麻子，在愣了几秒后，又灿烂了。她哈哈着，小声说，乖乖，你们三个呀。刀疤脸眼神犀利，但却毕恭毕敬地对麻大姑说，老大。另外两人也垂首，敬畏地说，老大。麻大姑挥一下手，说，免了免了，解放了，革命了，什么老大啊，我现在是共产党，乡指导员。刀疤脸说，老大，我也革命了，我是海陵县支前民工队的。另两个人中的一个矮瘦子，走前半步，说，我们在铁路北行军，老远就看到老大了。老大您还和以前一样，威风！

瘸三老爹看着这个矮瘦子，似乎面熟，立马想起几年前那个卖虾酱的小贩。矮瘦子也看到瘸三老爹在看他，两人目光相对，在半空中弹一下，瘸三老爹立即躲开了。麻大姑没再搭话，气氛似乎有些尴尬。刀疤脸冲着不远处的枣红马，吹一声悠长的口哨，又"驴驴"两声。枣红马突然昂起头，迅速向这边跑来。枣红马喷着响鼻，前足刨地，噌噌有声，俯仰之间，辔头哗啦啦直响。刀疤脸摸着马脖子，说，它还是那么给劲。麻大姑说，它通人性，还认得你。刀疤脸把脸贴在马脸上，说，它还爱吃黄豆？麻大姑说，牲口都爱吃黄豆。麻大姑忽然嘿嘿笑两声，说，我不是说你的，你身上的干粮袋里，肯定有炒黄豆吧？我都闻到味道了，你啊，就那点爱好。刀疤脸诡异地一笑，还是老大您了解我啊，倒半袋给您香香嘴？麻大姑说，吃多会放屁，我革命那年就不吃了。

麻大姑可能感觉他们"老大老大"地叫，不太好吧，便很有范儿地甩下头，向南走去了。

那三个人跟在麻大姑的身后，也去了。

瘸三老爹一边吃饼，一边对我父亲说，猫走千里吃腥，狗走千里吃屎。巴狗爹也看出麻大姑的反常了，他拿屁股在地上滑行着过来，对瘸三老爹使个眼色，说，不会打起来吧？这时，我父亲嗅嗅鼻子，说，炒黄豆真香。我父亲发现，远处，暮色中，他们四个人，正争执着什么。

3

我父亲随着支前大军，行进到第四天，听到了枪炮声。

他们是从早上离开陇海铁路，向西南方向挺进的。

起初是几声零星的炮响，又闷又沉，接着，炮声像炒黄豆一样密集。

此时才是近午，西北风刮起来了。西北风是从昨天晚上开始刮的，气温已经骤降。到了近午，阴云更厚更低了，雨雪随时都会掼下来，再加上突然而至的枪炮声，队伍出现短暂的混乱，不过在各级干部的指挥下，又有秩序地停了下来。不一会儿，有人骑快马来通知各区、乡领队前去开会。麻大姑安顿好鱼烂沟乡支前队，骑上枣红马，向前奔驰而去。

我父亲头一次支前，特别怕死，听到枪炮声，慌里慌张地哭了。

参加过一次支前的瘸三老爹和巴狗爹，也不理父亲，掏出干粮，开始大嚼。

害怕使人怕冷，何况天真冷。我父亲直打哆嗦，一点食欲都没有。我父亲只穿了一条单裤，棉袄也不厚，他看看瘸三老爹厚厚的棉袍，看看巴狗爹肥大的蒋匪军军裤，真后悔没把新做的棉袍穿来。我父亲吸溜着鼻涕，把棉袄掩紧，缩紧脖子，卧在一处田埂下。瘸三老爹骂道，有出息没有？不就是一个死？吃饱再说。巴狗爹吃了一块煎饼，又掏出来一块，说，死也要赚个饱死鬼，吃吧，大丑，不就几声破炮？真打起来，就不怕了，你就跟我一样，去扒死人的裤子了。

瘸三老爹和巴狗爹的话，安慰了我父亲。我父亲找根绳子，勒在棉袄上，顿时觉得暖和了些。

吃一块煎饼后，我父亲望向西边，越过黑压压的人群，没有看到那匹高大的枣红马。

巴狗爹突然捂着肚子，弓着腰，向一边跑去。

瘸三老爹哧哧笑道，刚吃就拉，白吃了。

我父亲其实一直等着麻大姑回来宣布好消息，结果却等来巴狗爹一个不好的消息。巴狗爹提着裤子，气喘吁吁跑回来，对瘸三老爹说，我看到他们了。瘸三老爹说，谁？你不拉屎啦？巴狗爹说，我哪里拉得出来啊。瘸三老爹说，你真的看到他们啦？巴狗爹说，看到了。瘸三老爹说，他们说什么？巴狗爹说，他们三个，头挨头，在商量大事……看到我就封死了嘴，刀疤……那眼里，还跟我放了一箭。我父亲听懂巴狗爹的话了。巴狗爹的意思是，刀疤脸的眼睛很毒辣。瘸三老爹说，我们可是一个乡的。我父亲也听懂了瘸三老爹的话。瘸三老爹的意思是，麻大姑再怎么不好，也是一个乡的，大家胳膊肘不能往外拐。从他俩的对话中，我父亲还听懂另一层意思，麻大姑有麻烦了。但是，巴狗爹却把眼睛直愣愣地盯着瘸三老爹。瘸三老爹说，看什么看，不认得我啊？巴狗爹说，我以为你要报仇的。瘸三老爹把嘴巴闭着，半天，才说，拿不准的事……瘸三老爹摇摇头，没有继续说下去，他把嘴巴闭得更紧了。我父亲对于巴狗爹所说的"报仇"，和瘸三老爹所说的"拿不准"，也知道八九不离十——几年前，瘸三老爹家被贼抬了财神，大家疯传，贼头就是麻大姑。

炮声停了。我父亲竖起耳朵，听听，真的没听到炮声。

有许多干部模样的鲁南人，操侉音，一路吆喝过来。在不断吆喝声中，一多半支前民工，推车挑担，出发了。

父亲这边的人，也开始骚动。有人站起来，看他们像蚂蚁一样行进在灰色的天底下。

我父亲张望着他们，遭到瘸三老爹断喝，坐下！

有人附和，等麻大姑。

天是不是要黑了？我父亲趴下来，这样想着，心里真急啊，又不知道急什么，是交粮呢？还是行军？

瘸三老爹也趴在田埂上，看着涌动的人流。

巴狗爹也撅着屁股，顺着头趴在瘸三老爹身边。

巴狗爹说，看到啦？

巴狗爹大口气喘的样子，遭到瘸三老爹的白眼，慌什么？关你屁事！

他们还在说刀疤脸，我父亲知道。

麻大姑突然回来了。麻大姑是突然出现在鱼烂沟乡支前民工队伍中的。

　　我父亲第一个看见麻大姑，鼻子一酸，又忍住了，没让眼泪流下来——这时候，我父亲才知道，他为什么心里焦急——麻大姑可是靠山啊。但是，麻大姑不是骑着枣红马回来的。麻大姑的枣红马呢？我父亲感到奇怪，麻大姑不但没有骑马，还换了装束。其实也不是换，就是在那件青色的大襟棉袄上，又套一件灰布军大衣。军大衣虽然长了，几乎拖到地上，几乎让麻大姑变成一只小蚕蛹。但因为是军大衣，麻大姑还是显得英气逼人。麻大姑先用目光数一下人数，一个不少。这才满意地宣布，原地待命。人群中响起嗡嗡的说话声。瘸三老爹也说，这叫什么事，要么送上去，要么回家，要下雪了，我可不想变成冻死鬼。麻大姑撩起大衣，露出交叉在胸前的武装带，还把手枪柄也露出来。麻大姑的手叉在枪柄上，提高声音，一字一顿地说，这是县委的重要决定，朱书记亲自宣布的决定，知道吗？朱书记还决定，保护好公粮，就是饿死，也不能动一粒，更不能把公粮落入国民党残兵游勇手中。麻大姑看一眼另一边急行军的支前队伍，顿了一会儿，似乎在想什么，然后，清一下嗓子，对瘸三老爹说，拿出来。瘸三老爹愣一下，说，什么……什么拿出来？麻大姑目光炯炯，还有什么，枪，把枪拿出来！瘸三老爹瞒不住了，只好把手伸进裤裆里，摸索着。大家的目光，都集中在瘸三老爹的裤裆那儿了。

　　有人开瘸三老爹的玩笑，那地方，能摸出什么？有人调侃，那地方的东西，叫枪。麻大姑一点也不忌讳，她和那些男人一样，也盯着瘸三老爹的裤裆。果然，瘸三老爹摸索了半天，最终把一支快慢机掏了出来。

　　所有人都惊呆了。我父亲惊讶地看着瘸三老爹把枪交给麻大姑。麻大姑接过枪，掂量一下，麻利地退下弹匣，又退下子弹——只有两颗子弹。麻大姑不露声色地瞟一眼瘸三老爹，又不声不响地装上子弹，还从自己的帆布挎包里，抠出一粒子弹，填进弹匣，又抠出一粒子弹，直到把弹匣填满，推上弹匣，上好保险。麻大姑在做这些动作时，一气呵成，让周围的人眼花缭乱。麻大姑抬起目光，把枪扔给了瘸三老爹。

　　瘸三老爹没想到枪还会回来，手忙脚乱地晃了一阵，才把枪接住。瘸三老爹捧着枪，不知所措。麻大姑说，别藏裤裆了，关键时候，使起来不方便。麻大姑扫一眼众人，说，还有谁带了家伙？谁？都交出来——我操，就知道你们没带武器。大家不用紧张，支前大军兵分两路。我们最迟明天中午开拔。今晚，大家可以安稳睡大觉！

4

　　天将黑未黑的时候，麻大姑把身上的军大衣脱下来，塞到我父亲怀里，说，穿上，这个好，厚实，压风。又说，大丑，你大姑说话不算话，明天……明天没有大马给你骑了。不过明天，我替你拉车。麻大姑的话虽然生硬，父亲还是感受到麻大姑话里话外的关心和体贴，也听出来，麻大姑一定在怀念她的枣红马。我父亲憋了一会儿，终于还是开口了，马呢？麻大姑说，上交了，县委更需要。麻大姑似乎不想说，在我父亲肩膀上拍拍，头一勾，一边巡视去了。

　　我父亲抱着军大衣，并没有受宠若惊，当然，也没觉得理所当然。寒冷，让父亲有些麻木了。

等我父亲缓过神来，心里才感到一阵温热。

军大衣上，有一股扑鼻的烟臭味，还有老油灰味。我父亲轻易就闻到了。我父亲没有资格嫌弃，他小心地穿上军大衣。

麻大姑转一圈，回来看到我父亲军大衣穿上了，满意地说，合身，比我穿好看多了。麻大姑说的是实情。麻大姑穿什么衣服都难说好看，原因大家都知道，就是她一脸的麻子。如果仅从背后看麻大姑，看她穿上灰色军大衣，看她二刀毛式的发型，看她女人味十足的身段（大屁股，细腰身），麻大姑还是很有风韵的。但是如果想到她脸上的麻子，那她身上所有的优点，都被这个缺点打败。可以说，麻大姑的脸，把她美丽体型的优势，冲击的七零八落，比当下的蒋家王朝还要溃败如山倒。

西北风呼啸的傍晚，麻大姑重新包好头巾，跟大伙招呼一圈，叮嘱几句，然后，从木轮牛车上取下一卷包裹，开始铺床。麻大姑的床，就在木轮牛车下边。

阴寒干冷的初冬，夜来得特别快。

我父亲身底下铺着黄软的稻草，身上盖着被子。我父亲刚一躺下，就盼着天亮。我父亲"连身裹"，没有脱衣服，连军大衣都没有脱，也没有脱鞋子，还把干粮当枕头。这些都是瘸三老爹一路灌输给我父亲的。支前队伍里，什么人都有，神偷、赌棍、恶霸、土匪、强盗、贫农、贩夫、走卒，五毒俱全，就是没有君子。

看着黑咕隆咚的夜空，我父亲有三怕：怕冷、怕饿、怕死。尤其前两怕，更是具体。现在，冷，已经有所缓解；饿，却像幽灵一样，啃咬着我父亲的胃。我父亲头底就枕着干粮，一块补了好几层补丁的包袱里，包着干硬的煎饼。我父亲知道还有几块饼，就像他清楚自己有十根手指头一样。不多不少，还有六块。如果明天吃三块，后天吃三块，他还能坚持两天。如果他一天吃两块（早一块晚一块），他还能坚持三天。如果一天吃一块，那就差不多饿死了。就是说，如果三天后，父亲不能回到村里，不能回到祖母身边，他就得挨饿。可从现在的情形看，三天后是绝对回不了家的。

　　我父亲辗转难眠，谨小慎微地翻个身，感到有东西硌在肋骨上，硬硬的。我父亲伸手摸摸，那块硬东西不是在稻草下边，而是在灰布军大衣里。我父亲伸手掏出来，一股浓浓的白面香味，弥漫在夜色中，直冲我父亲的鼻息。这是意外的惊喜。但我父亲马上就知道了，这是麻大姑省下的午饭。她是故意遗忘在口袋里的吗？我父亲没往下想，两手抱紧结实的大白馒头，就像婴儿抱着母乳，贪婪地嗅着这扑鼻的香味。

　　就在我父亲偷吃馒头的时候，瘸三老爹两眼正吧唧吧唧地眨动着。

　　瘸三老爹不是没有睡意，他仿佛已经睡了一觉，还仿佛做了一个梦。他梦见十年前，他还是二十多岁的大青年，头一回做新郎官。等闹房的人走了之后。和新娘子瘸三奶奶要行房了。他突然想看看新娘子。可新娘子怎么也不许他点灯，他担心新娘子有残缺，虽然，他曾在大集上远远望过一回，媒人说，那就是你媳妇。但他还是担心新娘子不是疤眼，就是豁唇，要么，就是大麻脸，否则，为什么不给看？好不容易熬到天亮，一看眼前的新媳妇，一夜的担心全消，禁不住欢喜得不得了。新娘又胖又白，胖得很富态，白得像象牙，眼睛又黑又亮。新娘子看他呆头呆脑的样子，嗔道，你个瘸子，还敢挑三拣四，看看，我脸上有麻子？瘸三老爹嘿嘿笑着，赶快讨饶道，不敢不敢。从此，小夫妻相互依傍，共同持家，不到一年，就生了个大头儿子。

但是，好日子没过几年，他们三岁的大胖儿子，被抬了财神。

那是五月的某个黄昏，儿子在门口的磨道里玩耍，被人拿花生糖哄到僻静处，装进麻袋挑走了。瘸三老爹只在草垛根，发现一块花生糖，和一张黄纸帖。黄纸帖上有一行工整的毛笔字：准备一百块现大洋！

瘸三老爹拿不出一百块现大洋，他就是把田产和木轮牛车全卖了，也凑不齐一百块。三天后，他从门缝里又收到一张黄帖：两天后，把一百块现洋送到东山根山神庙后殿。瘸三老爹一边凑钱，一边托人打关节。马上就有人传话，警告瘸三老爹不要打关节了，贼头麻大姑心狠手辣，除了钱，什么都不认。瘸三老爹早就听说过麻大姑的手段，挖眼割鼻，挑筋抽骨，什么坏事都干过，最恐怖的是，有一回为了麻利地取下金项圈，把人家的脖子割断了，那要有多狠的杀心啊。果然，两天过去了。又过一天，一个卖虾酱的小贩，来到鱼烂沟村，他不声不响地在瘸三老爹家门口，放下虾酱担子，敲开瘸三老爹家过道大门。应门的瘸三老爹看面前的来人陌生，瘦黑矮小，心里有了数。还没等问话，来者就递上一个草纸包，回身走到门空，仰头看一眼瘸三老爹家挂在过道墙上的毛瑟枪和快慢机，留下一句话，两支好枪。瘸三老爹没理会对方的话，赶快打开纸包。纸包是用麻绳捆扎起来的，瘸三老爹心慌手抖，好不容易打开纸包，一眼没认出纸包里包的是什么，待看清是一只耳朵时，赶过来的瘸三奶奶一口气没接上来，昏倒在地。

当天晚上，年轻的瘸三奶奶疼儿子把心都疼碎了，一头扎进后院的老井里。

可能是听说了瘸三老爹家的遭遇，第二天傍晚，卖虾酱的矮瘦子又来了。这回他直截了当，说老大说了，那支毛瑟枪，抵得上你家大头儿子。瘸三老爹什么话没说,取下枪,交给来人。来人一溜烟就出了村,连虾酱担子都不要了。邻居正抱怨瘸三老爹糊涂时,不知谁,从虾酱担子底下,抱出了孩子。拽下孩子嘴里的毛巾,孩子哭了。哭声让瘸三老爹万分惊喜。瘸三老爹跑过来,抱起儿子,左看右看,儿子的两只耳朵好好的,一块也不缺。瘸三老爹不放心,怕儿子的耳朵有假,伸出两手,一手拽一只。儿子的耳朵不假。儿子的耳朵是原配的,是真耳朵。瘸三老爹抱着儿子,对着老井,泪水长流地说,媳妇,儿子回家了……可惜你贴上一条命……你他妈死就死了,儿子没妈了咋办啊……

  北风怒号中的瘸三老爹,下意识地摸摸自己的耳朵。耳朵有些硬邦邦的凉,用力扯扯,还有疼痛感。但是,瘸三老爹的心踏实不下来。在他周围,各种鼾声此起彼伏,口臭、腋臭、脚臭和屁臭混淆在一起,四处弥漫,就连强劲的西北风也奈何不了这些臭气。瘸三老爹知道,离他几步的距离,也就是在他家那辆木轮牛车下,躺着麻大姑。

  麻大姑像一条尽职的看门狗,守着这些军粮。她是不是整夜都不睡呢?完全有可能。瘸三老爹想,不止一次,瘸三老爹看她骑在马上打瞌睡。瘸三老爹努力让自己回到现实里,可他身体是回来了,脑子里还是想着过去的事。想起过去,他就更加害怕——他身上的枪,还是叫麻大姑发现了。麻大姑是什么人啊?别人有一个心眼,她可是有十八个心眼啊。她十八岁做贼,二十岁就当贼头,最辉煌是在日本鬼子横行那几年,她更是威风八面,名扬四海,是人是鬼,都怕她三分,就连日本鬼子,麻大姑都敢惹,甚至抬过日本鬼子的财神。听说光卖给灌河南岸新四军八分区的机关枪,就有十几挺,而且清一色全是日本鬼子的"歪把子",还亲手撕了一个日本商人的票。麻大姑如今不过三十出头,据说手里的人命,比她年纪还多。想到这里,瘸三老爹头皮麻酥酥的,他后悔带枪了。不过平心说,瘸三老爹带枪,并没有针对任何人,就更不要说麻大姑了——借他一百个胆,他也不敢啊。麻大姑一点情面不留地喝出他的枪,完全可以把他的枪充公,但是麻大姑没有这样做,而是大度地把枪还给他,还大方地给他几颗子弹。瘸三老爹不知道麻大姑葫芦里卖的什么药啊。

  瘸三老爹睡不着。更深夜冷,心思如蚕,耳畔突然响起声音,像过蝗虫一样,嗖嗖如风,似乎还有一些灰尘腾起,迷住眼睛。同时,有一种怪异的膻味,居然覆盖了弥漫不散的臭味。瘸三老爹警觉地抬起头来。

  眼前的景象,让瘸三老爹大吃一惊,心头骤紧,什么东西?一个个绿莹莹的圆点,像锋利的刀片,划破夜色,在横七竖八的人体间,跳跃而去。瘸三老爹活了三十多年,从来没见过这般奇观。待他定睛再看时,立即判断出,这些飞速奔跑的东西,是一种灵异的四蹄动物,究竟是狐狸,还是黄鼠狼,抑或是野兔,他一时无法判断。它们是从哪里来?又往哪里去?为什么要翻越支前大军的营盘?它们来的方向应该是西南方,没错,正是从西南方狂奔而来。西南方?那儿可是炮声响起的地方啊?密集的炮火都没有惊动它们,为什么怒号的北风,让它们狂奔不止?深深的夜色里,瘸三老爹隐约看到,它们背上,还驮着自己的孩子,这可是携老带小举家迁移啊。突然的,两只绿眼睛停止不动了,那深深的绿,就在他眼前,相距只有一伸手的距离。瘸三老爹大气不敢喘,也拿眼睛瞪着对方,在心里默念着,你走,你走,你走啊,你走你的阳关道……我不耽误你们行军……对方仿佛听懂瘸三老爹心里的臆想,又向前走一步，然后，放了一个骚屁——算是打个招呼，撒腿狂奔。瘸三老爹大喘着气，紧闭双眼，不停地祷告，走好走好走好走好……等到瘸三老爹再次放眼看时，眼前什么也没有了，夜又归于平静。

瘸三老爹还在不停地喃喃着，走好走好走好……

困意不断袭来，像夜色一样浓。

但是瘸三老爹突然想起，刚才过大军一般的精灵，抛弃世袭家园，趁夜搬迁，一定发生了什么……是啊，谁惊扰了它们？瘸三老爹后背透凉，刚刚聚拢的困意，顿时消失。

瘸三老爹悄悄向木轮牛车方向爬去。

瘸三老爹是从老黄牛肚子下边爬过去的。瘸三老爹爬进木轮牛车下边。木轮牛车太矮，他抬不起头来，只能匍匐着。在他眼皮底下，是一摊更黑的黑——那便是麻大姑了。瘸三老爹屏住呼吸，伸出手。瘸三老爹的手，伸在夜色中，久久不动。瘸三老爹在下最后决心，要不要推醒麻大姑，要不要把刚才的情况向她报告？在犹豫一会之后，瘸三老爹的手决定闪开，决定退回原地，等天亮再说。可是鬼使神差地，他的手被吸住了，一股强大的吸力，准确无误地把他的手，吸到麻大姑身上。瘸三老爹下意识地推一下。太轻，像风掠过，麻大姑一点反应没有。瘸三老爹只好用力。隔着一层薄薄的被子，还隔着一层棉袄，瘸三老爹感觉他推动的不是麻大姑，而是一只兔子，一只肉嘟嘟的大兔子。瘸三老爹心里一收，知道自己的手落得不是地方——他的手落在麻大姑肥大的胸脯上了。瘸三老爹本能地要收回手。但是，那股吸力太强，他的手没有拿起来，而是被某种魔力牵引着，用力揉一把。瘸三老爹进一步感觉那里的柔软和温暖。要把手拿开吗？瘸三老爹不敢，应该继续把她推醒，只有这样，瘸三老爹才有充分的借口，说明自己不是故意要摸她奶子。瘌三老爹干脆一不做二不休,在她丰满的胸脯上再次用力。麻大姑睡得真死啊,任凭瘌三老爹如何用力,她就是不醒。连瘌三老爹都不好意思了,觉得自己的行为,不是要叫醒麻大姑,而是要调戏她。瘌三老爹知道麻大姑的胸脯最迷人,他是从她骑在枣红马上的形象中看出来的——枣红马的走动,给她身体带来波浪一样的起伏,她的胸脯也同样不安地跳跃。瘌三老爹无数次往那里看过,想象过,还无耻地和死去的老婆比较过。但是瘌三老爹只敢往她胸脯看,再往上,他就怕了。他怕目光不小心滑过她的脖子,看到她一脸大白麻子。瘌三老爹不敢看她的脸,瘌三老爹怕恶心。在瘌三老爹看来,她的胸脯,比她的脸好看多了。如果她的胸,是脸的一部分,那该多好啊。瘌三老爹这样想着,感受着她怀里的大兔子,突然意识到,不对呀,麻大姑不是睡死了,不是推不醒,而是根本就是……瘌三老爹的心跳停顿一下,天啦,她没睡。瘌三老爹怕了。瘌三老爹的手停住了,喘息粗硕了。

　　瘌三老爹做了一个更大胆的决定,老子他妈的成全你。

　　瘌三老爹的大手,抖动着,顺着麻大姑的身体,向下走。瘌三老爹能明显感觉到麻大姑柔软平坦的小肚子、弹力十足的大腿、坚硬的膝盖。瘌三老爹的手,从被脚,蛇一样游进去,再逆着刚才的方向,向上走,越过膝盖,甚至连大腿也省略了,直接来到麻大姑的小肚子上。

　　瘌三老爹像久经沙场的战士。同时他也感受到麻大姑的渴望,感受到麻大姑的战栗,也感受到来自麻大姑身体内的信息……

5

一阵怪异的鞭炮声，炸醒刚刚睡着的瘸三老爹。

瘸三老爹翻身起床——天亮了。

所谓天亮，也就是看得见对面几十步远的距离，离真正的天亮，还有一袋烟的时间。又或许，轻扬的雪花和阴沉的天，让凌晨变得模糊起来。但是，在瘸三老爹视线所及的范围，还是隐约看见，黑压压的一队人马，呼啸着向熟睡中的支前大军冲来。

这是一支军容不整、队形混乱的队伍，有穿着黄色军大衣的，有披着毯子的，还有头上缠满绷带的伤兵，他们手持各种武器，横冲直撞，随意放枪，那震耳的"鞭炮声"，来自一挺机关枪发出的点射。

延绵数里的人群，还在凌晨里酣睡。他们中的大多数人，和瘸三老爹一样，也是被枪声惊醒的。瘸三老爹看到，被冲击的人群，瞬间炸了营，大家像厕所里起飞的苍蝇，大呼小叫，四下乱窜，枪声也骤然激烈。成片成片的支前民工，在枪声中纷纷倒地——有的是中弹，有的是吓破了胆，有的是小腿肚抽筋，跑不动了。

慌乱迅速蔓延。

整个支前大军顿时乱作一团。

就连身经百战的麻大姑，也趴在地上不敢动，等她弄清枪声的距离时，才纵身一跃，跳到木轮牛车上。麻大姑站在木轮牛车上看到远处的屠杀，也不免惊慌失措。但麻大姑毕竟见过太多的死亡，她不怵任何场面，抽出短枪，大声喊，别慌，大家别慌。孬种吴七，回来，你他妈敢跑，姑奶奶要你狗命！

砰。麻大姑对天开了一枪。

抱着头作势逃跑的吴七，一个猪啃地，趴到地上。

麻大姑手持盒子枪，指着人群，嘶叫道，瘸三，招呼声，保护公粮！孬种吴七，套车！

麻大姑从木轮牛车上跳下来，目光凶狠地监督着鱼烂沟乡的支前民工，嘴里不停地大喊大叫，还伴随着怒骂和拳打脚踢。那是她发出的一道道指令。麻大姑用她过去的威名和现在的狠毒，带动鱼烂沟乡的支前民工奋不顾身地抢运公粮。

我父亲吓呆了。

听我指挥！麻大姑伸出手臂，声嘶力竭大叫道，看到没有，那边，快。大丑，你他妈往哪跑？这边，别捡破被子，快！鱼烂沟乡的不孬种，都跟着我，跑啊！

麻大姑冲过去，在我父亲屁股上踢一脚，喝道，跟上瘸三，他到哪你到哪！

瘸三老爹推着架子车，跑在最前边。

这是一条向南的岔路，正好连在鱼烂沟乡支前民工的营地上——这是他们选择逃生的最佳路线。在他们两侧，是被国军残部冲乱的人群，向北显然不现实，那里远离前线。只有向南，一来路道顺当，二来，靠近战场，逃生后，便于和支前队伍联系。麻大姑特殊的经历，让她慌而不乱。但是瞬间做出的决定，是祸是福，谁都不知道。现在，大家只顾尾随瘸三老爹，一路狂奔了。

在瘸三老爹身后的，是我父亲。我父亲太狼狈了，他穿着灰布军大衣，空着手，一路跑一路哭。瘸三老爹居然还腾出嘴来骂，哭哭哭，就知道哭，哭你妈魂啊，保命要紧，一条破被子，算个屁啊，晚上睡麻大姑怀里去！

在我父亲身后，是挑担推车的鱼烂沟乡支前民工，他们神色慌张，有的人帽子跑丢了，有的人被子跑丢了，没有人顾得上回去捡，连回头看看的时间都没有，都一个劲地狂奔。那辆木轮牛车，也在好把式吴七的护驾下，跟在最后边。年老体弱的老黄牛，也知道事态非常严重吧，卖力奔跑起来。木轮牛车吱吱呀呀，颠簸摇晃。麻大姑也在牛车旁边护驾。

若有若无的雪花，突然密集起来，瞬间呈飘扬之势。

麻大姑再向前看，鱼烂沟乡几十个人的支前队伍，除了我父亲空着手，其他人还是原先的配对，有驾车，有拉车，挑担子的肩上还是担子，延绵足有半里长。麻大姑心里踏实了，笑了。在她指挥下，支前队伍一口气狂跑了好几里远。

雪越下越大，棉絮一样一团一团。

这时，这支小型支前队伍，紧紧收缩在一起，缓慢向前移动。雪花遮天蔽日，也遮住视线，前后没有人家。冷静下来的麻大姑，根据她的经验，知道凌晨袭击他们的国民党残兵败将不会马上追来，但一时半会也不会跑远，就是再次遭遇，也是有可能的。为安全起见，还得再向前走一段，再找宿营地。

这样又走了一截路，大家又累又饿，实在是没劲了。

前边的瘸三老爹突然大叫一声，看。大家都顺着瘸三老爹伸手的方向看去。我父亲也打起精神，睁大双眼。但我父亲什么也没有看见，四野里除了一片洁白，就是一团一团落下的雪花。

麻大姑已经拔出手枪，跑到瘸三老爹身边，没好声气地说，看到鬼啦！瘸三老爹说，好像有一间屋。麻大姑眯着眼仔细瞧，但她什么也没有看到。麻大姑收起枪,骂道,再鬼惊鬼乍,我挖了你狗眼!瘸三老爹拉一下麻大姑,你看你看,看。麻大姑睁大眼睛,果然,在飞扬的雪花中,有一间小屋时隐时现。麻大姑刷地又拔出枪。麻大姑立即弓下腰,半蹲到地上,小声命令道,隐蔽,都给我隐蔽。麻大姑回头一望,看大家都呆呆的,都在使劲地向着小屋的方向望,似乎望到小屋,就仿佛到家一样。

麻大姑不耐烦地挥挥手,示意大家躲到粮担或车子后边。但她目光又盯住了巴狗爹。麻大姑跟巴狗爹招手。巴狗爹不知什么事,赶快跑到麻大姑身边。麻大姑说,孬种巴狗你听好,大姑给你个机会,跟着我,过去看看。巴狗爹身子一动,突然知道这不是好事,又缩回来,胆怯地说,凭……凭什么我去?麻大姑狠狠地盯他一眼,说,凭什么你不去?巴狗爹说,瘸三去,瘸三狗日的有枪。麻大姑其实也想让瘸三老爹一起去。但麻大姑看得更远一步,万一小屋里潜伏着国民党残兵败将,留下瘸三老爹和一支枪,还有个回旋的余地。麻大姑不想跟巴狗爹啰唆,她直接命令道,就你去,怕死就跟在我后头。麻大姑说罢,猫着腰,在前面跑起来。巴狗爹无奈,他按按帽子,也收腿弓腰,远远地在麻大姑身后跟着。

小屋只有一间,草顶,土墙,墙基已经剥落很多,墙壁更是残破不堪,两扇和墙壁不称的黑漆木门紧紧关闭,门上方还有一块木板,嵌在土墙里,木板上有几个红色大字。巴狗爹不认识字,不知道这是什么鬼地方。

麻大姑已经紧贴着墙壁了,仿佛飞了过去。一手持枪的麻大姑,一脚踹开板门,顺势趴卧在地。巴狗爹没有听到预料中的枪响,就在他一眨眼的时间里,麻大姑又"嗖"地站起来,一个跳跃,消失不见了。

麻大姑再次出现在门前时,枪已经收到了腰里。麻大姑对趴在地上的巴狗爹哈哈大笑,说,这里是土地庙,安全。快去通知他们,把东西都拉过来。

6

麻大姑像一个指挥若定的将军,站在土地庙门口,看着前方涌来的战士——鱼烂沟乡支前民工。

她指挥大家把粮食全部搬进屋里,靠着屋山码起来。麻大姑看着横七竖八、东倒西歪挤坐在地上的民工,声音柔和而亲切地说,大家一路上辛苦了,哈哈,大家摸摸脑袋,看看你的六斤四两是不是少一两?大家注意啦,现在的形势明摆着,我们和县委失去联系了。我们要相信县委的能力……这个,大家别怕,我们一定会和县委联系上的。

麻大姑的话,似乎底气不足,大家都能听出来。有人等不及了,拿出了干粮。

麻大姑看大伙没有兴趣听她演讲,咳嗽两声,继续说,但是,只要粮食在,就是胜利,有粮食,就有本钱。这个……看样子,大雪一时半会停不下来,我们要做好长久打算。大家放开肚子,大吃一顿,只要不撑死……

有了麻大姑的话,大家不再藏着掖着,纷纷把干粮拿出来。

麻大姑看我父亲直咽口水,说,大丑我这里还有几块饼,接住。麻大姑把一块煎饼扔过来,半空中,被另一双手接去了。麻大姑笑了。麻大姑难得笑一回。麻大姑干脆把手里的一包饼全扔过来。有人接住后分饼。我父亲也分到一块饼。麻大姑的饼,是高粱和玉米混在一起，磨成糊糊，烙的煎饼，比瘌三老爹的煎饼好吃多了。瘌三老爹好心，把麻大姑的饼分半块给巴狗爹。岂料，巴狗爹一点也不识抬举，他把饼又还了回来，还是吃自己的饼。巴狗爹不但不吃麻大姑的煎饼，还把脑袋歪过去，说，吃惯了嘴，我就饿死了。这句话显然不是巴狗爹的本意。果然，他又小声骂道，认贼作……所有人都在大口吃饼，土地庙里响起各种咬嚼声，吧嗒吧嗒，吧唧吧唧，此起彼伏，把巴狗爹骂人的三个半字，也咬得稀巴烂。但是，瘌三老爹听懂巴狗爹这句骂了，虽然骂得文雅了些，虽然最后一个字没发出声。瘌三老爹还是听懂了，他昨天夜里睡了麻大姑的事，并非神不知鬼不觉，至少这个巴狗，是知道的。瘌三老爹不觉得这是多么值得炫耀和宣扬的事，麻大姑实在太丑，他自己都不相信夜里发生的事。瘌三老爹于是低着脑袋，闷头吃饼。

　　大家只顾埋头吃饼了，没有人注意到这时候麻大姑走出庙门，走进飞雪中。

　　站在飞雪中的麻大姑，掩紧衣服，跺跺脚，举目四望，来时的脚印和车辙，早已被大雪覆盖。雪花弥漫，能见度极低，目测一下，百步之外什么也看不清。麻大姑想，就是附近有村庄，有人家，也看不清了。

7

　　大雪一直飘到天黑都没有停。

　　土地庙里的民工，窝在干硬的地上，睡了。就连一向警觉的麻大姑，也实在撑不住，睡了一大觉。

　　麻大姑睡觉的地方，是在牛肚皮下边——她躲在墙拐里，似乎只有这里才放得下麻大姑的身体。醒来的麻大姑，摸摸腰里的手枪，听听屋外的雪声。枪在，但麻大姑没有听到雪声。她满耳朵都是各种杂乱而怪异的声音，打呼噜的，磨牙的，咂嘴的，放屁的，说梦话的，混杂不清。麻大姑把这两天的事情想了想：第一，因为发现了刀疤脸（或者说刀疤脸发现了她），她把枣红马送给了县委朱书记。朱书记原本骑一头大叫驴。可再大的驴，也比不上她的枣红马呀。朱书记过意不去，要把大叫驴换给她。她本来想要的，可想到大叫驴经常发情，经常没人前没人后地展示又粗又黑的庞大生殖器，她没好意思要。她把朱书记的灰布军大衣要来了。第二，她守不住自己，稀里糊涂的，叫瘌三占了便宜，瘌三比大叫驴还粗暴——这可是违反江湖规矩的。当年她在东山根落草为王，在重大行动前和行动中，禁止行欲，谁敢违抗，都是一枪崩了完事，不论男女。可自己怎么就糊涂了呢？怎么就让瘌三上了呢？而且就阻挡不了呢？简直就是期待啊。第三，遭遇了国民党残兵流寇，足有上千人——少说也有大几百吧，当时的处境，实在太危险，只能作战略性转移。当然，这样一跑，也打消她心里的另一个心事，甩掉刀疤脸那三个家伙了。

麻大姑想着这些事，又多想想昨天夜里的瘌三，心里又怪异起来。

天亮了。

土地庙里的民工推开庙门。他们是费了老大的劲，才把庙门推开。原来，门外的积雪，把木板门埋了大半截。大家纷纷涌出来看雪。地上的雪有一尺厚，一望无际的白，把眼睛都晃花了。雪虽然停了，天还是阴的，黑云白云呼呼从天上飘过。我父亲头一回看到这么大的雪，在雪地里撒欢了一圈。瘌三老爹说，十几年没见过大的雪了。麻大姑也惊叹地看雪。麻大姑跟大伙说，你们别乱跑，我到后边观察观察。我父亲知道，麻大姑的观察，是解手去了。于是，大家在麻大姑走后，像约好一样，背向土地庙，站成一排，一起解小便。

麻大姑从土地庙后边回来后，脸上笑嘻嘻的，这让大家感到惊奇，麻大姑紧接着宣布她的新发现，有个村子。

大家哄地跑到土地庙后边。果然，远处不到二里的地方，隐约有几棵树，树底下黑乎乎一片，不是村庄是什么呢。大家哦哦叫着，跳起来，跺着脚，拢着袖子，转着圈，把地上的雪都踩平了。

不知村上有没有革命群众。麻大姑说，这样吧，不管刀山火海，也要去看看，弄些柴火来，烤火，做饭。

麻大姑的话真是鼓舞人心啊。

弄点肉来。有人说。

我父亲听说还有肉吃，嚷着要跟麻大姑一起去。

但是，麻大姑有她自己的考虑。麻大姑想都没想，就下指示了，进村的人不能多，别让人家觉得我们是土匪，我，巴狗。巴狗呢？

拉屎去了。瘸三老爹望着远处，说，就他屎多。

有人喊，巴狗，别把大肠头拉下来啊，快点啊，派你去弄肉吃。

远处只露出半颗头的巴狗爹，一听派他去弄肉，提着裤子跑来了，雪陷到他腿肚子上，没跑几步，摔倒了。大家拿他起哄，别急，留块五花肉给你。

巴狗爹跑到庙门口，一听说要跟麻大姑进村，不干了，我不去，我肚子不好。

麻大姑说，你不去？你给我派个人来？

巴狗爹左看看，右看看。巴狗爹派不出人来。

麻大姑已经把武装带从腰上解下来了，她把公文皮包递给瘸三老爹，取出手枪，把枪套也交给瘸三老爹。现在，在这支队伍里，瘸三老爹俨然是一个二当家了。麻大姑把手枪别在裤腰里，对巴狗爹说，走。

巴狗爹极不情愿。不情愿的巴狗爹，还是跟着麻大姑走了。

我父亲看着两人艰难行走在雪地里，突然喊道，我也去。我父亲的行为吓了大家一跳。因为村子里情况不明，不知是福是祸，大家都躲着不去，我父亲却主动要去，这孩子八成脑子冻坏了。麻大姑止住步，回头看看。瘸三老爹抢先说，大丑是个孩子，带着也方便。一向不开玩笑的吴七，哈哈着说，大丑长得俊，带上他，送给老财主做养老女婿。在大家笑声中，麻大姑跟我父亲招手。我父亲高兴地跑去了。

麻大姑在前，我父亲居中，巴狗爹断后。三人走成一列纵队。

自然看不见路的。好在并没有什么大的阻碍，除了冷，就是脚踩雪地的声响，咯咯吱，咯咯吱，或咯吱吱，咯吱吱，咯咯吱吱。

快到村头时，麻大姑突然停住了。我父亲差点撞到她后背上。麻大姑伸出手，做下压的动作。后边的巴狗爹心领神会，趴到雪地上。麻大姑也蹲下来。父亲学着麻大姑，跪在雪地里，躲在她身后。

不对。麻大姑说，不对呀巴狗，你看看，这哪里是村子啊。

巴狗爹看过去，我父亲也看过去，前边不远处，几棵光光秃的树下，是十几道残破的围墙，即便是被大雪覆盖，也能看出支离破败的样子。

巴狗爹说，都是断墙，村子给毁了，不会有人了。

麻大姑犹豫一会，还是决定进村。

确实是一座村庄，或曾经是一座村庄。很明显的，村子遭到过浩劫，到处都是残垣断壁，没有一条完整的屋架子。村街上，虽然被大雪覆盖，还可以看出那高低不平的地方，一定是成堆的瓦砾、废墟。巴狗爹穷人家出身，他在废墟里淘宝，居然让他找到半坛子老咸菜。巴狗爹抱起坛子，在鼻子上闻闻，又扯一根在嘴里尝尝。巴狗爹得到了宝贝，小心地放在一边。

麻大姑和我父亲在村子里到处看。大雪真是好东西，是个高级的化妆师，这样一座残破的村庄，在大雪的化妆下，呈现出别样的美感。当然，麻大姑没有心情欣赏，她是有心思的。而我父亲呢，妄图找到好玩的东西。果然，我父亲在一面倾斜的土墙上，看到一排排小坑，我父亲知道这些小坑是怎么形成的。在这些小坑里，我父亲如愿抠下许多子弹头。麻大姑则爬上一截相对结实的断墙，向远方望去，那是一条宽约半里的大沟，看来不是湖泊，因为沟里散落着几棵杂树，甚至更远的地方，还有一片杂树林。麻大姑再把目光收回时，她愣住了。

麻大姑看到一行蜿蜒的脚印，从村子延伸出去，消失在通往小树林方向的雪地里。

麻大姑对我父亲说，去帮帮巴狗，看他找到什么宝贝。我父亲应一声，干活去了。

麻大姑再一次掏出枪，躲闪着几道墙壁，来到脚印的源头。从脚印上，麻大姑立即判断出来，三个人，没错，是三个人。这儿也不是脚印的源头，而是终点。麻大姑心里有数了，在这个村子里，藏着三个人。

还真叫你们给跟上了。麻大姑目露凶光，分析、判断着，他们是从小树林方向而来，凌晨到达。麻大姑的目光顺着脚印，看到脚印向村子另一端延伸。麻大姑在脚印前蹲下，在旁边的雪地上，捡到一颗黄豆粒。这是一颗炒熟了的黄豆粒。麻大姑把黄豆粒扔到嘴里。黄豆粒有些绵了，香味还在。

8

就差酒了。土地庙里的民工们，支起了锅，烧了一锅稀饭，关键是，稀饭里还有胡萝卜缨。胡萝卜缨是巴狗爹从村里捡来的，一大捆，做饭时，劈了一半，剁碎了，做成一锅咸菜饭。加上半坛陈年的老咸菜，大家吃得满头是汗。

屋里有了火，大家感觉暖和了很多，加上吃饱喝足，情绪非常好。有人讲段笑话，跟着好几个人都讲笑话，无非都是些公子遇上名妓（才子佳人）一类的老套路，也有个别《聊斋》里的淫秽故事。还有人唱了《小寡妇上坟》，咿咿呀呀，比杀鸡还难听。嘻嘻哈哈一会儿，自然又想起现时的处境。不知谁起的头，大家胡乱地分析一通。也最终不知道战场在哪里。虽然谁都明白，战场不会太远，说不定就在附近。也有人提出逃跑的路线不对，太远离支前大队。马上就有人纠正，说不是逃跑，叫撤退。还是瘌三老爹说话更靠谱，他说关键得碰到人，不管好人坏人，有人，就什么都知道了。瘌三老爹的话立即遭到巴狗爹的反对。巴狗爹说，有人？国民党败兵也是人，碰到了怎么办？土匪也是人，碰到了怎么办？还有强盗、贼……巴狗爹没有再说，后一个字有些忌讳。有人接话说，不在。

"不在"的，当然是麻大姑了。

麻大姑没有参与他们的讨论。麻大姑出去了。麻大姑担任的是警戒的角色，她得保证大家的安全。大家安全了，公粮才安全，公粮安全了，她才安全，才能向上级有所交代。

麻大姑站在小庙的墙拐角，正在整理绑腿。这支支前民工里，只有麻大姑一人有绑腿。我父亲看到，麻大姑正往绑腿里安插一把小刀。麻大姑藏好小刀，在那里拍一下，对我父亲说，看不出来吧？我父亲点点头。麻大姑没有和我父亲再说什么，而是眺望远处的无人村庄。我父亲后来又和大家去了一次，收集了很多柴火和残破的生活用品。

麻大姑向村子里望，能望出什么来呢？那里黑乎乎的，雾气很重，似乎比实际距离还远，除几棵树，什么都望不到。麻大姑望了一会村庄，又望望天。天和早上的天一样，一拳捅上去，都会涌下水来。我父亲受不了寒冷的天气，又是搓手又是跺脚。麻大姑说，进屋去吧，去烤火听古。我父亲说了一句让麻大姑很感温暖的话，我父亲说，我想陪陪……大姑。麻大姑听了，慈爱地看着我父亲，说，不用了，你看这些架子车，还有大车，我怕夜里有人来偷啊。我父亲说，这鬼天气，硬冷硬冷，哪有贼啊。

意外的是，架子车还是被偷了。又一个黎明到来的时候，鱼烂沟乡支前民工发现，他们堆放在土地庙门口的架子车，少了一个轮子。

这个贼真是奇怪，不偷架子车，却偷轮子。共有六辆架子车，六个轮子。只偷一个，这个贼也太客气了。民工们纳闷之余，把剩下的轮子，都卸下来，搬进土地庙里了。麻大姑在土地庙门口的雪地里，两边走走。她是在观察小偷是从哪边过来的。跟着麻大姑一起察看的，还有好几个人。通过查看，让他们大吃一惊，通往那个无人村庄，有许多凌乱的脚印。就是说，小偷是来自那个无人村。无人村上并不是无人，而是有人。他们害怕的还不仅仅是无人村庄上有人，有一个贼，而是因为他们去过无人村庄，也就是说，他们在村里的时候，在某一个隐秘的地方，还躲着其他人。谁呢？

大家都紧张地看麻大姑。

麻大姑却不露声色地说，我去村里看看，除掉这个祸害。你们谁愿意跟我去？

大家听了麻大姑的话，都慌了。谁都不愿意跟麻大姑去。

麻大姑说，你们要是都不愿意，我一人去。

鱼烂沟乡支前民工所有人都看到，麻大姑一个人，孤独地行走在通往无人村庄的雪地里。空旷的雪地闪着雪光，照亮了麻大姑有力的双腿。

9

麻大姑走进村子。村子不大，如果不是被大雪覆盖，放个屁的时间就能绕村庄转一圈。但是积雪覆盖的村庄，已经被鱼烂沟乡的支前民工翻捡得不像样子了。翻起的瓦砾和白雪混在一起，像黑白芝麻混炒一样。

麻大姑走进村子，站在一个较开阔在地方。麻大姑环视一圈，有几处断壁残墙，有一堆翻乱的废墟，还有歪斜的牌坊。麻大姑平静地说，出来吧。

刀疤脸出来了。刀疤脸是从歪斜的牌坊后出来的。

麻大姑看只有刀疤脸一个人，又说，还有呢？都出来。

刀疤脸还是一脸崇敬的样子，走向麻大姑，脚下的雪发出清脆的声响。刀疤脸在离麻大姑几步远的地方停住了。刀疤脸说，老大。麻大姑说，叫他们都出来。不愿意？好吧，豆粒，还有车轮，是你们留给我的两封信，我收到了，什么事，说吧。刀疤脸说，老大，您是藏着明白装糊涂啊，那天不是已经讲明了，我们就想要应得的一份。麻大姑说，哪天？什么讲明白？我记性不好，忘了。刀疤脸耐心地说，老大，是您的，我们不要，兄弟们跟您这些年，走南闯北，出生入死，感激不尽啊。可眼下，解放了……我们也要过日子啊。麻大姑说，听说，你也参加革命了？刀疤脸的眼神里，透出些许绝望。麻大姑敏锐地感觉到刀疤脸细微的心理变化。麻大姑深深地叹口气。刀疤脸精神又振作一下，老大，您有什么好为难的？兄弟们不是都还在吗？麻大姑说，没什么好为难的。麻大姑跟刀疤脸招一下手，说，过来。刀疤脸只朝前挪半步，说，老大，我听着呢。麻大姑看刀疤脸不肯就范，也退半步，靠近腿边的那个石碾。麻大姑伸手推去石碾上的积雪，坐下了。在刀疤脸的眼中，麻大姑确实没有从前那样的威风了，她坐下后的样子，还不如一个受气落泪的乡村寡妇，疲惫，哀愁。麻大姑半晌，才抬起目光，说，有些话，如果你都不愿意听，我对谁也不想说了。刀疤脸有些动摇，他眼睛的余光，不经意瞥一下旁边的断墙，说，老大，您对我的好，我一辈子不忘。刀疤脸谨慎地走向麻大姑，一步，两步，三步，刀疤脸在离麻大姑三步远的时候，麻大姑弹簧一样从石碾上飞起剪刀腿。刀疤脸一个猪唷地趴在雪地上，麻大姑左手已经按到刀疤脸的脖子里，一股热血从她手指缝里喷涌而出，与此同时，她的右手向右侧的断墙甩去，那颗刚刚冒出的人头，脖子中了飞刀，手中的短枪甩出去丈许远。但是，当麻大姑掏出手枪时，还是晚了半拍,矮瘦子的手枪响了。麻大姑应声倒地。矮瘦子持枪,跃身到空场上,他看到麻大姑四仰八叉躺在雪地上,胸部中弹。矮瘦子不敢大意,依旧把枪口对准麻大姑,小声叫道,老大。麻大姑一点反应没有。矮瘦子向前走一步,老大,老大您别装死,我知道老大您有装死功,您教过我们装死功。老大我不想要你命。老大您中枪了。老大,只要您把我的那份给我,我立即把你救活。老大您醒醒啊……老大您一死我他妈什么都没有了老大呀……矮瘦子哭了。麻大姑在他哭声中,似乎动一下。老大您没死?老大您把枪扔了,我立马就去救您……老大,您扔不动枪啦?都怪我一枪打中了,可一枪致命也是您教我的呀。麻大姑垂在一边的手,突然抬起,手起枪响。矮瘦子中弹倒地。麻大姑一跃而起,又补一枪。

土地庙的支前民工们,紧张地注视着无人村。

打枪了。我父亲叫一声。

大家屏息敛气,侧耳倾听。没有听到枪声。

真的听到了。我父亲坚持说。

瘸三老爹说,大丑说听到就听到了,小孩耳朵尖,一定是响枪了,我要去看看。瘸三老爹的话,没有人响应,也没有人阻拦。但是瘸三老爹说到做到,他腰一弓,沿着麻大姑的脚印,向村庄跑去。

瘸三老爹的行为,让鱼烂沟乡支前民工十分惊异。大家心知肚明,如果麻大姑得胜了,用不着他瘸三老爹去,麻大姑会自己回来。如果麻大姑失败了,瘸三老爹去了也是送死。

奔跑中的瘸三老爹,感觉村庄越来越远。突然的,瘸三老爹听到了枪声,是接连三枪。

10

我父亲看到从无人村庄挪出一个黑影。我父亲大声喊,看。

大家都看到了。

巴狗爹说,走,迎迎去。土地庙里所有支前民工,一齐跑进雪地,跑向无人村。

渐渐地,大家看到了,是瘸三老爹。瘸三老爹背上还驮一个人,头发披散下来。

瘸三老爹冲着跑近的人群喊,没死透……死了三个。

大家听到瘸三老爹后一句了,知道麻大姑以一敌三,纷纷迎上去。瘸三老爹累得不行了,想让人换换他。但是没人提出来要换他。是啊,万一死在背上呢?谁背上愿意死个人?谁愿意背一辈子晦气?瘸三老爹咬咬牙,说,我行。说罢,腿脚仿佛又充满力气。

有人更是盯着麻大姑左手腕上一个金属手镯看。这是一个造型奇特的手镯,比一般的手镯要粗壮,特别是那根半寸长的尖刺,更是锋利无比。尖刺上,还有血痕。

暗器?谁惊讶一声。

没有人应,大家见怪不怪,知道她充满神奇。

麻大姑回到土地庙,平躺在床上。

所谓床,是刚刚铺好的,下边是她自己的铺盖卷,加上瘸三老爹的铺盖卷,这样厚些,麻大姑躺在上面会舒服些。

麻大姑很舒服地躺在床上,眼睛半睁半闭,喘气有些急。麻大姑说,云南白药……我包里……还有一副急救……急救包……瘸三，你……给我包扎……

棉袄被瘌三老爹麻利地解开了。麻大姑毕竟做过贼头，还是有些家底的，她不像其他支前民工那样，只穿光筒棉袄。麻大姑的棉袄里，还有一件开襟的毛衣，红色的，这也让鱼烂沟乡的支前民工们开了眼。毛衣一解开，才看到那么多血。毛衣碍事，瘌三老爹把它往一边扯扯，大家看到一个很小的洞，有血泡润出来。麻大姑居然还想看看自己的伤口。麻大姑咬着牙，歪了歪头。瘌三老爹接过我父亲递过去的云南白药，倒了一半在枪眼上。有人说，大丑你出去。麻大姑笑笑，说，没事。麻大姑又说，看看打透了没……大家把麻大姑扶起来。麻大姑的后肩上还有一个枪眼，也往外冒着血泡。瘌三老爹说，透了。麻大姑说，透了……好。

包扎、清理好麻大姑的伤口和血迹，大家都松一口气。

麻大姑躺着，一动不动，连眼睛，都是闭上的。她知道，不能动，动了会流血。麻大姑还知道没伤到内脏，子弹也没留在体内，这都是枪伤中最轻的枪伤。

我父亲又去了一趟无人村。

这回不是我父亲一个人，而是有四五个人。是瘌三老爹喊我父亲去的。瘌三老爹领着我父亲几个人，找到那三具尸体。他们先是看到刀疤脸。刀疤脸的致命伤在脖子里，出血很多，地上的雪都被染红。大家这才联想到麻大姑手腕上怪异的手镯。断墙边那个家伙，脖子里插进一把飞刀，正好切断了喉管。矮瘦子死相最惨，他挨了两枪，一枪在胸口，一枪爆头。瘌三老爹在矮瘦子身边看了很久。矮瘦子脑壳上虽然有一个洞，还流出少许白红相间的脑浆，但脸面还算清楚。瘌三老爹看了半天，认定，他就是那个卖虾酱的贼。瘌三老爹吐口痰在矮瘦子脸上，狠狠地说，死我也认得出你。

瘸三老爹又说，原来你也是大姑的仇人。瘸三老爹的话，我父亲听得清清楚楚。瘸三老爹怕我父亲不理解，跟我父亲解释道，他和麻大姑不是一伙的。我父亲不知道瘸三老爹的解释是什么意思。

瘸三老爹和我父亲几个人，扒了尸体上的衣服，捡回三把枪。都是好枪，和麻大姑一样的快慢机。

11

麻大姑情况不错。她能吃饭了。是我父亲一筷一筷喂她吃的。麻大姑脸色灰白，在昏暗的土地庙里，麻大姑脸上的麻子不是太明显，这让麻大姑好看了不少。如果一个外乡人，在土地庙里初见麻大姑，还以为她不是一个大麻脸，还以为她就是一个生病的小媳妇。麻大姑的饭量一点没有减少，这很宽大家的心。大家都说麻大姑命好，有神保着。麻大姑小声而平静地指示道，公粮……也可以吃……炒盐豆吃……每人二斤吧。

阴云密布的黄昏再次来临。

吃了炒黄豆的巴狗爹，大便更比别人多了，他要在天黑前尽快解决。然而，巴狗爹提着裤子，正往雪野里奔跑时，他看到奇怪的一幕，在他正前方，快速闪过一排排暗影。巴狗爹惊讶地看到，不远处，是横向移动的队伍，一眼望不到两头的队伍。巴狗爹惊呆了。巴狗爹不知道那些人离他有多远。

巴狗爹连滚带爬地跑回到土地庙。

巴狗爹撞开门，一头扎进屋里。巴狗爹指着门外，半天没说出话来。

有人骂道，鬼迷啦？

瘸三老爹也说，他屎没拉出来，堵住嘴了。

巴狗爹半天才憋出半句，中央军……

瘸三老爹第一个挤到门边。瘸三老爹看到，在雪地边缘，正在过大兵。

土地庙的门洞里，立即塞满了人头。

黑暗正在来临。瘸三老爹使劲睁眼，也看不清他们穿什么衣服，不知道他们是解放军还是中央军。鱼烂沟乡的许多民工，都看到眼前的奇异景观了。是祸是福，谁也无法判断。麻大姑也感到事态严重，她问，隔多远？有人说，半里。有人说，一里。有人说，二里。巴狗爹已经缓过了神。巴狗爹说，就一屁远。麻大姑虽然不知道一屁远是多远，但她有数了。麻大姑说，有汽车吗？许多人一起说，没有。许多人又一起说，有。因为在说没有的同时，他们看到无数只灯光，从一端延伸过来。天也在这时候，黑了。

远处的灯光，就像鬼火，轰轰声也闷闷地传来。

麻大姑说，立即转移，解放军没有汽车，肯定是国民党中央军。来，扶我一把。

瘸三老爹又说，转移？向哪转移？

麻大姑胸有成竹地说，村子后边，有一条大沟，大沟里有树林，就往树林转。

一听说转移，许多人不干了，这黑天雪地，怎么转？

就在大家议论是不是转移时，突然响起大炮声。

太突然了，谁都没有准备，炮声就炸响了。炮弹密集地落在前方队伍里，轰轰声又闷又沉。火柱一团团蹿起来，天上飞起各种燃烧的残片，有轮胎，有枪支，还有人体。一时间，炮声连绵不绝，土地庙的屋顶上，沙沙漏下尘土。

没有人再讨论是否转移。大家一齐往外挤,差点挤塌了庙门。

砰!一声尖锐的枪声。

麻大姑声嘶力竭地喊道,回来!

大家都愣住了。

谁逃跑我毙了谁!

小庙里一团漆黑,但大家都看到麻大姑发亮的眼睛。

砰,一条火线从屋顶穿出去。麻大姑又开一枪。

麻大姑拼尽力气说,炮弹还没落到头上,跑什么?听我指挥,转移!

瘌三老爹在麻大姑的枪声中,清醒了。瘌三老爹说,大家不要慌,扛粮食,每人一袋,先往村上走。吴七你过来,卸下门板,抬上大姑。

12

麻大姑躺在门板上,对我父亲说,大丑你往林子里找找,这儿……这儿应该有个藏身地。

我父亲将信将疑,不想离开麻大姑。麻大姑的身边只有我父亲一个人。其他人都去扛粮食了。我父亲要照顾好麻大姑,还有麻大姑身边码起来的粮食。

但是麻大姑的口气不容置疑,去,这里有我,我来照看粮食。

我父亲就往小树林里走去。

小树林里的雪似乎软绵一些,我父亲一脚踩下去,陷到膝盖。我父亲没走多远,就回头,想喊一声大姑。我父亲突然知道,不能喊,喊了,她就得应。麻大姑身上有伤,她应一声,就会震动伤口。但是我父亲怕啊。他每走一步,就觉得离麻大姑远一步。怕,就更深一层。麻大姑的声音从身后响起来了,大丑别怕,我看着你。我父亲感到羞愧,原来他走了好一会,离麻大姑还是这么近。我父亲硬着头皮,往小树林深处跋涉,一脚深,一脚浅。雪光映照下的小树林里,能见度不错,雪地上,甚至能看到树影。没走多会,我父亲果真看到一处隆起的雪堆,形状像瓜舍。我父亲紧张起来,走近细看,果真是一间不大的瓜舍。我父亲的脚步声,把瓜舍惊动了,瓜舍里突然窜出一只动物,从我父亲的裤裆穿过,吓得我父亲跌倒在雪地里。我父亲大声喊道,大姑,大姑,找到了……

  我父亲跑回麻大姑身边。我父亲兴奋的脚步已经告诉麻大姑了。麻大姑说,是不是一间瓜舍?我父亲激动地说,大姑你真神啊。麻大姑说,我会掐指算命……早算好了,瓜舍里有好吃的,还有铺盖卷,大丑你信不信?我父亲说,信。麻大姑乐了,她说,来,大丑你别站在雪地里,坐这儿,坐到门板上,暖和些。我父亲就坐到门板上。麻大姑说,瘸三他们要来了。等他们到了,把粮食搬进瓜舍,就可睡一觉了。我父亲说,那边在打仗。麻大姑说,他打他的,咱睡咱的。我父亲还是忧心忡忡地说,瓜舍太小了,装不下这多粮食。麻大姑豁达地说,粮食就码在外头,一时半会化不了雪。麻大姑又自言自语地说,头一趟,他们搬来二十四袋,土地庙里还有二十九袋,这几天吃了三袋,应该是二十六袋,还有半口袋牛料。我父亲说,大姑你记性真好。麻大姑说,这是公粮,老百姓嘴里省下的,我能记不住?我公文包里有条子,交不下这多粮食,我要受县委处分……

  远处传来凌乱的踏踏声,呼吸声,连绵不绝。我父亲兴奋地说,他们来了。

鱼烂沟乡的支前民工，在雪地里紧张地安置新"家"。

我父亲再一次钦佩麻大姑了。真应验了麻大姑的话，瓜舍里铺着软软的稻草，有干粮袋，还有铁壳军用水壶，甚至还有一盏注满煤油的马灯。瘌三老爹把马灯点了很小的亮。就着这点微弱的亮光，他们在瓜舍外，码好公粮，在公粮垛和瓜舍之间，留一个豁口，可以睡人。大家做好这些后，才腾出眼睛和精力，向战场方向望去。什么也望不到——他们一时忘了这是一条陷下去的干沟。他们眼睛望不见，耳朵却灵敏得很，热闹的枪炮声连绵不绝。

麻大姑被安顿在瓜舍里。

瓜舍太小，只能挤十几个人，还有一半人只好睡在瓜舍和粮垛之间的豁口里。

13

拂晓刚一来临，战斗就开始了，第一波枪炮声十分猛烈，不分远近，没有间隔，仅凭听到的各种火器声，就知道战斗的激烈。

虽然没有人说，但鱼烂沟乡支前民工，都担心战火马上就会蔓延到这里。有人等不及，跑到沟边去了望。沟边有三座坟。他们就趴在坟地里，一边吃盐豆，一边向战场方向观察。我父亲年轻，好奇心重，他也跑过来了。现在，我父亲能够基本判断出战场离大沟边的距离了。从他们潜伏藏身的大沟，到土地庙，直线距离最多两里（中间隔着无人村，无人村在这条直线偏右方向，土地庙、无人村、大沟底，形成一个三角形，战场就在土地庙正前方，横向数十里的一条线上）。大家心里又开始发虚，觉得危险就在身边，脑壳子就挂在裤腰上。偏偏，天上又开始落雨。雪后雨，是最忌讳的天气了,俗称"烂雪"。就是讲古中的两军打仗,也会在这种鬼天气里休兵回营。但是战争不是古书,整整一天,枪炮声都是时紧时密,没有停止。到了天黑,还稀稀落落时有时无。

在坟地和瓜舍之间,有四五十步远,大家不断往返,把看到的情况向麻大姑讲述(他们用不惯"报告"这个词)。土地庙已经被占领了,在土地庙前,和左右两侧,出现大批军人,和大量辎重,还有许多伤员。伤员都是担架从战场抬下来的,很多,都被安置在挖好的坑里。那些坑,已经延续到土地庙后边了。是要活埋他们吗?还是救不活就地埋掉?如果继续打下去,伤员增多,土坑就会向大沟方向挖来,小树林就彻底不安全了。

麻大姑对他们讲述的情况,不发表评论。麻大姑躺在门板上,静静地听。一个人讲完了,从瓜舍里弓腰钻出去,另一个人又进来。他们讲述的情况,有的重复,有的一点价值都没有。麻大姑也不去批评。麻大姑的话越来越少,后来几乎不说话了。瘸三老爹也连着向麻大姑讲述他看到的情况。瘸三老爹经过不断观察,认为,以土地庙为中心,是一所战地医院。麻大姑说,医院……一定有好药。瘸三老爹赞同麻大姑的话。但是,从这句话之后,直到天傍黑,麻大姑再也不说话了。大家都知道,麻大姑是拿主意的人。麻大姑不说话,说不定已经有好主意了。

让大家万万没有想到的是,麻大姑不能说话了。

麻大姑在发高烧,昏迷了。

不知是谁,摸了摸麻大姑的脑门,说,滚烫。大家都去摸麻大姑的脑门,摸过的人,都说滚烫。大家心里有数,麻大姑怕是撑不过今夜了。

我父亲看到瘸三老爹走出小树林,也悄悄跟上去。我父亲毕竟只有十六岁,他还没有具体想到麻大姑的发烧会严重到什么程度。但是,我父亲从大家对麻大姑的关心中,感到有些不妙。我父亲也跟着瘌三老爹走出小树林,他知道瘌三老爹一定有办法。

落过雨的雪地上,结一层薄冰。瘌三老爹趴在雪地上,看着前方。我父亲也趴在雪地上,也看着前方。雪光映得四野迷茫。前方的阵地上,隐约的,已经看到一些黑影,似乎是走动的哨兵。也会有人打着手电筒,快速移动。手电光就像一团鬼火,一跳一跳。各种口音传来,天南地北的都有,我父亲一句也听不懂。

瘌三老爹骂我父亲。瘌三老爹把话压在喉咙里,骂道,让你狗日的滚回去你怎么就不听呢?你不滚回去会误我大事。我父亲说,我能帮帮你,你不识字。瘌三老爹继续骂道,你狗日的当我是瞎子?我早就发现前边是医院,那些要死的人不是枪伤就是炮伤,和麻大姑一样。他们吃的药打的针,都投麻大姑的伤,偷到就行。但是我父亲还是趴在瘌三老爹身边,隔着两条胳膊的距离。瘌三老爹急了。抓一团雪打在父亲脸上。我父亲把头埋下来。我父亲再次抬起头来,说,好吧,我回。瘌三老爹说,这还像话。瘌三老爹口气软和地说,麻大姑要是不用药,死定了。你小子给我回去,喂麻大姑喝点水,让她等我的药,老子一定要救活她!

我父亲掉转屁股往回爬。大约爬了一会儿,才弓着腰,一口气跑回小树林。

14

瓜舍里只有父亲和麻大姑两个人,我父亲从雪地里刚进来,看不清瓜舍里的情况。我父亲轻轻唤道,大姑,大姑。没有回应。我父亲摸索着走两步，很快适应了瓜舍里的黑暗。我父亲看到躺着的麻大姑，跪下来，伸出手，放在麻大姑的脑门上。我父亲的手刚一落下，就弹起来，麻大姑的脑门像开水壶一样烫手。大姑，大姑。我父亲又唤两声。麻大姑还是没有回应。我父亲紧张了，再次把手放在麻大姑的脑门上。我父亲感觉麻大姑稍微动一下。我父亲说，大姑……瘸三叔一会就搞来药了，大姑你要喝口水啊。我父亲听到麻大姑吸口气。麻大姑没说出话来，吸气变成喘气。麻大姑嘴里喘出的热气，烫到了父亲的脸。麻大姑竟然说话了。我父亲听到麻大姑在说话。我父亲说，大姑，我听不清。麻大姑又重说一遍，麻大姑说，三十……三十根条子……金条，藏在东山……东山根……的洞里。我父亲使劲把头往下低，几乎把耳朵贴到麻大姑的嘴上了。我父亲听清了，麻大姑是说条子，金条，三十根，藏在东山根一个什么洞里。我父亲抬抬头，问，大姑，东山根什么洞？我父亲大声喊，大姑，大姑。麻大姑拼尽力气说，大丑……乖，大姑总算做成了女人……也还了瘸三家的债……大姑开心……开心……大姑要……上路了。

瓜舍外，突然人声大作。

一群带枪大兵冲进小树林。打头的打着手电筒，他左边的人背着药箱，右边的人是瘸三老爹，身后还有十几个战士。

瘸三老爹一进小树林，就兴奋地喊，解放军，解放军，解放军……

正准备炸营逃跑的民工，听到瘸三老爹的声音，收住了脚。

瘸三老爹大声说，是解放军，我操，他们是解放军，我们对面打仗的是解放军，真是瞎眼了，白折腾了。麻大姑，解放军救你来了！

瓜舍里,我父亲也听到瘸三老爹的声音了。我父亲大喊一声瘸三叔,就号啕得合不拢嘴了。

15

三天后,雪后初晴,阳光灿烂。一辆咯吱作响的木轮牛车上,拉着一口棺材。棺材里躺着麻大姑。麻大姑没有活过来,她死了。瘸三老爹背着的公文包里,装着一张华东野战军两淮独立旅后勤部开具的收条。收条上写着收到的公粮,共五十袋。背着收条的瘸三老爹,心里踏实,他只要回到县里,把收条交给朱书记,鱼烂沟乡的支前任务,就完满结束了。

瘸三老爹心里不踏实的是,我父亲记不住麻大姑临死前说的话了。瘸三老爹几次问我父亲,大丑你好好想想,麻大姑临死前都跟你说了什么?我父亲说不记得麻大姑说的话。我父亲只记得麻大姑说的三十根金条的事,三十根条子藏在哪里,麻大姑没有说清。麻大姑既然没说清条子藏在哪里,我父亲便不能说,说出来更麻烦。我父亲咬死牙板,一再强调,记不得麻大姑的话了,她只说她开心。

一九四八年十二月十六日傍晚,瘸三老爹领着鱼烂沟乡支前民工队,还有棺材里的麻大姑,回到了村里。

菜农宁大路

1

　　宁大路在菜园里给韭菜除草。宁大路家菜园里的几垄韭菜比别人家的韭菜长势好，绿油油的，胖乎乎的，一看就惹人嘴馋。宁大路家菜园里还有一些别的菜，也像韭菜一样长势喜人。这都是因为宁大路会收拾。宁大路头上戴一顶草帽，那顶草帽戴不戴也无所谓，边檐掉得差不多了，也遮不住太阳了。可他喜欢戴，习惯了，就像他脸上的笑容。他脸上始终是笑着的，经年累月。有人拿宁大路开玩笑，说，大路，你睡着了是不是也笑？宁大路就快乐地笑两声。宁大路脸上的笑，就像他脸上的某一个器官，已经固定在脸上了。

　　宁大路把韭菜割了半垄，准备回家包韭菜饼吃。宁大路家菜园里一共是三垄韭菜，早上让他卖了两垄，卖了七块钱，他随手就给老婆买了药。他老婆陈光翠得一种头晕病，不是一年两年了，也不是十年八年了，而是二十年了，对，整整二十年。陈光翠的头晕病有时轻一点儿，有时重一点儿。轻一点儿就不吃药，重一点儿就吃点儿药。吃了药也只能管一时。陈光翠吃了二十年药，头晕病也没见好。宁大路知道老婆的病治不好了，吃了药，能让老婆轻松轻松，就不错了。宁大路想，老婆吃了药，再吃几块韭菜饼，她头就不晕了，她该多么高兴啊。

太阳就要落山了，一天又要结束了。宁大路把韭菜扎起来，准备回家。他一抬头，看到了村长。村长就站在他家菜园边上。村长嘴里抽着烟，笑容可掬的。宁大路脸上的笑抖了一下，他说，村长。

村长吐着烟圈，说，大路，什么事这样高兴，发财啦？

没，没……

没发财还笑？

宁大路说，早上卖了七块钱韭菜，给光翠吃药了，她是个药罐子。

村长说，该吃药就吃，有病不治也不对。

宁大路说，是啊是啊。宁大路想，到底是村长，说话多有水平。

村长说，现在搞爱国灭鼠活动，一口人要买两包老鼠药，考虑到你家经济困难，该你家买的四包老鼠药，就免了。

宁大路脸上的笑就灿烂起来。宁大路说，村长关照啊，谢谢村长啊。

村长说，大路，谢什么啊，能照顾，我还能不照顾你？大路，能照顾,我是一定要照顾你家的。大路,你说是不是?对了,你割这么多韭菜,是包饼吃还是炒肉吃?

哪有肉吃啊?不过年也不过节的,包韭菜饼……也不想包,没有什么油水也不好吃,村长,这韭菜,你拿回去吃吧。你家有花生油,还有小鱼干子,小鱼干子炒韭菜好吃哩,鸡蛋炒韭菜也不错……

鸡蛋炒韭菜,你老土了。

对对对,是,是韭菜炒鸡蛋。

村长脸色有点儿严肃,他公事公办地说,我正想跟你说这事,你看我手里这一斤鸡皮,看看,看到了吧?在桥头张二家小店拿的,张二让我再拿一斤鸡腿,我没要。是这个……镇上的刘主任,就是我小姨子的叔公,在我家做客,你看我能不弄几个菜喝杯小酒?这韭菜,要是平时我也不张这口,咱好歹也是村长,你说是吧大路?

那是那是。

村长拿着一捆韭菜走了。

宁大路微微笑着,看着村长宽厚的背影,还有晃晃悠悠的一捆韭菜和一袋鸡皮。那鸡皮,是在张二家拿的,那韭菜,是在宁大路家拿的。宁大路很羡慕人家村长。宁大路心想,我老婆陈光翠要不是害头晕病,说不定能给我生一窝儿子,一窝儿子里,说不定能有一个村长。当村长真好,有吃有喝,还能拿。宁大路的笑容在夕阳下很温和。

你知道,宁大路一般都是在太阳快落山的时候回到家里,他要做饭给老婆吃。

宁大路一回来,陈光翠就看到了他的持久而温和的笑了。

是啊，宁大路的笑就像刀刻一样凝固在脸上。

陈光翠坐在凉棚下，一动不动。陈光翠不是不能动，她动一下头会更晕，就连说话也能不说就不说，因为说话也会头晕。多年来，她练就了不动或少动的功夫。但是她眼睛看到宁大路了。她看到宁大路两手空空，她就看宁大路的脸。宁大路脸上的笑容没有什么变化，她就不理解了，说得好好的，割韭菜包饼吃，怎么空着手回来啦？宁大路看到了老婆的目光。宁大路说，我这就去割韭菜。宁大路又说，我早上买的药你没吃？陈光翠眼帘收下来，皱着眉说，吃了也没用，要晕还晕，要疼还疼。宁大路看一眼陈光翠，说，你呀。宁大路就到屋里，拿出药，说，吃了吧，吃了就好了。陈光翠接过两粒白色的小药丸，说，吃有两火车了，吃有两轮船了，有什么用，也不除根。但是，陈光翠还是把药吃了。宁大路说，我去割韭菜，包饼吃。

宁大路走到菜园里，把剩下的半垄韭菜割了。本来，这半垄韭菜，再配上那两只冬瓜，可以卖给镇上绣花厂的食堂，他今早跟绣花厂食堂的吕会计都说好了，明天直接送到绣花厂。可眼下，他只能把剩下这半垄韭菜再割回家了，陈光翠要吃韭菜饼，就让她吃一回吧。韭菜饼，真的好吃啊，我操他妈的！宁大路在割韭菜的时候，跟自己说，吕会计，对不起你了，那半垄韭菜让村长拿去吃了。村长连张二家的鸡皮都能拿。张二是什么人？村长都能拿，我这半垄韭菜算个屁！吕会计，你不要说我宁大路说话不算话，他是村长，我说话当然不能算话了。再说了，韭菜让村长拿去吃了，是我宁大路的光荣！再说了，没有韭菜，咱还有别的菜。你看，这两只冬瓜，还行吧？宁大路想到冬瓜，头皮麻了一下。冬瓜让宁大路想起了吕会计的冬瓜奶子。

2

晚上，宁大路躺在老婆身边。宁大路嘴里还残余着韭菜饼的香味。宁大路咂咂嘴，他把嘴咂得啪啪响，说，豆油少了，韭菜饼不怎么有味。陈光翠也咂两下嘴，说，吃了韭菜饼，还说没味，我看你才没味了。陈光翠又说，本来我都舍不得吃了，想让你多卖几个钱，做身衣服穿。你非要包韭菜饼吃，就让你解解馋吧，你还说没味。你怎么不把那半斤豆油全放到馅子里？宁大路说，我是说着玩玩的。宁大路想到了村长。村长家肯定不为吃油发愁。村长家才不缺油哩。村长家天天不是吃鸡皮就是吃猪腰子，那要吃多少油，我操他妈的。宁大路说，我看到村长了。陈光翠说，别说不吉利的话。宁大路说，没，我真的看到村长了。陈光翠说，叫你别说不吉利的话你还说。宁大路说，村长没跟咱家要提留款，也没收咱家别的费用。他还跟我说一会儿话呢，还敬我一支烟呢。陈光翠说，村长跟你说话啦？还敬你烟啦？糟了，怕不是好兆头。宁大路说，哪里啊，村长可好了，对我很客气。陈光翠说，他连老鼠药都没卖给你吧？宁大路说，没……对了，他免了咱家的老鼠药了。陈光翠说，那还真不错。陈光翠说，他敬你烟，你没抽吧？宁大路说，那当然。陈光翠说，你不能抽，你不抽就对了，村长那一支烟要值好几毛钱。宁大路说，我晓得。宁大路的手摸在陈光翠的肚子上。宁大路说，吃了药，头不晕了吧？陈光翠说，好多了。宁大路的手又往下摸，问她，想不想？陈光翠说，你明天要送菜给吕会计？宁大路说，对。陈光翠说，听说吕会计是寡妇？宁大路说，我不知道。陈光翠说，我早就知道了，我还知道她有两只冬瓜奶子。宁大路说，我不知道。陈光翠说，听说她两只冬瓜奶子天天晃荡。宁大路说，你知道的还真不少，我怎么就一点儿不知道？陈光翠说，你送菜给吕会计有一年多了吧？宁大路说，快两年了。陈光翠说，吕会计是寡妇，又长一对冬瓜奶子，我不许你送菜给她了。宁大路说，就你瞎想。陈光翠说，我知道，你那东西就像野叫驴一样……宁大路说，就你瞎想。陈光翠说，都怪我……宁大路说，你不要瞎想了。陈光翠说，我会算命，你那点儿小把戏，我老早就给你算明白了。宁大路心里抖一下，他觉得他老婆真是神仙了。宁大路的手在她那里抚摸着，他感到那里潮湿得很。宁大路支起身子，说，行吧？宁大路听到陈光翠哼一声……

宁大路不敢用劲，他怕陈光翠头晕。

陈光翠啊一声，说，我要死了！

宁大路不动了，说，那就算了吧。

陈光翠说不！陈光翠说死了算！

……

陈光翠躺在一边，叹一口气。

宁大路说，你叹气干什么？

陈光翠又叹一口气，说，要不是一年到头吃药，吃了二十年药，咱家也住楼房了。

宁大路说，说那话干什么。

陈光翠说，要不是吃了二十年药，咱也能生个儿子。

宁大路说，说那话干什么。

我真不争气。陈光翠要哭了。

宁大路说，你不要这样瞎想了。宁大路一只手让陈光翠枕在脖子下，一只手摸到了她的胸部。陈光翠的胸部平平的。宁大路太熟悉那里了，多少年来一点儿变化都没有，平得就像一块搓衣板。

陈光翠说，我还不如吕会计，吕会计还有一对冬瓜奶子。

宁大路说，你瞎想这些干什么呢！宁大路一卷胳膊，陈光翠就趴到他怀里了。

陈光翠说，我要你跟吕会计赶快断！你跟吕会计搞破鞋，也不是一天两天了，我也劝你不是一次两次了。你要不听我的话，迟早我能把你咬下来！陈光翠话一说完，她就一动不动了，一动不动的陈光翠坚持着说，你别动，别动，我头晕了……我头……晕了……

宁大路躺到一边，他悄悄叹一口气。

3

绣花厂在镇北，厂子里全是女工。宁大路每次送菜到绣花厂，都闻到特别的香味。宁大路喜欢这种香味。他一到绣花厂头就有些晕，他的头晕和老婆陈光翠的头晕是不一样的。他的头晕与绣花厂的香味有关。绣花厂食堂的吕会计身上就有这种让人头晕的香味。

大路！吕会计从食堂的窗户里看到宁大路了，她大声喊道，大路，我还以为你驴日的不来了呢，韭菜呢？冬瓜呢？乖乖，这两个冬瓜不错。怎么没有韭菜？

没有韭菜，韭菜让我……让我卖了，我给你带六斤半豆角，瞧瞧，你瞧瞧！

吕会计抓一把豆角看看，说，不错，透鲜。大路，豆角你准备收我多少钱一斤？

宁大路说，我这是头水，头水豆角，你懂不懂？你至少也得给我一块五一斤。

　　我操，你想剐我啊？我跟你做生意也不是一天两天了，什么金豆角银豆角能值一块五？一块五我能买五斤韭菜，能买七斤半冬瓜。大路，你呀……多了心眼不是？也敢欺负我啦？你不容易，家里还有病女人，我呢，承包这食堂你也晓得，这样吧，你也不要我一块五了，我也不还你一块，就算一块二一斤，你看我够不够意思……好了好了，你看你脸都变了，给你一块三！

　　吕会计在数钱给宁大路的时候，宁大路没有看钱。宁大路在看她的冬瓜奶子。吕会计的冬瓜奶子就像两只小猪，在怀里乱窜。吕会计没有干动作幅度大的活，她不过是数钱，可是就是数钱这点儿小活，她的冬瓜奶子也不安分。宁大路心里毛毛扎扎的，宁大路只听到她把一叠毛票数得沙沙响。宁大路听到她说，拿去，连两个冬瓜，一共十四块四毛五，我给你十五块，我操，又让你讨五毛五分钱便宜！……妈呀，你眼睛乱瞧什么啊！吕会计把手里的钱甩到宁大路脸上，然后又在宁大路脸上扇一巴掌，说，你笑什么？你还笑，你还有脸笑！我咬死你！吕会计趴到宁大路的肩上。她真的咬住宁大路了。宁大路肩膀上火燎燎的，他两只手就从下边把吕会计的冬瓜奶子托住了。吕会计抽着冷气说，你要死了，你要死了……大路，大路，你快停下，停下……大路大路，晚上我请你喝酒……晚上……我……请……你……喝……酒……

　　宁大路没有让吕会计请他喝酒。他没到中午就跑回家了。他不是不敢喝酒，只是吕会计的酒他不敢喝。吕会计那壶酒，可不是随便乱喝的。别的事都能做，包括把她摆平。只是这个酒，一喝就能喝出事情来。你知道宁大路是吃过这个苦头的。还是在春天的时候，宁大路第一次给吕会计灌得烂醉，睡在吕会计的床上一直到第

吴小丽一周的琐屑生活

二天中午。陈光翠会算命,就是在那一次,他和吕会计的这一腿让老婆陈光翠给算出来了。陈光翠找根绳子,要死给宁大路看。此后,宁大路就再也不敢跟吕会计喝酒了。他怕和吕会计喝酒被陈光翠算出来,陈光翠再要死要活的,他的日子就没法过了。

走在回家的路上,宁大路还越想越怕。

宁大路一走进自家的院子,看到陈光翠脸上均匀地覆盖着一层土灰色。陈光翠静静地坐在树荫下一动不动。宁大路就把身上的钱掏出来。他对陈光翠说,今天卖了十五块钱,你数数,拿去收起来。

陈光翠朝他看看,脸上没有任何表情。

陈光翠从来是不碰钱的,家里的钱都有宁大路掌握。宁大路每次的卖菜钱都由他自己收起来。陈光翠不知道宁大路今天犯了哪门子病了,竟然让她数钱,让她收钱。陈光翠的眼睛看得宁大路心里发毛。

宁大路说,你不数?你不数就算了,你数不数也是一回事。你数了是十五块,你不数还是十五块。

但是,宁大路当着陈光翠的面,还是把十五块钱数得哗哗响。宁大路把钱数了一遍,又数了一遍。宁大路在数第三遍的时候,他中途停下了手,说,钱的声音真好听。你听听,听听,是不是很那个……那个好听?

陈光翠还是一动不动。陈光翠的眼睛看起来很安静,也很散,她平行地望着某一个地方,如果不是眼睛在眨动,你不会以为她是一个活人。只有宁大路知道,此时,她正忍着难受的头晕,或者头疼。你知道,头晕和头疼不过是两种不同的说法而已,在陈光翠这里,她的感受是一样的。那么头晕究竟是什么滋味呢?你没晕过你不知道，宁大路也不知道，但是，宁大路和陈光翠一起生活了二十年，他知道老婆陈光翠忍受的是什么样的痛苦。

　　让你数钱你不数，那你就歇着吧。宁大路说，我让你数钱，就是看你今天吃没吃药，我就知道你今天没吃药，你果真就没吃药。你不吃药怎么能行呢？你不吃药就一动也不能动了，你一动头就疼。你不吃药就这么忍着，你就这么忍到死啊！你呀，你呀……宁大路的嗓子有些沙哑，他背过脸去让泪水流出来。宁大路的眼泪一流就不可遏制，他用左手摸一把，用右手摸一把，可这没有用，泪水还是流了他满脸，满山遍野的。宁大路不想让老婆陈光翠看到他满脸的泪。宁大路说，我到菜园去看看，弄点菜来炒炒。宁大路说完话，鼻子又一酸。因为他又想到了吕会计。吕会计的冬瓜奶子就像面团……比面团还暄。他觉得自己真不该摸她。她吕会计有什么好，不就是长两只破冬瓜？她头也不晕。她天天还有好东西吃。她还想请我喝酒。她比陈光翠好过多了，人家那才叫好日子呢，人家那才叫幸福呢。这个操不死的，我这不是叫作对不起陈光翠吗？她下次就是请我摸我也不摸她了。她下次就是把我的手拿到她的冬瓜上，我就当没看见，我就当摸一块石头蛋，把它扔到茅屎缸里！

　　宁大路来到菜园。到了菜园里，看到阳光下绿油油的菜，他心里就好受多了。他心里一好受就忘了吕会计。可宁大路还是看到了冬瓜秧下的那只毛茸茸的冬瓜，他就蹲下来，摸一摸。他想，吕会计要是陈光翠多好啊！

　　村会计正巧路过宁大路家菜园边。村会计说，大路，笑嘻嘻的，什么事啊？才喝了酒？

　　人人都知道宁大路脸上的笑是经年累月的，可人们还是习惯问他为什么要笑。

吴小丽一周的琐屑生活

宁大路被吓一跳。心想，真是怪事，他一想到吕会计，就真来了个会计，不过这个会计是个男的，是村里的会计，村里人省名去姓，都叫他村会计。看到了村会计，宁大路脸上还是冒了一团火。他以为村会计看到他摸吕会计的冬瓜奶子了。

村会计没等宁大路说话，又说，村长让我来，跟你家买点儿青菜，镇上计划生育小分队来了，晚上要在村部喝酒。村长说，你家菜新鲜，味道好。村长还说，以后村上遇到招待，就在你家买菜。村长说以后这事就由我来办了。村长说把这事交给我了，先记账，吃多少记多少，统一结算。大路，这可不是打白条，不说你也知道，零零碎碎付钱多不方便。你说是不是大路？

宁大路说是啊是啊。

村会计又小声说，大路，你知道村里为什么不到三叫驴家买菜啦？你不知道吧？我告诉你，三叫驴他二姨父出事了，他二姨父是县上财政局的科长，进去了。

宁大路不知道进去了是什么意思，反正是不好，反正是，以后，村上遇到招待，都要在他家买菜了。宁大路不光是脸上在笑，他心里也在笑。

村会计说，高兴吧大路？大路你这样，下午三点半之前，你送二斤豆角，二斤青椒，三斤茄子，四斤冬瓜，冬瓜就送一个吧，还要……黄花菜和西红柿，有别的菜你看着办，我上账就是了。

宁大路说，好！

村会计说，好吧？

宁大路说，好！好！

4

宁大路送菜到村部去。

有人看到他，问，大路，干什么去？

宁大路说，送菜，村里来客了。

过了一天，又有人看到她，问，大路，送菜到哪里？

宁大路说，村里来客了，村长让我送些菜去。

后来，就没有人这样问了，而是说，大路，送菜去村里啊。或者说，大路，村里来客啦！

宁大路都是爽快地应一声。

就这样，宁大路经常走在通往村部的路上。宁大路手里不是拎着一个篮子，就是拿着一个蛇皮口袋。通常情况下，他的篮子里或者蛇皮口袋里都是装着新鲜的菜，那些菜是他家菜园里长的。许多人都知道，宁大路种一手好菜。从前，他的菜都是拿到镇上的市场去卖，也会送菜给绣花厂的吕会计。现在，他不需要跑路了，村里开始吃他家的菜了。只是他送菜到村部去，不像到市场上或者绣花厂，前者没有现金，而后者是当场数钱的。这让宁大路稍稍有点儿遗憾。不过不要紧，虽然一时拿不到现金，但他知道，那钱是跑不了的，村里怎么会少他的钱呢？他的钱，存在村里，就像存在银行里一样让他放心。因而，宁大路脸上的笑依旧持久而永恒，甚至比以前更加舒展。

是的，宁大路什么时候都没有现在这么开心。他可以送菜到村部去了。他可以说是村部的常客了。他这一送就是好几次，不，十

吴小丽一周的琐屑生活

多次了。镇上,他已经好久没去了,镇上的绣花厂,他也好久没去了。虽然,在偶尔的时候,他还会想起吕会计,还有吕会计的冬瓜奶子,他还想摸一摸她的冬瓜奶子,但想了一会儿,他就忘了。有时候忘不了,他就索性狠狠地想想。想着想着,他就想到镇上去一趟。他没有去镇上,是因为他经常看到老婆陈光翠那直直的毫无特质和意味的眼神。他就只好在揉面的时候,想象一下那不是面团,那是吕会计的冬瓜奶子。

这天早上,宁大路正在菜园里忙,村长急急地走来了。宁大路看到了村长。他看到村长勾着头,走路很快,一看就像有急事的样子。宁大路隔着爬满青藤的笆杖,大声地问,村长,来啦!

村长跟宁大路挥一下手,说,来啦。村长脸上没有笑,很严峻的样子,就像收提留款或卖老鼠药时一样严峻。宁大路不知道村长为什么这样,心就不由自主地提起来。

村长说,大路,你给我几斤豆角,我儿子病了,要吃豆角饺子。

宁大路说,好好,我这就去揪。

村长站在笆杖外抽烟,他自己跟自己说,我儿子那小狗日的要吃豆角饺子,我还在张二家给他拿二斤鸡肉呢,鸡肉跟豆角包饺子,大路,你吃没吃过?

宁大路笑笑,他只是笑笑,他不敢说吃过,也不敢说没吃过。

村长说,大路,我先回家,儿子还在打吊水,你揪了豆角,等一会儿给我送过来。

宁大路啊啊地应两声,说,我一会儿就给你送过去。

村长走了几步,又回过头,说,大路,会计跟你结账没有?没结不要紧,我下午让他来跟你结账。吃你家不少菜了,村里不会亏待你的，我村长也不会亏待你的。

宁大路啊啊着，他不知要说什么了。他觉得村长真是不错，真是一个好村长，这不是，村长一句话，他下午就能拿到钱了。

宁大路把菜送到了村长家，回来时，碰上村会计的老婆。村会计的老婆张着大嗓门说，这不是大路吗，村长儿子病了，你也去看看啊。

宁大路啊啊着，说是是是……是啊。

宁大路往回走的时候，越想越不对劲，村会计的老婆是什么意思呢？她一定看到他送豆角到村长家了。他想想，到如今，村会计家还没吃他一斤菜呢。村长是村长，村会计是村会计，都是村干部，他可不能亲一个远一个。再说，每次送菜到村里，都是村会计上的账，再说，下午，村会计还要送钱给他呢。宁大路想到这里，他就决定了，他决定也送点儿菜给村会计家。

宁大路摘了二三斤青椒，还有一个大冬瓜，放在蛇皮口袋里拎着，送到了村会计家。村会计不在家。村会计老婆收下菜，客客气气地把宁大路送出了大门。

宁大路回到家里，松一口气，觉得这下万无一失了，下午钱就到手了。宁大路躲到门后去看他的账本。宁大路不识几个字，但他会记账，他用铅笔在门板上圈圈点点的那些符号，只有他自己能看懂。宁大路躲在门后看了一会儿，就对躺在床上的陈光翠说，村会计下午要来跟我结账，我哪能让他来跟我结账呢？我去一趟村里就行了。光翠，我算过了，差不多要结五十块钱。五十块钱，我拿一半去给你买药。

陈光翠看着他。陈光翠什么都没有说。

宁大路说，那好吧，五十块钱全给你买药。

吴小丽一周的琐屑生活

陈光翠还是没有说话，但是她眼里放出了一种光。

宁大路知道陈光翠的意思，她是不让他买药。宁大路说，你不想让我买药是不是？是不是？可要钱有什么用？还不如让你吃点儿药，好受好受，舒服舒服，你好受我也好受，你舒服我也舒服，你懂不懂光翠？你不懂不要紧，你听我的就行了，你这次一定要听我的。你瞧你，都多少天不能动啦，你就不想动一动？你看看我，看看我，看到没有，又是摇头又是踢腿，我还能拿大顶给你看，可你呢，只能坐在地上，要不就躺在床上。你连说话的力气都没有，你就不想说说话？你看我一口气说了多少话，我说话一点儿都不累，头一点儿都不疼。你想动动是不是？你想说话是不是？

陈光翠就把眼睛定定地看着宁大路。

好吧好吧，就依你的，不买药了。宁大路背过脸去，他又流泪了。

但是，宁大路还是去了镇上。他把家里仅有的七块五毛钱全拿走了，他到医药公司买了药，又立马回到村里，在村头张二家的小店里，他拿了张二家的一斤鸡肉。他对张二说，晚上我就给你钱。宁大路又从自家菜园里摘了一把嫩豆角。

你已经知道了，宁大路要用豆角和鸡肉包饺子吃。

在吃饺子之前，宁大路让陈光翠吃了两粒药。陈光翠虽然用眼睛看着宁大路，但她还是把药给吃了。陈光翠在吃药时，她的手有些抖，抖着抖着，眼角就滚出一颗泪，就一颗，晶莹而透明，然后，她把头埋在枕头里了。

热气腾腾的饺子端上来了。

宁大路说，光翠，你头好多了吧？你能不能说话？要能说话你就说，这是豆角和鸡肉包的饺子，你吃过没有？你一辈子都没吃过。村长家也不过吃鸡肉饺子，咱也跟村长平起平坐了。

陈光翠先吃了一个饺子。陈光翠说妈呀，牙都鲜掉了！陈光翠吃了第三个饺子的时候，说，亏你舍得，你过一天就不过啦！又是买药又是买鸡肉，这要花多少钱！

宁大路说，你开始说话了，你再说，你再说，你说呀。

我不说了，反正下次说什么也不能这样花钱了。这样花钱还了得，就是金山银山也经不住这样花呀。

宁大路说，我就喜欢听你说话，你继续说。

我说什么说，药让你买了，饺子咱也吃了，你还让我说，我不说了！

宁大路说，不，你要说，你都多少天没有说话了，你再不说话，你就成哑巴了，趁现在头不疼，又吃了饺子，多说说话。

你让我说，你怎么不吃饺子呀，你也吃吧，我都快吃一碗了。

宁大路说，我等会儿再吃，我要听你说话。你说话真好听，比唱歌还好听。

你让我说话，我还偏不说。

宁大路说，好吧，你不说就等会儿再说，我要吃饺子啦！光翠，你知道村长家吃什么？他家也吃饺子，跟咱家吃一样，也是鸡肉豆角。

那你就以为你也是村长啊。

宁大路说，我哪敢跟村长比，人家要是想吃，天天都吃鸡肉饺子。

还说哩，咱这辈子不就吃这一回。

宁大路说，光翠，明天咱还可以吃，你知道我下午要到村里去拿钱了，拿了钱，明天咱再吃一回！

5

宁大路和陈光翠把一顿鸡肉饺子吃得香香喷喷热热闹闹。

宁大路吃完最后一个饺子,他就朝陈光翠看。

陈光翠脸红了。陈光翠说,你看我干什么?我脸上又没有花。

宁大路说,你气色好多了。

宁大路把手放在陈光翠的肩上。宁大路的手从她的肩上又滑到腰上。宁大路的手和所有庄稼人的手一样粗粗糙糙。

陈光翠说,大白天的。陈光翠羞涩地笑着。

陈光翠站起来,走到墙上的镜子前。镜子里的确有一张脸,可陈光翠不大认识这张脸。是啊,陈光翠已经好久不照镜子了。印象里,镜子里的那张脸还是三十年前的,三十年前的陈光翠鲜光水灵,眼睛明明亮亮,鼻子嘴巴都是有模有样的。可现在这是一张什么脸啦,才五十岁的人,自己都认不出来了。

宁大路也走到陈光翠身后了。

陈光翠说,我去洗把脸。

宁大路没让陈光翠洗脸,就把她抱到床上了。

可能是吃了药,可能是吃了饺子,陈光翠还叫了两声。

过后,宁大路说,你刚才叫了。

瞎说。

宁大路说,我听到了。三十年前,你也这样叫过,你像青蛙一样哇哇叫。

你要死了,乱说!

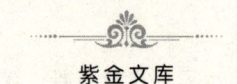

宁大路就嘿嘿地笑。宁大路嘿嘿地笑着。他还摸了摸陈光翠的脸。他说，你刚才脸红了。

瞎说，我脸才不红了。我这张脸，都成这样了，哪会红，老夫老妻的。

宁大路说，不，你脸红了。我喜欢你脸红的感觉。还记得吗？那年在扫盲班，南京的女知青给咱们上课……

那么远的事了。陈光翠说。

宁大路说，你记不记得？

记得。

宁大路说，那是我第一次看你脸红。

接着宁大路和陈光翠一起回忆了三十多年前的那个夜晚。

那时候，他们都是村里扫盲班的学生。扫盲班里的学生年龄差距很大，从十几岁到四十多岁的都有。女知青刘音给他们上课，这是一个很负责任的老师，对同学们的提问百答不厌。但是，在那个月明星稀的冬夜，发生了这么一件事，一个上了年纪的麻脸女人提了一个问题，她问，小刘老师，你说春季麦苗，一日一个变化，这一日是什么意思？我们大伙都不懂，你给说说看。小刘老师说，一日就是一天，一天就是一日，明白了吗？麻脸女人的白麻子突然就变成红麻子了。她说，小刘老师，我们乡里人不比你们城里人，这个……一天一日还行，一日一天，我可受不了。麻脸女人的话引得教室里哄堂大笑。当时，宁大路和陈光翠就坐在教室的后排。宁大路看到陈光翠的脸也红了。陈光翠把脸埋在膝上，她在偷偷地笑。就是在那天晚上，宁大路把陈光翠拉到了稻草垛里。

陈光翠说，你让我给坑了，谁叫你把我拉到稻草垛里？你一抱我，我就一点儿力气都没有了。

你不是还咬我一口吗？宁大路说。

我现在都想咬你！

那你就来咬一口吧。

算了，咬什么咬啊。陈光翠偷偷地叹一口气。陈光翠说，你说下午要去村里拿钱？

宁大路说，对呀，村长让会计来跟我去结账，我哪敢让村会计来，我跑一趟就行了。我算过了，能结五十块钱。

那么多。

宁大路说，不多，他们吃咱家多少菜。我都多少天没到镇上卖菜了。园里的菜都叫村里给吃了。

他们真能吃。

宁大路说，咱们也要吃，明天咱再买一回鸡肉，再包一回饺子。

还是省点儿钱吧。

宁大路说，人家都能吃。他村里头天天不是酒就是肉，咱就痛快这一回，还不行？

宁大路又翻到陈光翠身上。宁大路说，吃顿鸡肉饺子，你又吃了两颗药，咱俩再玩一回，把这个事情做痛快。

陈光翠说，你省点儿力气，我头要晕了。

我看你这回还行，你不会头晕。

宁大路和陈光翠在床上又做一回。陈光翠这回还真的叫了。陈光翠叫得像青蛙一样欢。过后，她自己还有点儿不好意思。她说，你给我吃什么药，这样灵，我头还真的不疼了。

宁大路说，不疼了吧？再来一回？

陈光翠说，你快去村里把钱拿来。

宁大路说，好吧，我去拿钱。

可是，宁大路到村里没有拿来钱。宁大路有点儿垂头丧气。宁大路到家里，看到老婆陈光翠正在择菜。宁大路心里一热，她能干活了，说明她现在的头疼病还没犯。陈光翠看着宁大路，她用眼睛问他，钱呢？

宁大路说，会计说今天没有钱，让我改天去拿。

村长不是说好了吗？

我没看到村长，这事该会计管，会计说村里没钱，我也不好再去找村长。我去找村长，会计会不高兴的，会计要是不高兴，以后要钱就不好要了。你说是不是光翠。

陈光翠说，我不懂，家里的大事，你拿的主意不会错。

宁大路也蹲下来择菜。宁大路说，你去菜园啦？

我好久没去菜园了，我去看看，我就弄点儿菜来家。

下午瑞丽的阳光下，宁大路和陈光翠在院子里择菜，他们不停地说着话，有几只麻雀，在他们不远处的树上叽叽喳喳。

6

接下来，宁大路四天找村会计三次，都没有要到钱。不是村会计不在，就是村会计说没有钱。他也想碰到村长，可村长更忙，很难见得上。就是见上了，村长也没时间跟他多说话。就是村长有时间跟他说话了，他也不能说村会计没给他钱，那样会得罪村会计的。事实是，他碰到村长的次数也很少，倒是那天在菜园里，村长跟他说了几句话。村长说，大路啊，你到我家去一下，我老婆要卖大米，你去帮帮她忙，顺便，你拿点儿青菜，别的菜也行，我家中午没菜吃了。还没等宁大路说话,村长又说,大路你别忘啦,我到镇里开会去。

那天,宁大路看着村长匆匆的背影,宁大路自言自语道,瞧见了吧,村长多忙。

第五天,村里又来客了。宁大路送菜到村里,看到了村长,村长正在跟小车上下来的人握手。宁大路站在村食堂的门口,他以为村长看到他能来跟他打招呼。但是村长没有看到他。倒是村会计看到他了。村会计来到宁大路跟前,说,大路,菜送来啦?宁大路说送来了。宁大路想跟他提钱的事。村会计先说了,他说,大路啊,村里欠你那几个钱,你别急,村里现在资金紧张你又不是不知道,再说了,你也不缺那点儿小钱,只要我账上有了款,我把钱送到你家去,你看行不行?宁大路说,行,行。村会计说,你先回去,不要在村里看闲,今天是县里来人了,人家会说咱村没水平。宁大路点着头,拎着蛇皮口袋走了。

宁大路觉得村里欠他的钱不少了,可这不少的钱放在村里,还算是小钱的,再怎么说,几十块钱也不能没有啊,村里天天杀鱼宰鸡,要花多少钱?是不是村会计对自己有意见,故意不想给钱。要是这样,这钱就很难要回来了。宁大路有些担心。

宁大路回到家没敢跟陈光翠说这些话。他脸上依然是阳光一样的笑。他笑着在老婆面前走来走去。他以为老婆会问他什么的,问他村里的钱拿没拿来。老婆陈光翠要是问,他就说,村里的钱,多会儿拿都行,一分跑不了的。可是老婆陈光翠没跟他说话。他就自己跟自己说,他说自家菜园里的菜,说三叫驴家菜园里的菜,说村头张二小店冰箱里的鸡肉、狗肉和牛肉,还有猪腰子,说县里的小轿车,说县里小轿车是红的,说小轿车上下来的人是多么的神气,说那些人的手是多么的白，比村长的手还白。

陈光翠一动都不动，仿佛没有听到他在说话。她看着某一个地方，静静的样子。其实陈光翠头又晕了，还伴着隐隐的疼。你知道，每次都是这样，陈光翠吃过了药，她就感到从未有过的轻松，就像二十年前，可以蹦，可以跳，还可以像青蛙一样叫。但是药效一过，头晕病反而比平时加重了许多。这也是陈光翠不想吃药的另一个原因。既然不能天天有药吃，既然吃了药也不能除了病根，还不如省点儿钱好。

宁大路知道陈光翠病重了。宁大路瞒着老婆，悄悄去了镇上。

宁大路是突然做出这样的决定的。他在菜园里摘了不少菜，他要去镇上的菜市场，把菜批给那些摊贩。他实在是没有钱花了。他实在是想给老婆买点儿药了。他看着老婆强忍着病痛的难受的样子，自己仿佛都忍受不了，仿佛再这样忍受下去，自己就完了。到了这时候，宁大路稍稍有点儿后悔，他觉得送菜给村里是他犯下的一个大错误。

不用说，宁大路的菜在菜市里卖了好价。十多天来他第一次见到了钱，钱虽然不多，可这是现钱，比村里欠他的账舒服多了。这时候，宁大路脸上的笑是那么的真，就像阳光一样。阳光也陪着他一路笑了。

宁大路曾经下过决心，再也不来绣花厂了。可是，鬼使神差，他还是来到了镇北的绣花厂。

吕会计正在指挥炊事班的人做晚饭。吕会计抽着香烟，嘴里大声吆喝着什么。她一眼看到了宁大路。她把手里的半截烟扔到地上，大叫一声，好啊，宁大路，你什么时候放出来啦？我还以为你驴日的死了呢！

吴小丽一周的琐屑生活

宁大路脸上被她骂红了,他嘿嘿地笑着,把肩上的蛇皮口袋放下来。宁大路有点儿羞涩地说,给你捎两只冬瓜来。

吕会计手往外挥着,说,去去,都到什么时候啦,还吃冬瓜!

宁大路双手搓在一起,就像犯错误的小孩一样不知所措。宁大路说,不……不要钱,白……白送给你,还不成?

谁要你白送?看你那个熊样,跟大款似的!到我办公室来,给你冬瓜钱。吕会计说着就往外走。食堂做饭的小师傅们在后面哧哧地偷笑。

吕会计一屁股坐在桌子上,她用脚踢一下宁大路。她说,这些天,你小子死到哪里啦?把老娘忘光了吧?老娘备了酒你都不敢来吃,还有出息没有?吕会计用眼睛上下打量着宁大路。吕会计继续说,亏你还想着老娘,送两只冬瓜来,老娘不白吃你冬瓜,老娘的冬瓜还要让你白吃哩!吕会计又踢他一脚,去把门关上,老娘要修理修理你。

宁大路去关门了。他心里有点儿恍恍惚惚的。宁大路在关门时,向外看了一眼,外面什么都没有,花坛里是冬青,还有别的绿树。绣花厂的工人们都在后面的车间里干活了。宁大路突然觉得自己就像一只小兔子,让老狼给捉来了,不,自己简直说就是送货上门。宁大路心里的那股激情就变得格外的悲壮。

宁大路关上门,心里说,看我如何修理你这个老逼。

宁大路大声说,还不知谁修理谁呢。

宁大路一转身,就和吕会计撞到了一起。

宁大路和吕会计就在办公桌上把事情给做了。吕会计不管三七二十一,说干就干,她先让宁大路晃晃她的冬瓜奶子,然后就躺到了办公桌上。宁大路也没客气,就像一台加足马力的柴油机,嘭嘭嘭的,只是有点儿草草了事。吕会计有点儿不满意,她嘟嘟囔囔拎着裙子,踢宁大路一脚,说,你驴日的能不能不笑,我看你笑就来气,有什么好笑的,你说,你半个月才来一回,有什么好笑的。宁大路说,我没笑,你看我什么时候笑啦?我才不笑了,我有什么高兴事天天笑?我哭都来不及了。吕会计说,还说没笑,看看,现在还在笑,还说没笑。宁大路说,我不笑,我就是不笑,我凭什么要笑,我……宁大路说着,鼻子一酸,眼泪窜下来了。吕会计有点儿不理解,这人怎么像小孩子,刚才还好好的,还笑着的,怎么说哭就哭啦?吕会计骂一句操,看着宁大路一边落泪一边还是笑笑的样子,就用冬瓜奶子拱拱宁大路,说,谁白吃你冬瓜啦,老娘只有让你白吃冬瓜……好了好了,这就给你钱。吕会计说,两只冬瓜,我给你十块钱。宁大路说,两只冬瓜,怎么也不值十块,你给我四块钱就不少了。吕会计从抽屉里扔出一张钱,说,那就给你五块吧。宁大路把五块钱拿在手里,抹了一把泪,说,我回了,明天你还要不要菜?吕会计说,你家有什么菜,明天都给我送来。宁大路说,我家什么菜都有。吕会计说,有什么菜送什么菜,你驴日的以后天天给我送菜来,听到了吧?没有人亏待你。宁大路转身要走,又被吕会计从后面揪住了。吕会计说,大路,你答应我,天天来,好不好,你不知道大路,我想你都想疯了。宁大路听到吕会计的声音突然变了,他还感到后背上有软软的一堆肉。宁大路又把身子转过来,紧紧抱着吕会计。吕会计说,大路,你听到没有,我想让你天天来。宁大路说,我家里有菜园……吕会计说,那就两天来一回,说好了,两天来一回。宁大路点点头。吕会计说,我要你答应我。宁大路说,中国人说话算数。吕会计就抬起头来。宁大路看到,他怀里有一张脸盆一样的脸,白白胖胖的,脸上还有几点露水。宁大路看见了,那不是露水,那是吕会计流的泪。宁大路又豪气地说,中国人说话算数,不算数不是中国人!吕会计就快乐地笑了。

宁大路走在回家的路上。

宁大路答应天天送菜给吕会计了。不,是隔天送一次菜给吕会计。其实,送菜不是主要的,他想和吕会计办那个事是主要的。或者说,两件是都是主要的。但是,他担心村里来客了怎么办。村长要是知道了他不送菜给村里,会不会卖老鼠药给他,会不会多要他提留款,还有别的什么款。要么就给他一只小鞋穿穿。这小鞋可不是好穿的,村长要是给你小鞋穿,不把你脚给挤烂了才怪。他还知道村长要是想照顾你,那就不得了了,别的不说,光是村里的收钱项目就很多,三叫驴家前几天卖了两棵树,还叫村里收了三十块钱呢。但是,村里一直都在照顾他宁大路家。这村里照顾,实际就是村长照顾,村长常说的话就是,你老婆常年有病,生活困难,村里能照顾就照顾。这话外的另一句话就是,村里要是不能照顾,那就不照顾。可是,村里对他再好,这菜也不能白送给村里啊。送菜给村里没有现钱,就等于白送,白送就没有现钱,没有现钱老婆就没有药吃,没有药吃头就会晕,头晕是多么难受的事啊,陈光翠居然忍受了二十年。二十年啦,居然让她忍受了过来。宁大路觉得老婆真是不简单,我宁大路要是头晕了二十年,非死了不可。头晕的感觉宁大路虽然没有尝过,但他晓得那一定是十分难受的事情。头晕就什么事也不能干,严重的时候,动一动都不能,连喘口气都不敢喘,连说话都不能说,连吃饭都不能吃,连那个事都不能干,不能干那个事他就要去找吕会计。吕会计可是身强力壮的,她哪儿都结实,哪儿都肥大……吕会计,吕会计这女人还不错。可是吕会计再不错那也是吕会计，也不是陈光翠啊，什么时候陈光翠也能像吕会计那么粗那么壮，多好啊。宁大路的脑子里，就重叠着陈光翠和吕会计，陈光翠和吕会计就在他脑子里赛跑，一会儿，吕会计跑到前面了，一会儿，陈光翠又跑到前面了，一会儿两个人又并着肩跑，不知道谁先谁后了，这事让宁大路有点儿为难。让宁大路还有点儿为难的是，他答应两天去和吕会计约会一次了。

宁大路第一次这么心事茫茫的样子。是啊，你要是看到宁大路，你一定会觉得他是多么的心事茫茫。

村路上没有几个人在走路。宁大路只听到他自己嚓嚓的脚步声。有一辆摩托车从他身边嗖地飞过去了，有一辆自行车也从他身边骑过去了，他都没有注意。宁大路只顾自己勾着头走路。路边的庄稼长势很好，小河边的青草也绿汪汪的，蜻蜓和蝴蝶飞来飞去，看起来心情都不错。可宁大路心情一点儿都不好。虽然他身上装着钱，虽然这是半个多月来第一次卖菜得到的钱，可他觉得这个钱在烫人，把他的腰都烫疼了，把他的心都烫疼了。

宁大路走到村前的一步桥上了。他看到了村部的红瓦房。看到了村部的红瓦房，他就看到了村长。村长正向他招手。宁大路觉得事情不妙了，村长一定知道他卖菜给镇上了，卖菜给绣花厂了。村里要是来客了，村长要是叫他送菜，那可怎么办？能摘的菜，都叫他给卖光了。

村长一脸都是笑。村长说，大路，你到哪去啦？去了镇上？我说吗，中午找你喝酒，硬是找不到你。我来了个老同学，他说认识你。

宁大路啊啊着，不懂村长是什么意思。

村长说，老同学有急事，赶着走了，碰巧我晚上还有一桌客人，是县里来的，比老同学还重要，大路，你看这样行不行，你把你家菜园里的菜给我摘点儿来，多摘几种，我要多弄几个小菜招待客人。

村长说话的时候，还亲热地拍拍宁大路的肩。

宁大路答应着，心里却有点儿慌。

7

村长怎么不提钱的事呢？村长不提钱，他就不好提，他就更不好说村会计没跟他结账了。宁大路觉得村长一定不知道村会计没给他钱。村长说不定还以为账都结清了呢。宁大路来到菜园，他知道菜园里没有可摘的菜了。要到明天早上，有些菜才能长大。但是，村里来客了，村长又要菜，他只好把一些长势正好的嫩菜芽子摘下来。宁大路摘这些嫩菜芽子时，心里揪揪地疼，就像摘自己身上的一块肉。这些菜隔一夜就长大了，最多两夜，就要多长出一倍的重量来。

宁大路把菜送到了村里。他在村食堂门口站站。他想让村长看到他。可是村长没有看到他，却让村会计看到他了。村会计脸上有点冷，有点阴。他走过来，说，大路，对你说过了，村里要是来了重要客人，你不能站在村部发呆，村部是闲人乱站的地方吗？这样影响不好，显得我们村民没水平。宁大路望着村会计的脸，村会计的脸就像他家菜园里的丝瓜，又青又长，宁大路心里就不由自主地往上提一下，眼睛一眨，村会计的脸又变成算盘了。宁大路不知道怎么把村会计的脸看成了一把算盘。宁大路的心又往上提一下，差不多都要提到嗓子眼了。这时候，村会计已经走到宁大路跟前。村会计说,大路,我知道你那点儿意思,不就是村里欠你那几个小钱吗?我知道的,村长把这个事情交待给我办了,你放心就是了,这个事,你就不要再找村长了,一来,村长事情多,他哪有时间顾得上你这点儿小事?二来,你再找村长,村长以为我没把这个事情办好,影响村干部的团结,是不是啊?跟你实话实说吧,村里欠张二家的鸡肉有二百公斤了,张二一点儿都不着急,你知道为什么?你不知道吧?你不知道我可以对你说,村里免了他家多少费用?你不知道吧?这个我就不对你说了。大路,你还是有点儿嫩啊,你就像三月的黄瓜苗一样嫩。好了好了,你也不要看我了,我脸上又没有花,欠你的那点儿小菜钱,我会记着的。大路,早点儿回去侍弄你的小菜园吧。笑了吧大路,你会明白的,我一说你就明白。

　　宁大路在离开村部时,闻到了炸鸡肉的香味。炸鸡肉的香味一直在天空飘着,宁大路走到哪里,这炸鸡肉的香味就飘到哪里。仿佛一直飘到了天边外。炸鸡肉真香啊。宁大路想,就是天天闻闻这样喷香的炸鸡香,也不错。可是炸鸡香能是谁都能天天闻到的吗?比如陈光翠,她这辈子就没有闻到,就是宁大路,他也不是天天都能闻到的。宁大路知道,这鸡肉一定是张二家的。他还第一次听说村里欠张二家二百公斤鸡肉钱。二百公斤啊,那要多少钱。宁大路走在路上,想着他亲自送到村里的那些菜,那些菜,能值多少钱呢?五十,或者六十,可是比起张二家的二百公斤鸡肉,他算讨便宜了。觉得讨了便宜的宁大路一点儿也乐不起来。村会计的话说得明明白白,张二家二百公斤鸡肉钱都能不给,你那点儿小菜钱算个屁!宁大路感觉脚底下被东西绊了一下,差点儿摔倒。宁大路看看绊他的路,路上光光平平,只有一泡鸭屎,并没有东西绊他,可他

吴小丽一周的琐屑生活

真真切切是打了个软腿儿,眼前还闪了下金星。宁大路以为是太阳耀花了他的眼,他走路就慢下来。想想自己辛辛苦苦种的菜,想想老婆的头晕病,宁大路心里不知是什么滋味。

宁大路回到家里,看到陈光翠没有坐在屋里的床上,而是坐在小院子里的凉棚下边。他就觉得陈光翠头晕病是不是轻了一点儿。

宁大路没有说话,他在陈光翠身边蹲下来。

陈光翠的头晕病的确轻了一点儿。陈光翠看了宁大路一会儿,说,宁大路,我知道你干什么去了。宁大路被吓一跳,脸上的笑容有些不自在。宁大路说,你知道就好,我去村里要钱了。陈光翠笑笑,眉头就皱紧了。宁大路知道,陈光翠把自己的头笑晕了。宁大路说,你不要笑了,你笑了会头疼,你也不要说话了,你说话也会头疼,你要是想说话,我这就到镇上去,给你拿点儿药。陈光翠说,宁大路,你少来这一套,你还没调屁股,我就知道你要放什么屁了。你说吧,你和吕会计是怎么回事。你不要以为我不知道,我说过了,我挖了眼睛会算命!你们那点儿把戏,还想瞒得了我!宁大路说,你知道什么呀,你除了瞎想,你还能知道什么。陈光翠说,我才不是瞎想了,你朝我身边一蹲,我就闻到一股骚味了,你把吕会计冬瓜奶子,像揉面团一样揉,你在吕会计身上,像柴油机一样嘭嘭炸,你还说要天天送菜给吕会计。宁大路,今天我跟你说,不许你再到镇上去了,不许你再送菜到绣花厂了,你有了菜,就送到村里……陈光翠还想说话,但是,她脸上滚下来汗珠珠了。陈光翠嘴张了张,没有说出话来,她把嘴又张了张,却把脸上的汗给逼了出来。宁大路说,你就不要瞎想了,我今天没带药给你吃,你好好歇着。宁大路心里有些难受,他心里像有一只虫子在啃,一点点的,啃得他心里又疼又酸。宁大路说,光翠,我真的什么都没干，我就是送菜到绣花厂去。我送菜到厂里，是想，是想弄点现钱花花。村里的确欠我们不少钱，可他们……我，我能有什么事……我送菜到绣花厂……宁大路越说越气短，越说越觉得对不起老婆了。宁大路看到，他老婆陈光翠有点儿支持不住了。果然，陈光翠身子一歪，倒在地上了。宁大路以为陈光翠要死了。陈光翠的汗珠冒出一脑瓜子了，连脸上也出汗了。陈光翠虽然生了二十年病，却没有一次昏倒在地上。宁大路心里一急，弯腰去抱陈光翠。宁大路是想把陈光翠抱到床上的。可是，当他把陈光翠抱起来的时候，他觉得自己头嗖地一下晕了。接着眼前一黑，就不由自主地跌倒在地上。他不知道自己怎么了，好在他还清醒。他只觉得自己的头轰轰地跳，耳朵里也在嗡嗡地叫，这叫声直往他脑子里面挤，要把他脑子给挤破了。他想赶快起来，可是没有力气。他好不容易挣扎着起来了，头就像要炸开来一样地疼。宁大路忍着剧烈的头疼，把陈光翠抱到了屋里。

宁大路趴在床沿上，看陈光翠开始均匀地喘气。他心里才略略宽一点。可是，他的头却开始晕了。刚才的疼痛过后，现在就开始晕了。宁大路有点儿害怕，怕自己也像陈光翠那样头晕。宁大路忍着痛，晃晃自己的头，又在屋里走一圈，宁大路感觉到，自己的确害头晕病了。宁大路把头疼又忍了忍，就走到了小院里。他朝天上看看，朝远处看看。他不管朝哪里看，头还是疼。宁大路又走到菜园里。他拔了几棵韭菜地里的草，他摸了摸瓜叶下的冬瓜，头疼还是没有一点儿减轻。宁大路想想事情，他想到了镇上的蔬菜市场，想到了绣花厂的吕会计，想到了村长，想到了村会计，想到了张二，还有鸡肉，还有钱，还有老婆陈光翠和冬瓜……宁大路的头就开始跳跳地疼。但是，如果这时候有人能看到他，或者你看到他，你会发现，他依旧是一脸持久而温和的笑。

8

宁大路在镇上的菜场卖菜。

宁大路已经在镇上的菜场卖好几天菜了，不，有十多天了。开始那几天，一到镇上来，宁大路还想起吕会计，还怕吕会计来找他打仗，还怕吕会计来咬他。可吕会计在菜场看到他时，不过笑嘻嘻地臭骂他一顿，并没有咬他。他就放心了。他以为吕会计对他有仇了，不会来买他的菜了，可吕会计并没有跟他记仇，还到他菜摊上买菜。只是，宁大路觉得，吕会计好像年轻了，不像五十多岁的人了，就像四十岁似的。

有一天，宁大路在菜场碰到了村长。村长已经不当村长了，他被上边免职了，据说村里很多人都告了他。告他做别的事不知能不能做，反正村长他是不能当。上边来人做了调查，后来就被上边免职了。被免了职的村长看到宁大路，不像先前那么亲热了。他冷冷地说，大路啊，什么高兴事啊，这样笑啊，是不是看我不当村长啦？我不当村长你就高兴成这样啊？你就笑啊？宁大路说哪能呢，村长你以前对我的好处我都记住了呢。村长说我就知道大路不是忘恩负义的人。村长在宁大路的菜摊上蹲下来，村长夸宁大路说，大路种菜就是行，这菜就是比别人家新鲜。宁大路说，村长你要是缺菜，你就拿点儿去吃，反正是自家菜园里长的。村长说大路啊你不要叫我村长了，我都不当村长了。宁大路哼哼着不知说什么好。宁大路就把冬瓜抱一个放到村长的车篮子里，说村长这个冬瓜你拿回去吃。村长说，你看，你看，我这就不好意思了。宁大路说，一个冬瓜算什么啊，你吃我一个冬瓜是瞧得起我啊。

村长走了。宁大路望着村长的背影，有点儿发呆。他摊子上的冬瓜少了一个，可他口袋里的钱没有增加一分。宁大路觉得哪里不对劲。宁大路自己跟自己说，人家都不当村长了，吃个冬瓜也不算什么，不算什么……我操！要是人家不当村长，我就跟人家要冬瓜钱，我成什么人啦！

换一个地方

1

于红红从乡下来到城里那年才十六岁,现在已经是第三年了。于红红在街边卖茶叶蛋和水煮花生。

头两年,于红红不是卖水煮花生和茶叶蛋,她跟着表姐弹棉花,一天到晚都在呛嗓门的小屋里翻腾棉絮,除了眼睛是干净的,身上毛毛茸茸的都是灰。于红红就是在这些灰尘中,完成了少女最后的发育——腰肢柔韧了,胸脯饱满了,眼睛水灵了,圆鼓鼓的小肚子也平坦光滑了。但是,于红红不知道外面的世界多精彩,两年里几乎没出过门,吃饭在后院的表姐家,住呢,就在临街的棉花房里。表姐一家对她不错,每月给她三百块钱。三百块钱对于于红红来说,已经是大钱了。于红红不知道钱怎么花,都让表姐给她存着。

　　表姐对于红红是真好,什么话都跟于红红说。但是,表姐的话,于红红不是每句都能听得懂的。于红红听不懂的话也不去问表姐,眼睛眨巴眨巴就算了。有一天,表姐又对于红红说话了。那是夏天一个很热的夜里,表姐从后院的家里来到棉花房了,表姐神色平静地坐在电风扇前,电风扇对着表姐吹,把表姐的头发都吹起来了。表姐的头发有些乱了。表姐对于红红说,红红,姐对你说个事,明天,你就不要弹棉花了。你去干点儿别的吧。于红红对表姐的话还是听不懂。她眨巴眨巴着长长的睫毛,等着表姐接着说。可表姐没有接着说,表姐哭了。表姐突然就哭了。表姐把头埋在两个膝盖中间,呜呜地哭了一阵。表姐真伤心啊。于红红有些手足无措,她轻轻抚摸着表姐瘦削的肩膀,说,姐。表姐抬起头来。表姐满脸都是泪啊。表姐说,姐明天要走了,姐不弹棉花了,姐要到海南去,过好日子了。于红红这才问一句,那,姐夫呢?表姐说,我管不了他了。表姐说完又哭了。表姐说,我也管不了你了,姐真替你担心,你不弹棉花,你还能干什么呢?于红红说,姐,你别担心,我什么都能干。表姐说,有你这句话,我就放心了。你能去做点儿小生意,是吧?你能自己养活自己,是吧?于红红说是。表姐满意地点点头,表姐似乎还笑一笑,表姐说,红红啊,等姐在海南出息了,把你也接过去。于红红含含糊糊地说是。表姐说,你让姐帮你存的钱,姐给你拿出来了,你拿着。表姐从什么地方,拿出来一个厚厚的红纸卷,塞到于红红手里。表姐继续说,你拿着钱,自己找间房子住,不管做什么生意,自己有房子住才安心,姐真是顾不了你了。表姐说完,脸上的泪已经没有了。表姐脸上的神情坚定而从容。于红红这才发现,表姐今天真漂亮啊,表姐穿了一身新衣服，红色的小T恤，白色的长裙子，表姐还抹了口红和眼影，表姐长长的脖颈像天鹅一样华贵，表姐素手纤纤，一点儿也不像弹棉花的手。表姐掠了下长发，又从什么地方拿出来一封信，说，后院要是有人问你，你把这个交给他，然后再实话实说，懂了吗？于红红不知道懂没懂，她点点头，说，就是姐夫吗？表姐说，对，就是他，他不会欺负你的，他是好人，他看了这个信，就什么都懂了。于红红点点头。于红红点点头就哭了。表姐说姐夫是好人，表姐凭什么说他是好人啊？他哪里算得上好人啊？表姐说姐夫不会欺负她。表姐还不知道，姐夫早就把她给强奸了。那时候她到表姐家才几个月，姐夫就在半夜里钻进棉花房，把她被子掀了，把她衣服扒了。姐夫是从外面喝酒回来的。姐夫满嘴酒气，姐夫浑身力气，姐夫三下五除二就把吓呆了的于红红收拾了。此后，姐夫常常隔三岔五地钻进棉花房，有时候是从临街的门，有时候是从后院的窗户。于红红不敢声张，姐夫要她怎么样她就得怎么样。姐夫说这叫做爱。于是于红红知道世界上最恶毒的词就是"做爱"了。姐夫还跟她调笑，跟她说一些黄段子，跟她说一些低俗的笑话。但是，不管姐夫说什么，于红红都是不言语。于红红就像一个木头人。于红红由最初的恐惧，慢慢变得只剩下麻木了。就像她每天必须要弹的棉花一样，已经无所谓喜欢和仇恨了。或者说，她就是姐夫的一团棉花，任他随意摆布了。后来，姐夫常骂她是一头猪，还在半夜里扇过她一记耳光，骂她连猪都不如，一点儿情调都没有。还在她的身上，一边掐着她的脖子一边说，你要是不听话，我就叫你死！再后来，姐夫有过一段时间没来，她以为从此会轻松了，可没隔多久，姐夫还是往棉花房里钻。他不再骂她，也不再打她，他一二三四五，事情一完，扔下她，就走了。她连他的棉花都不是了。

表姐见于红红也哭了。表姐说,红红,姐真是舍不得你啊,姐也是不得已啊,红红……什么都别说了,等你长大了,你就知道了。红红,姐还是那句话,等姐在海南出息了,姐就把你接过去。

2

后来,于红红才知道表姐跟一个有钱的男人私奔了。

再后来,于红红在城市的另一端找了一间房子住。那是一户人家的车棚。说是车棚,实际上就是一间小屋,虽然用水不方便,要到户主家去提,但总算有住的地方了。有住的地方就算有一个家了。安顿下来后,于红红开始在城市的街头做生意了。于红红先是帮一个中年妇女卖甘蔗,然后,跟着那个妇女到农贸批发市场,也批了一大堆甘蔗到路口去卖。可于红红做起生意来,就不那么灵光了,不但甘蔗滞销,还在某一个黄昏时分,被城管办的车收走了。于红红第一次做生意赔了五十多块钱,让她心疼了一夜。一夜都没睡着。于红红这时候非常怀念表姐。可她知道,表姐帮不了她了。表姐到海南去了。于红红第二天又到农贸批发市场去转,她发现什么东西都能赚钱,比如冬瓜,她家附近的路边市场上卖六毛钱一斤,农贸市场批发价是二毛五或者三毛。拳头大的水蜜桃,农贸市场批发价是五毛钱一斤,她家附近的路边市场卖一块钱一斤,带点疤疤麻麻的还卖八毛钱一斤,还有苹果,还有葡萄,还有别的许多东西。于红红在心里算着差价,觉得做生意真的适合她。于红红吸取第一次教训,她没有急于批货,而是在她家边上的那个路边市场找摊位。她发现,那些卖东西的人,都拉好了架势,随时准备跑,

吴小丽一周的琐屑生活

一问,才知道,这儿不是指定的菜市场,城管办的车经常来查。于红红就碰到过一次,她还不知道是怎么回事,就见卖东西的菜贩子一窝蜂似的四散逃去,他们推着三轮车的,抱着菜的,抬着筐的,一路上丢了不少东西。她看到城管办的小卡车上跳下来七八个穿灰衣服戴大盖帽的人,吆五喝六地收拾那些没来得及跑的小菜贩。于红红对被抓住的小菜贩很同情,就像她自己的甘蔗被人抢了一样,她心里一揪一揪地疼。于红红一直等到城管办的车走了,她才把在地上捡的两个水蜜桃还给人家。

于红红在小街上转了好几天,才在一个拐角处摆上了摊。她发现,这儿虽然有些背,但便于逃跑,往后一转,就是一条小巷,小巷里还有小巷,像迷宫一样。再说,城管办的车也进不了小巷,不管卖什么他们都抢不走。但是卖什么呢?于红红又想了好几天,她终于决定卖红辣椒。一来,红辣椒轻,便于跑,二来,红辣椒便于保管,还有一点儿就是红辣椒价格差价大,进价是四块五毛钱一斤,她零售价能卖到十块钱一斤。但是买红辣椒的人很少有一斤一斤买的。那些买菜的老太太小媳妇,都是几两几两的买,她也不涨价,卖一块钱一两,一两就能赚五毛五分钱。实际上赚不了这么多,她每卖一份,都要高点儿秤给人家,再加上消耗什么的,一两能赚四毛钱就不错了。

生意这样做下来,免不了还是跟着人家跑——城管办的人几乎隔三岔五就来追赶一次,开始她还紧张,后来也就习以为常了。

于红红就是在卖红辣椒的时候,认识蔡小菜的。蔡小菜比于红红只大一岁,在和于红红相隔不远的地方卖时令蔬菜。于红红注意她,不是因为她卖时令蔬菜,也不是因为她漂亮,而是因为她不漂亮。她不漂亮主要体现在她的脸上。她的脸色就跟青皮冬瓜的颜色差不多，其实她就是一张冬瓜脸，她脸上的各个部位，就像拿一根筷子随便在冬瓜上戳几个洞。但是蔡小菜有个显著的特点就是爱笑。她一笑就露出两排错落不整的牙齿。除了爱笑，蔡小菜还喜欢少人家秤，为这个事，她经常和顾客吵，有一次她甚至被一个胖男人揍了一顿。她嘴唇都被那个胖男人揍破了，流出了鲜红的血。蔡小菜就像涂了鲜艳的口红，人也顿时鲜艳不少。于红红看蔡小菜实在是势单力薄，就过去劝了那个胖男人几句，为蔡小菜打了圆场，自己做主退给了那个胖男人二毛钱。那个胖男人接了钱，嘴里骂骂咧咧的才作罢。实际也就二毛钱，于红红觉得蔡小菜真是不值得。

　　蔡小菜因为少秤的事吃过不少亏。但她改不了。于红红曾经说过她，让她别再少顾客的秤了。蔡小菜呸了一声，情绪激动地跟于红红说，不少秤还叫做生意啊？不少秤，我日他妈的，我赚×钱啊！还说，于红红你想想，我卖一斤冬瓜才赚三毛钱，还是毛利润，我少一斤秤就净赚六毛，而且省下来的一斤东西还能卖钱，就不是六毛了，就是一块二了，于红红你别装傻×了，谁卖东西不少秤啊，狗日卖东西才不少秤！于红红说，我就不少秤。蔡小菜说，我不是故意要骂你，我就是跟你说这个事，你懂不懂？于红红说，我……我糊涂了。蔡小菜说，你怎么会糊涂呢？你要是连这个账都算不上来，你还做什么生意啊？你要是连这个账都算不上来，你就别在城里混了，城里这些狗男女，可不吃你这一套！你要是不少他秤，他还认为你瞧不起他，他还认为你在他脸上刮一耳光！蔡小菜看于红红一愣一愣的样子，突然笑了，说，你啊你啊，真是太嫩了，你就是一根还没有落花的丝瓜，你叫我怎么说你呢？我跟你说这些，是跟你处朋友才说的，要是换了别人，请我都不说！

　　于红红本来不想跟蔡小菜处朋友。于红红觉得蔡小菜嘴巴很

吴小丽一周的琐屑生活

脏,就像她老家屋后的大粪塘一样,都能爬出蛆来了。但是蔡小菜经常把卖剩下来的菜送点给于红红,于红红就觉得,蔡小菜这个女孩子还是善良的。有一天突然下起了大雨,于红红拎着一口袋红辣椒就往家里跑。于红红租住的车棚离路边市场很近,她一口气就跑到家了。她看看自己湿透了的衣服,看看红辣椒基本上无恙,才大口大口地喘着气。这时候,她才想起来,蔡小菜离家远,住在郊外的农村,说不定没来得及跑,还在雨中呢。于红红就打一把伞,到街上去看看。她果然就看到蔡小菜了。蔡小菜披着一块塑料布,站在三轮车旁边,满满一车的各种蔬菜,在雨中青枝绿叶,显得格外鲜嫩。于红红跑到她跟前,说,到我家歇歇去啊,会淋出病来啊。蔡小菜说,不能啊,我这一车菜,喝了这么多雨水,不卖就烂了啊。于红红说,下这么大雨,谁来买菜啊。蔡小菜说,马上就不下了。说话间,果然雨点就稀了,渐而就停了。于红红很惊奇,说,你怎么知道马上就不下啊?蔡小菜说,就头顶这块云,别的地方都透亮,一看就没有雨。蔡小菜还得意地说,这下我这菜好卖了,就剩我这一车菜了,我要拿独市,我要卖高价,我要赚大钱。于红红说,要不要我帮帮你啊?蔡小菜说,好啊。蔡小菜这车菜,果真卖了好价钱,价格比平时翻了一番,早上还卖一块钱四把的小青菜,转眼就卖一块钱两把了。而且,前后不到半个小时,一车菜就卖光了。这时候,被大雨淋跑的菜贩子们才重新出摊。蔡小菜看看表,说,还不到十点钟,今天这个生意,爽透了!于红红说,天还早呢,到我家玩玩去吧。蔡小菜说好啊。蔡小菜就推着空三轮车到于红红家了。蔡小菜很惊讶地说,这么大地方啊,就你一个人住这里啊。其实地方很小,不到十平方,由于只有一张单人小床,屋里才显得空旷。于红红看她衣服湿透了贴在身上,感觉她一定不舒服,便说，我找件衣服给你换上吧，你会受凉的。蔡小菜说不用不用，我才不娇呢，这点儿雨算多大事啊。蔡小菜坐在于红红的床上，从挂在脖子上的小包里抓出好几把钱，认真地理钱。蔡小菜一边理钱一边笑，说，这哪里是下雨啊，这就是下钱啊。于小红也帮她理钱。这些钱是潮湿的，大票小票都有。于红红帮蔡小菜理钱，就像跟自己理钱一样，心里也甜丝丝的。于红红羡慕地说，这回让你赚了。

通过这次交往，两个女孩成了好朋友了。于红红知道蔡小菜家住在城郊的铁路边上，她父母养几十头猪。本来她也帮父母养猪的，但是她父母赚钱不给她花，都给她哥哥上大学花了，蔡小菜没念过几天书，觉得父母很不公平，干脆就自己贩菜卖了。蔡小菜说，老不死的，笨死了，他们疼我哥，算是白疼了，我哥都对我说了，说他大学毕业，就在上海不回来了，两个老不死的，比猪还笨，还以为我哥要回来帮他们养猪！于红红的父母在乡下种地，普通得不能再普通了，她连骂他们的借口都没有。不过于红红对蔡小菜骂她父母老不死的很不顺耳，就说，你怎么能骂他们呢？蔡小菜说，我骂谁啦？噢——那也不是真骂，就这么骂着好玩的。于红红不觉得骂父母有什么好玩，她就给蔡小菜讲了表姐的事。蔡小菜听完，说，你还有这样的表姐啊？你表姐真伟大！于红红本来没觉得表姐有多么伟大，她只觉得表姐对她很好，让蔡小菜这么一说，她也觉得表姐伟大了。于红红很得意地说，表姐说了，过上一年两年的，她就从海南来接我。蔡小菜很馋地说，我要是有你这样的表姐多好啊。

此后，两个女孩不仅常在一起交流生意经，还谈一些人生上的大道理。蔡小菜常问的话是，你表姐有消息没有？于红红都是摇头。蔡小菜就很急地说，你真没用处，你表姐对你那么好，你现在连她消息都不知道。于红红想想，也觉得自己没用处了。觉得自己没用处的时候，于红红就有些伤感，她就想啊，自己今后连见见表姐的机会都没有了，表姐还怎么来接她呢？表姐就是来接她了，也找不到啊。于红红心里就不仅仅是伤感，还有点儿寂寂的。

有一次，是下午了，蔡小菜把三轮车推到于红红的辣椒摊前，两个女孩头挨头地说话，对从她们面前走过的女人评头论足，猜她们的腰围，猜她们的胸围，猜她们的身高，猜她们的年龄，猜她们的职业，还悄悄地说些女人之间的秘密话。蔡小菜说，这个女的，什么什么的，那个女的，什么什么的。还说，你看这个，脸又黄又青。这个，脸像烤鸭。这个，鼻子像麻将。于红红只是听蔡小菜说，偶尔笑笑。蔡小菜对她这个听众很满意，越说越来劲，你看，东边走来这个女的多性感啊，脸上也亮堂，说不定刚干过那个事。看看，后头又来一个，看人家那腰，就跟扭麻花似的，乖乖，小心啊，别扭断啦！蔡小菜还说了许多。蔡小菜的那些话，让于红红非常惊讶，惊讶她小小年纪，竟然懂那么多。说着说着，蔡小菜把目光收回来，盯着于红红看了。于红红说你看我做什么？我脸上也没有花？蔡小菜说，于红红你卖辣椒真是亏透了，你这脸模子，可是个美人坯啊，你瞧你这眼睛，细细长长的，简直就是媚眼啊，小鼻子也笔挺笔挺的，像男人的那个，多下流啊，听没听说，长这种鼻子的女孩子很会做那个事的。于红红在她肩膀上打一拳。于红红说你乱说什么啊，你真不要鼻子！蔡小菜说，我可没有不要鼻子的资本啊，我要有你这一半样子，我也不受这个罪了，我要去赚轻快钱。我这个样子，晚上都不敢出门，我真怕把人家给吓着。于红红让她一说，心里很舒服，也有点儿同情她了。于红红说，哪里啊，你才不难看了。蔡小菜说，你别哄我了，我自己还不知道自己的斤两。

像这样的说话，两个女孩还有好多次。于红红觉得蔡小菜懂那么多乱七八糟的事，真是了不起。

但是，好景不长，因为要创建卫生城市，这条路边市场被坚决取缔了。

路边市场一取缔，于红红和蔡小菜就失去联系了。

3

现在，于红红卖茶叶蛋和水煮花生了。

于红红卖水煮花生的地方，就是原先卖红辣椒的地方。自从路边市场被取缔以后，临街的人家纷纷破墙开店。于红红本来也想去租一间门面房，一打听，租金贼贵，一间小房，一个月要八百块，差点把她吓一个仰八叉。但是她还没反应过来，那些门面房就纷纷营业了，有卖粮油的，有卖海产品的，有烤面包的，还有搞鸡蛋批发的，就在于红红原来卖红辣椒的地方，那扇临街的窗子，一夜间就变成了门，门上有一个招牌，叫南京炸鸡。于红红这才意识到，满大街都是找钱的人，她稍一愣神，钱就被别人找去了。于红红观察了一个星期，她发现，就在南京炸鸡店的旁边，也就是拐弯的地方，很适合卖早点什么的。临近中午和临近傍晚时，炸鸡店生意很是火爆，她估算着，自己要是弄点儿东西，在炸鸡店附近，拾遗补阙，说不定也能把小生意做起来。说干就干，不过，她没有卖早点。她卖水煮花生了。卖水煮花生也是她灵机一动。她是在炸鸡店门口，看到一个买炸鸡的女人，手里拎着一小袋水煮花生。排

吴小丽一周的琐屑生活

在她后边的一个男人问她,大姐你这水煮花生在哪儿买的啊?女人说,我在大庆路那儿买的。男人口水拉拉地说,我也想买一斤,剥着花生下酒,真不错,可大庆路太远了。前面的女人并没有要把手里的水煮花生让给他的意思。说者无意,听者有心,于红红就把这件事记在心上了。于红红就到农贸批发市场批了两口袋花生,在南京炸鸡店旁边做起了水煮花生的生意。她开始不敢多煮,只煮四斤,没想到生意出奇地好,一眨眼就被买光了。南京炸鸡店的老板看她这边生意好,还大声地说,小丫头,给我留一块钱的。可她一不小心,一个花生壳都没给他留下来。于红红收摊的时候,不好意思地对他说,对不起啊老板,我忘了给你留了。老板操着怪怪的普通话,说,没事的没事的,明天你多煮点儿就行了。

于红红第二天下午也没敢多煮,只在原来的基础上多煮了一斤,也是很快销售一空。后来她每天递增,直到基本饱和时,她才把水煮花生稳定在十斤左右。

十斤花生,煮出来要卖十三斤或十三斤半,有时候也能有十四斤。她每天下午在五点左右出摊,一般卖到七点就卖光了,但是也有卖到七点半还卖不完的时候,剩下一斤二斤,都让炸鸡店的老板买去了。南京炸鸡店是一家夫妻店,老板是个三十多岁的瘦子,喜欢把笑挂在脸上。老板娘不胖不瘦,看起来很漂亮,平时听不到她多言语,只是埋头干活。而瘦老板和老板娘恰恰相反,喜欢说话,那张尖嘴一时半刻也不闲着,和顾客说,和邻居说,就连放学从他摊前路过的小朋友,他也要长嘴说几句。他老婆都喊他长嘴猪。

于红红又增加了茶叶蛋的生意了,也是听了南京炸鸡店老板的话的。茶叶蛋做起来也不复杂,只摸索了两三次,她就做出了正宗的口味来了。炸鸡店的这对夫妇,看起来对于红红还不错。一来二去，于红红知道老板姓朱，老板娘姓杨，都不是南京人，而是本市附近的灌南人。于红红第一次觉得朱老板做生意不地道，灌南就灌南，还冒充什么南京啊，难怪他普通话那么怪里怪气了。于红红还以为南京人就是这样讲话呢。于红红想想他老婆喊他长嘴猪，再看他模样，偷偷笑了，朱老板真的就像一头发育不良的猪。但是这头猪很乐于助人，在做生意上，帮于红红出了不少主意。比如于红红并不知道在煮花生时放盐的诀窍，是朱老板告诉她的。朱老板在他自己生意清淡时，跑过来捏一个花生，剥开来扔到嘴里，叽叽叽叽的，一边嚼一边说，小于做生意真实在啊。于红红知道他话里有话，就说，怎么啦？朱老板说，你不应该盐和花生一起下锅。于红红说，你怎么知道我是一起下锅的啊？朱老板说，我是老江湖了，什么不懂啊。于红红说怎么下锅啊，朱老板教教我啊。朱老板说，你应该先把花生煮开一遍，再放盐，再煮开，就行了。于红红说，为什么啊？朱老板说，这样啊，花生就吃了饱饱的水，就是水分高，压秤。于红红对朱老板的话将信将疑，就用两天时间实践了一下，果然，头一天她煮了五斤花生，煮好后，漏干了水，是六斤三两。第二天她按照朱老板的方法，果然是七斤还高高的。于红红觉得朱老板真是人不可相貌啊。但是，她在卖水煮花生时，心里老有点儿不踏实，觉得是不是在欺骗顾客？比原来多卖了七两水啊，水煮花生是两块五一斤，七两水就是一块七八毛钱呢，而且一分钱本钱不要，是净利。这天，于红红在卖花生时，都把秤称得高高的给人家。就这样，她还是有点儿不安。可她第二天煮花生时，还是按照朱老板的方法煮了。

通过一个夏天的摸索，于红红也总结出经验来了，生意最好做的时候是星期五。星期五这天的水煮花生，就像遭了贼抢似的，一会儿就卖完了。星期六和星期天也还不错。在这三天里,她都会把分量多做一些,比平时要多斤把二斤的。于红红的生意真是越做越精明了,她不光卖水煮花生,还卖水煮毛豆,中秋节那几天,她还卖几天水煮玉米。于红红在生意好做的时候,会想到表姐,在不好做的时候也会想到表姐。但,于红红的生意大都是好做的。表姐要是知道她做生意这么好,一定会高兴的。她也会想到表姐夫,表姐夫找不到表姐时,会是怎么样呢?她还想到过蔡小菜,自从路边市场被取缔以后,她再也没看到过蔡小菜,她现在干什么了呢?还在卖菜吗?她在哪里卖菜呢?她真想去看看她。她是个满嘴脏话的女孩,她是个胡思乱想的女孩,她懂那么多乱七八糟的事,她还能吃苦,她还喜欢帮助别人。于红红想到蔡小菜时,心里头就特别想她,特别想听听她那些荤荤素素的话。真是不少天没见到蔡小菜了,蔡小菜是除了表姐以外,她唯一的朋友了。

　　转眼就是深秋了,于红红每天把小煤球炉也搬到街上了。这也是朱老板教她的,说要把水煮花生放在文火上温着,热乎一点儿,人家肯买。但是,事实是,于红红的生意不如从前了。她一天煮不了五斤了,就是星期五星期六,也卖不了五斤水煮花生了,她逐渐递减,现在连三斤都卖不完了。朱老板也看出来了,多次对她说,你要想想办法,你要想想办法,正道歪道都要想。可是,有什么办法想呢?人家不买,你总不能强迫人家或央求人家买吧?还是朱老板跟她又分析了一下,说,现在天气冷了,一般人家都不吃凉菜了,或者少吃凉菜了,到了来年春天,生意还会好起来的。朱老板又说,你要是想挣钱,早上卖早点也不错。于红红毕竟初出江湖,对朱老板的话虽不能言听计从,也考虑再三,她觉得卖早点不是不可以,反正茶叶蛋她会做,再煮一锅稀饭,添置些桌椅条凳,就可以了，只是她一个人肯定忙不过来。还有，就是一直传说的，城管办还要来查的流言，虽然每天的下傍晚时城管办不来查，那早上查不查呢？没有人告诉她，她也拿不准。倒是朱老板，对她越发的关心，朱老板经常会两手叉着腰，煞有介事地跟于红红说这说那的，说到开心处，还咧着大嘴大笑。朱老板不但瘦，人也松松垮垮的，满身都是炸鸡味。他有时候也跟于红红说几句玩笑话，他那玩笑话很生硬，一点儿也不幽默，于红红还没笑，他自己倒笑痴了。每到这时候，老板娘就在那边喊他了，长嘴猪，你又跟人家小于说什么啊，到处都是活儿，你眼睛长到裤裆啦，不叫你不晓得干啊！朱老板就屁颠屁颠跑回去了。有时候，老板娘也会过来跟于红红说说话。于红红叫老板娘杨姐，老板娘叫于红红小于。老板娘跟于红红说话都是诉苦哭穷的，说生意如何的艰难啊，说拿货多么的辛苦啊，说昨天又收了一百块钱假币啊，说老家还有三岁的儿子啊。在老板娘和于红红说话时，朱老板也会凑过来，老板娘就没鼻子没脸把他骂回去了。老板娘看于红红生意不好，也给她出主意，说早点不是不能卖，就是太忙人，你一个小丫头，怕是忙不过来啊。于红红说，我再想想看。老板娘又说，小于，你也不要发痴啊，在秤上做点儿手脚，也是钱啊。于红红知道老板娘是叫她少人家秤。于红红不要说做了，听了老板娘的话，脸上就火突突的了。

　　就在于红红对卖早点犹犹豫豫的时候，发生了一件事，对于红红触动很大。于红红和往常一样，坐在煤球炉后边，看着街上来往的人流。正是下班时间，街上人不少，匆匆回家的男人或女人，手里不是拎着饼就是拎着菜。南京炸鸡店更是门庭若市，炸鸡的香味飘荡在小街上。于红红闻习惯这种香味了，但今天闻来，还是格外的香。于红红和南京炸鸡店做邻居都两个多月了，她还一次没买过

吴小丽一周的琐屑生活

炸鸡吃。炸鸡肉一定又嫩又酥,一定是她吃过的最好的鸡肉。但是她也知道,炸鸡也太贵了,十八块钱一斤不是她能吃得起的,她注意看过那些买炸鸡的顾客,穿着都很体面,脸皮都很光滑,一看就知道是有钱人。她很馋的时候,心里也痒痒地想买。但她舍不得。她算过一笔账,一条炸鸡腿,要六块钱左右,她要卖二斤多水煮花生才能吃一条鸡腿,而且六块钱几乎是她一天的纯利润了。不过她决定是要吃一次炸鸡的,不是现在,而是年上,等过年时,她决定买一条鸡大腿,再买半斤鸡翅膀。现在她不买,现在她闻闻就行了。闻闻,就好像跟吃过差不多了。就在她对喷香的炸鸡想入非非的时候,过来一个中年人,他手里拎着一个塑料袋,塑料袋里是两块大饼,此人是个生面孔,红光满面的,一看就是吃油炸鸡的人,此人走到于红红摊前,弯下腰,嗅嗅水煮花生,说,还新鲜,多少钱一斤?于红红说,两块五。于红红已经拿过塑料袋,准备抓花生了。对方却说,太贵了,生花生才一块钱一斤,水煮一下要卖两块五啊?两块卖不卖?于红红说,不卖。对方嘴里嘟嘟囔囔,不知说些什么,走了两步又回头说,称一斤给我。于红红就称了一斤给他。一般人买水煮花生都是买一块钱的,买一斤的还不多。于红红很高兴做了一笔大生意。但是对方付了钱,把一袋水煮花生拎在手里掂量掂量,说,够秤啊?于红红说,够秤,整整一斤。对方又掂量掂量,说,好像没有一斤啊。于红红说,南京炸鸡店那儿有电子秤,你过去较一下,少一赔十。对方说,那我去较一下啦?于红红说你去啊。于红红有些不高兴,她从来还没给人说过少秤的话,事实是她也从来不少秤。对方还真的去较秤了。于红红看到,那个人自己把水煮花生放到电子秤上。于红红看到那个人笑了。那个人眉开眼笑地走过来,对于红红说,小姑娘好样的,不但没少秤,还多六十克,对不起你啊小姑娘,刚才我错了。那个人说着,又掏出两毛钱硬币,说,我说错了话,多出的花生,我再给你钱。说着,就把两枚硬币丢到了秤盘里。

于红红对此非常纳闷,她明明是了称了一斤,怎么会多出来六十克呢,六十克就是一两多了,莫非自己的秤有毛病?不会吧,她的秤是在专门的衡器店买的。如果真要是秤有毛病,那她做到现在生意,不是都多给了顾客了吗?那她就赔大了。就在她思虑不安的时候,朱老板过来了。已经过了做生意高峰期,朱老板那边生意出现了短暂的清闲。朱老板神秘兮兮地说,你生意不好做,我叫你想想办法你怎么一点儿也不开窍?于红红被朱老板说得一头雾水。老板娘小杨也过来了,小杨带有点责怪的口气说,你这丫头真是死心眼子,秤上也不使点儿手脚。朱老板说,做一杆九两秤,也不难。于红红这才省悟过来,原来朱老板家的电子秤就是九两秤,难怪她一斤的水煮花生到朱老板家的秤上称出了一斤多了,原来电子秤也好做鬼啊。原来他们家一直都在少顾客的秤啊。于红红想起蔡小菜的话,不少秤还叫做生意啊。朱老板又若无其事地说,你脑壳子要多转转,灵活一些,时间长了,弄不好你会把我们家给卖了。于红红心里知道,朱老板意思是让她也克扣些斤两。但她一直没吭声,她心里不服气,少人家秤,还这么有本事。

于红红晚上在家里捡花生,她是把坏了和不饱满的花生拣出来的。于红红现在又有点儿想通了,她觉得蔡小菜和朱老板是对的,至少是有诱惑的。她也决定试一试,既然大家都在少秤,她为什么不试一试呢?她给自己找了一个很合适的理由,就当是水煮花生涨价了吧。还有就是她怕出卖了南京炸鸡店,这是完全有可能的,如果别人在她摊子上买一斤水煮花生,而在南京炸鸡店的电子秤上又多称出一两来，只要顾客动脑子一想，就知道南京炸鸡店的电子秤有鬼了。南京炸鸡店的生意要是做不下去，那朱老板两口子还不把她给吃啦。

但是真要到实践的时候，于红红又下不了手了。一般顾客只买一块钱的，一块钱只买四两，那么少的东西，怎么下手啊？再说，她的秤人家也是能看到的，平秤她都不好意思给人家，她都要把秤杆高起来，哪敢少秤啊。不要说少秤了，她心里想着少秤的事，心都怦怦跳了。

于红红看着南京炸鸡店的生意，红红火火热热烈烈的，她又不免同情那些顾客了，他们还不知道，他们每买一斤的炸鸡，都要少一两呢。

4

朱老板家的南京炸鸡店被抄了，于红红要不是亲眼看见，还真不相信事情会有这么大。于红红刚出摊时，就看到从好几辆车上下来好多人，他们穿各种颜色的制服，不容分说就把南京炸鸡店给围起来了，几个戴大盖帽的男人，从屋里抬出来两筐没去毛的死鸡。有好事的围观者问道，这些都是死鸡啊，怎么啦？一个女大盖帽说，南京炸鸡店违规操作，购进大批病死鸡，以次充好，坑害顾客，我们联合检查组是奉命查抄。于红红还看到，检查人员还把玻璃柜里几十只半成品的鸡也打包装上了车，包括那些鸡翅、鸡腿、鸡排、鸡头和别的鸡下水，说是要回去化验。车子开走时，朱老板也被带走了。南京炸鸡店的门上贴上了封条。封条的落款是工商局、卫生局、质量监督局好几家单位。

于红红后来就没看到朱老板一家了。据说朱老板家被罚款两万元，店不开，东西也不要，两万元也没交，跑了。

又过几天，在原来南京炸鸡店的地方，开了家美容院。

这样的变化，让于红红一时难以适应。那几天，但见美容院进进出出都是人，工人们连天带夜地装修，在锯声中，炸鸡店残留下来的鸡香味也随之消散了。

美容院的招牌挂出来了，让于红红非常吃惊的是，这家美容院居然叫红红红美容美发休闲中心，幸亏是三个红，要是两个红，就跟于红红完全重名了。红红红美容美发休闲中心门口还立着一个灯箱，灯箱上竖着写了两行红色大字，一行是足疗、按摩、泡脚，一行是快乐、享受、新潮。虽然是"中心"，但是周围的老百姓还是喜欢叫美容院。美容院和炸鸡店不一样，出入的，都是美女俊男。更让人意外惊喜的是，美容院的开张，给于红红的生意带来了空前的红火，美容院的女孩子们，不但喜欢吃于红红的水煮花生，还喜欢吃她的茶叶蛋。于红红没想到馅饼会从天上掉下来。那些来买水煮花生和茶叶蛋的，大都是体面的男人，他们买水煮花生，动不动是三斤二斤地买，买茶叶蛋也一买七八个十几个的，有时候常常把她的水煮花生和茶叶蛋连锅端。于红红的水煮花生每天不是卖三斤五斤了，而是十几斤了。从前她收摊很早，一般在晚上七点半就收摊了，最多到八点。现在不是这样了，现在一般都要到十一二点。她之所以这么晚，是不知道美容院里那些人什么时候要吃东西。有一天，她就是回家早了点儿，第二天被美容院里一个涂绿嘴唇的女孩子骂了一顿。那个女孩子瞪着熊猫眼，说你想饿死我啊，你没安好心啊，我昨晚来买东西吃，你早早就跑了，你这个小×丫，要是再早早就跑，我找人操死你！于红红哪里见过这个阵势啊，吓得一声不敢吭，连道歉的话都不会说了。绿嘴唇的女孩骂过了，显然还不解恨，伸手在锅里拿一个茶叶蛋，茶叶蛋热乎乎的，绿嘴唇被烫了一下。绿嘴唇又骂了。绿嘴唇这番不是骂于红红的，她可能只是想骂才骂的。绿嘴唇吃过了茶叶蛋，心情要好了点儿，说，你昨晚约会去啦？走这么早啊。于红红说，没，昨晚冷，我就走了。绿嘴唇说，你看你人不怎么样，还怪娇气的，冷什么冷啊，冻死人啦！于红红知道自己又说错话了，因为绿嘴唇穿很少的衣服，白色的小夹克里，只穿了件红色的低胸圆领小毛衫，又透又紧的小毛衫把她乳沟束得很深，她还穿一条紧在身上的黑皮裤，把屁股上的三角裤都勒出来了。绿嘴唇扭一下屁股，说，记账行吧？我没有零钱，等会我有零钱再送给你。于红红赶快说，没事没事……绿嘴唇跟于红红笑一下，转身跑进了美容院。后来绿嘴唇并没有出来付账，而是一个男青年帮她付了。那个男青年又买了十个茶叶蛋和二斤水煮花生。

　　于红红知道那个绿嘴唇女孩叫什么名字了。于红红是无意中听到的。那天于红红缩着头，蹲在风口里，看美容院门上红色的灯光。那红色的灯光离她虽然很近，但是她没有温暖的感觉。那温暖仿佛是别人的，那温暖的红色，仿佛离她十分的遥远，倒是她身边的煤球炉，给她逼走了些微的寒气。于红红知道那红色的灯光里，有一群貌若天仙的女孩，她们会引来许多穿着考究、风度优雅、谈吐从容的男人，他们精致的外表，也不禁让于红红为之侧目。于红红对他们充满了敬意，因为他们都是有钱人，他们给她也带来了财气，让她对生活充满了几分期待。所以，尽管寒风呼啸，她也愿意在这儿守候。就在于红红沉思默想的时候，突然从她面前开过来一辆白色轿车。白色轿车悄无声息的，就像一枚鸡毛飘过来，在她面前停下了，轿车的喇叭响了两声，美容院里就跑出来一个黄头发女孩，她拉开轿车门就钻进去了，旋即，那女孩又钻出来了，她没有跑回美容院，而是对着红色的灯光兴奋地喊，高红，高红，你也来啊，快点儿啊！美容院里又跑出来一个女孩，于红红认识她，她就是那天涂绿口红的女孩，不过她今天没涂绿口红，她今天把嘴唇涂成了银灰色。于红红知道了，她叫高红。叫高红的女孩面带微笑，一路蹦跳着，也钻进了白色轿车。白色轿车悄然驶进了远处的灯光里。对于这样的情景，于红红并不鲜见。她是经常看到这样的场景的，她是经常看到女孩子被轿车带走的。要不了多久，这辆轿车还会把这两个女孩送回来。夜半回来的女孩，多半会在她的摊点上买水煮花生和茶叶蛋，这好像成为铁定的规律了。

但是也有例外的时候，就比如说今天吧，都十一点了，还不见美容院里有人来买东西。于红红已经看到有几拨男人进去了，又有几拨男人出来了，她猜想着，就这脚前脚后吧，就要有人来买吃的了。于红红再看一下表，都十一点半了。于红红真想去问一问。于红红知道是不能问的，她听到美容院里隐约传出说笑声。他们怎么还不饿呢？于红红蹲在马扎上，有些累了，她想站起来活动活动。就在这时候，美容院的门被推开了，从美容院里拥出了七八个男女，他们牵手搭背地走到路上。于红红向他们望过去。人群里有一个女孩向她走过来了，只十多步就走到她面前了。于红红认识她，她就是高红。于红红冲高红笑着。高红说，我们今晚不买东西吃了。我们现在是到外面去吃饭的，你也回家吧。

5

　　那个叫高红的女孩其实并不坏。其实她还是蛮不错的。其实还是蛮漂亮的。

　　这是于红红对她的最新印象。于红红注意到高红的嘴唇主要有四种变化，一种是绿色的，一种是银灰色的，一种是黑色的，还有一种是紫罗兰色的。她从没看到过高红把嘴唇涂成红色。高红拒绝红色，可能是她名字里有一个红字吧，要不就是她们店名一口气有三个红字，或者她们店里的灯光永远都是一种红色。总之，高红也许觉得红色太多了，她才用别的颜色来点缀一下吧。于红红最欣赏的，还是高红的银灰色嘴唇，那丰满的银灰色嘴唇，就像要展翅飞翔的小麻雀。高红也越来越对于红红有好感了。有一天，高红对于红红说，晚上要是太冷，你就不要等我们了，我们其实也不饿，就是吃着好玩的。高红是专门跑出来对于红红说这句话的。她没有别的事，专门跑出来说一句话，让于红红非常感动。于红红说，不冷，我烤着火呢。于红红可不想眼看着生意不去做。高红又说，要不这样也行，你要是感觉太晚了，你就到我们店里问一问，问问她们，有没有人要吃东西，省得你有时候会白等。于红红说，我哪敢去打扰你们啊。高红说，什么打扰不打扰啊，我们好歹也是邻居啊。于红红说，那好吧。不过于红红从来没去问过她们。

　　此后，高红和于红红说话的次数就多了。

　　高红出来和于红红说话，经常是在天要黑未黑的时候。时间长了，她们说话就随意而轻松了，说些家长里短，也说些女孩子之间的话。于红红已经知道她们的店名为什么是三个红字了,高红告诉她了,是因为,她们合伙开店的三个女孩子的名字里,都有一个红字,除高红外,另两个分别是苏锦红和陈红梅。那个黄头发的,就是苏锦红,短头发细高个子的就是陈红梅。高红还说,她们店里还有另外几个女孩子,不定时来做。于红红心想,做?做什么啊?做爱吗?这是姐夫常说的话啊。于红红脸就红了。高红也知道于红红的名字了。高红兴奋地说,你要是到我们店里做,我们可以改店名叫红红红红红美容美发休闲中心了,我们的店就更酷了!于红红一听也笑了。后来苏锦红和陈红梅听说她叫于红红,也跑来看看她,她们笑笑哈哈地拿于红红开玩笑,说,你要是真到我们店里做,你也是红姑娘了!

　　于红红是在下午四点多钟看到蔡小菜的。

　　于红红刚把摊子摆好,就过来一个穿着花哨的女孩子了。她对于红红说,花生多少钱一斤啊,我全买了。于红红一听这声音,多熟悉啊。再看面前站着的这个女孩子,她一时竟想不起来是谁。她身穿带翻毛领子的绿色小袄,由于她粗腰宽背,小袄显得太小了,腰就显得太粗,就像偷来的一样不合身,紧绷绷在身上,原本的大头和大脸,更显突出了,脖子也映没有了,还由于脸上粉底太厚,口红太艳,让于红红在记忆里根本搜寻不出来这是谁。但是她大嘴咧开一笑,露出冲天的鼻孔,于红红就认出她来了,天啦,这不是蔡小菜嘛!蔡小菜痛苦地说,让你认出来啦?真不容易啊,我以为你不认识我了,快说说看,你是如何认出我的。于红红说你怎么打扮成这样啊?蔡小菜说,不好看啊?我还专门请形象设计师设计的呢。于红红说,好看是好看,就是不像从前的你了,快说说看,你

吴小丽一周的琐屑生活

做什么生意啊，发这么大财啊。蔡小菜说，看出来啦？看出来我发财啦？于红红说，做什么赚钱生意啊，也不来帮帮我啊。蔡小菜说，我能做什么生意啊，自从这儿的市场被取缔以后，我就不卖青菜了，我到苍梧小区一带炒板栗子卖了。于红红说，原来就是炒板栗子啊，我原来也想炒的。炒板栗子赚钱吧？蔡小菜说，赚什么钱啊，都是混穷，不过苍梧小区那边都住有钱人，只要你敢下黑刀，钱就好哄。于红红说，叫你说得怪怕人的。蔡小菜说，你这水煮花生还不错吧？又卖茶叶蛋，比原来卖红辣椒强多了吧？于红红说，也不见得就强多少，现在我都累死了。蔡小菜说，我就知道你累得半死不活的，你知道我是来干什么的？我是来救你的，我要把你救出去。我卖板栗子还是一个月前了。我现在不卖板栗子了。打一枪换一个地方，我现在做别的生意了，这个生意啊，赚钱大了，不过你要是做这个生意啊，比我条件更好，你就更牛×了，牛×大了。于红红说，太好了，你可要把我也带上啊。蔡小菜说，我就是来带你的，我就是来跟你说这个事的，不过现在还不能带你，得要跟你慢慢谈谈。于红红急不可待地说，现在就说说嘛。蔡小菜说，现在不能说，等你生意做完以后，我到你家跟你慢慢说。于红红说，看你跟鬼似的，那你就帮我做做生意。蔡小菜说，三块两块的小钱我都不想拿，我这手，现在都拿大钱了！于红红觉得蔡小菜真是不得了了。蔡小菜说话的口气，和从前大不一样了。蔡小菜的做派，也和从前大不一样了，她真的就像一个有钱人了。不过于红红对蔡小菜站在她身边感到不自在，蔡小菜这身衣着，太抢眼了。好在，蔡小菜身上突然叫起来，把她自己吓了一跳。蔡小菜说，我手机响了。蔡小菜拿出手机，走到一边说话去了。片刻，她过来说，我没空跟你玩了，我要忙去了，一两个小时我再过来。

蔡小菜再次出现时，天已经黑了，晚饭前的生意高峰期已经过去了。

蔡小菜从天而降，出现在于红红面前。蔡小菜说，你怎么还不收摊啊，现在哪有生意啊。于红红说，你不懂了吧，大生意还在后头。于红红情不自禁地望一眼隔壁的休闲中心。蔡小菜噢一声，说，我刚才就看到这家店了，埋在这些卖粮油的店里面，能有生意啊？于红红说，生意有没有我哪里知道啊。蔡小菜说，你离他们就几步远，有没有人来你不知道啊？男人要是川流不息，或者女孩子不停地往外跑，那生意一准就好。于红红点点头。蔡小菜说，你点头干什么啊？于红红说，你说的对，我都看到了。蔡小菜说，这里的女孩子漂亮不漂亮啊？于红红说，那还用说，一个比一个漂亮。于红红是说实话，但是蔡小菜撇一下嘴，说，我就不信，你要是打扮一下，不比她们漂亮十倍啊？于红红心里激动了一下，说，我们算什么啊。蔡小菜眼睛望着美容院红色的玻璃门，并没有听到于红红的后一句话，她出神地想想，拖长声音说，噢，我晓得了，做这种生意，就得在这种地方。于红红说，你神神鬼鬼干什么啊。蔡小菜说，她们聪明啊，你笨死了，你一点儿气都不透，快点儿，我帮帮你收摊，回去我们好好聊聊。于红红说，现在收摊啊，那可不行，过一会儿就有生意了。蔡小菜说，我说你笨死了吧，咱不做生意了，做这叫什么生意啊，卖卖水煮花生，只能苦点小钱，只能混口饭吃，一辈子也发不了财。于红红说，那我做什么生意啊？蔡小菜说，这不正要跟你谈嘛。于红红说，非回去说啊？在这里不能说啊？蔡小菜说，这里哪是说话的地方啊，你这脑壳子已经生锈了，我要慢慢敲打敲打。于红红就犹豫了。于红红想回去跟蔡小菜说话，又想把摊子上的水煮花生和茶叶蛋卖掉。蔡小菜可不管于红红的为难了，她已经开始收拾东西了。也活该她们说不成话，蔡小菜的手机又响了。蔡小菜接了电话，喂喂着。蔡小菜又走几步，离开于红红到一边讲话去了。于红红知道她接了电话，又要走了。于红红又重新把东西摆好。果然，蔡小菜跑过来说，真烦人，生意接不过来了，好得一塌糊涂，想把我累死啊！蔡小菜虽然这样说，脸上却笑容灿烂。蔡小菜说，红红真对不起你，今天没空谈了，我改天再来找你。蔡小菜说话时，恰巧有一辆出租车路过。蔡小菜手一举，出租车停在她脚边了。于红红说，等等，给你带几个茶叶蛋。蔡小菜说，不要了，你留着卖吧。蔡小菜腰一弓，钻进车里了。

　　蔡小菜走后，于红红心里噔嗵噔嗵的。蔡小菜真是不得了啊，转眼的时间，就像变了一个人似的，手机也用上了，出租车也敢坐了，连说话的口气都变了，看来，自己也不能抱着死猪头啃，做这点儿小生意了。于红红开始想象着，蔡小菜做什么生意发了财？可她想象不出来，她脑子里的概念太单薄了。她脑子里只出现了冬瓜、辣椒、炸鸡和板栗，她不会是又跟她父母养猪了吧？于红红觉得想象得太简单了，她自己都笑话自己了。

　　小街上人迹稀少，路灯苍茫而冷落，偶尔有摩托车呼啸而过。

　　起风了，风从小街上刮过，有一只小塑料袋飘飘忽忽连滚带爬地滚过。于红红知道，陆陆续续的，红红红美容美发休闲中心就要来人了，他们有时候是一批一批地来，有时候一个一个地来，招牌上写着了，泡脚、按摩，他们都是来享受的。于红红还知道，只有美容院来人了，才能给他也带来生意。

　　远处的大街上拐下来一辆出租车了。

　　于红红神情也为之一振。

6

　　于红红回到家里已经快十二点了。她坐在床上数钱，计算着一天的利润。账很快就算清了，她今天净赚了十七块五毛钱，不包括她晚上买的一张鸡蛋饼。十七块五毛钱，已经让她很满意了。如果不是蔡小菜的出现，她对自己目前的生意还很知足。但是蔡小菜一番云山雾罩的话，让她心里痒痒的。在她看来，表姐已经过上好日子了，可表姐还不是跑到海南了吗？蔡小菜也不是摇身一变，变得很有钱了吗？看来，外面还有更精彩的世界。于红红数完钱，把钱藏在一只饼干盒里，简单收拾一下，就洗脸洗脚了。她一边洗脚一边想着来无影去无踪的蔡小菜。她对自己说，别瞎想了，早点儿睡吧，明天还要去批发鸡蛋呢。别这山望那山高了，把水煮花生和茶叶蛋卖好了，就不错了。要是不出差错，生意照这样下去，再过半年，也许不要半年，她存折上就能有一万块钱了。一万块钱啊！于红红心里又别别跳动了。

　　嘭。嘭。嘭。

　　好像有人敲门。

　　嘭嘭嘭。

　　果然有人敲门。

　　是蔡小菜来了。于红红心想，这死丫头就会玩花头。于红红趿着鞋跑去开门。于红红一点儿也没想到，站在门空里的不是蔡小菜，而是一个矮个子男人。于红红吓了一跳，但她很快就回过神来了。屋里的灯光照在矮个子男人的脸上，他尖嘴一咧，笑了。于红红认出他来了，他竟然是朱老板。

是你啊？

是，是，是我……

朱老板有些莫名其妙的紧张。

于红红把朱老板让到屋里，让他坐到唯一一张凳子上。

朱老板坐下后就抽烟了。

半夜里遇到熟人，于红红有点儿紧张还有点儿高兴。开始是紧张比高兴多一点儿，渐而是高兴比紧张多一些。接着于红红也不紧张也不高兴，而是害怕了。半夜三更的，朱老板不会来干什么坏事吧？她真大意自己随便把门就放开了。于红红越是害怕就越害怕，她心里打着冷战，腿也发抖了。朱老板不会来要钱吧？朱老板不会要杀人吧？朱老板要是强奸她……先奸后杀……再抢钱……不过看朱老板的样子，虽不是慈眉善目，也还不是凶神恶煞。

于红红说，朱……朱老板在哪里发财啊？

我在日照市卖鸡，卖油炸鸡，还叫南京炸鸡店。

于红红听出来，朱老板的说话声，还是以前朱老板的说话声，于红红心里一下子踏实了。

于红红说，日照市……

对，就是山东省日照市，离我们连云港只有六十公里，人家那边生意啊，真叫好做。我一眨眼在那边开两个店，钱真他妈好赚，你杨大姐让我来……请请你。

于红红知道他说的杨大姐是他老婆。于红红疑惑地说，请我啊？

我不是说开两个店吗？人手不够，你杨大姐都忙死了，想让你过去帮忙开店，我跟你杨大姐商量过了，你要是能过去开店，工资每月开八百,包吃包住,月底还有奖金。我跟你杨大姐还商量了,你要是能跟我们干两年,准备再开一间炸鸡店,白送给你。

于红红说,我行啊?

怎么不行啊,我早就看你这丫头不错了,手脚麻利,心眼踏实,还能吃苦头。

于红红心里开始盘算了,每月八百块,还有奖金,包吃包住……

我是来专门跟你说这个事的。朱老板站起来了。朱老板说,你考虑考虑,要是行,你就应我一声。

于红红心里又别别跳了。

你要是想想也行,明天回我话不迟。朱老板从身上掏出来一叠钱,抽出来两张,说,这二百块钱,是我预支的工资。

于红红说,还没上班呢,发什么工资啊?我不……不要。

朱老板说,你一定要拿着,我要走了,我住在宾馆里,你考虑好了,明天回答我。

朱老板把钱放在于红红的手边,走过去开门了。

于红红拿着钱,说,钱我不要……

朱老板把放开的门又关上了。

朱老板把走过来的于红红一把抱住了。朱老板突然不会说话了,他嘴里啊啊地不知说什么。朱老板用力地把于红红推到床上。这些事情的发生,只在一瞬间。于红红已经知道朱老板要干什么了。朱老板是想和姐夫一样来强奸她。于红红已经不像面对姐夫时那么傻了,连反抗都不会反抗。于红红面对朱老板,她不但反抗,还用身体的各个部位对他施以打击。她用脚、手、肩、头、嘴、膝盖、胳膊,来攻击朱老板身上的任何部位。但是她却忽略了一项重要的武器，就是喊叫。就在于红红和朱老板搏斗中，于红红的衣服一件件落到地上、床上了，朱老板的衣服也一件件落到地上、床上了，等到于红红精疲力竭的时候，她知道她继续反抗下去已经毫无意义了。于红红只会哭泣了。

朱老板说，没事的没事的……

于红红还是哭。

朱老板说，要好了……好了……

朱老板憋在喉咙里怪叫两声，说，好了。

朱老板帮于红红盖好了被子。他自己也穿好了衣服。朱老板趴在于红红的耳朵边。朱老板说，没事的，没事的……真的没事的……

于红红不知道朱老板是什么时候走的。于红红睡着了。于红红醒来后才知道朱老板已经走了。于红红回忆着发生过的事。于红红真的很害怕。于红红起床，重新闩好了门。于红红在屋里到处找。于红红什么都没有找到。朱老板把二百块钱又拿走了。于红红已经决定了，她不会跟朱老板到日照去卖油炸鸡的。他就是开八千块钱一个月也不去。其实，于红红哪里知道啊，朱老板并不是真的要带她到日照去。他想干的事情已经得逞了。于红红就是想见到他，也不那么容易见到了。但是，于红红不知道朱老板的想法啊，她不分白天黑夜地提心吊胆，她怕朱老板还会再来。于红红这样害怕着，她真的不知道有什么办法能阻止朱老板。她想，表姐什么时候来接她啊。

7

　　于红红三天都没有等来蔡小菜。蔡小菜就像露水一样，蒸发了。三天，虽然很短暂，但是对于红红来说，却是非常漫长的。于红红在每天下午出摊的时候，都要四下里张望。用望眼欲穿来形容一点儿也不过分。从前，于红红她很少张望。就是偶尔抬头看看，也是没有目的的。如前所述，这条小街是一条安静的小街，四周大部分是平房，即便是楼房，也是几十年前两三层的老式样，灰头土脸，歪歪斜斜的，和她表姐家棉花房附近的房屋差不多，都是属于老城区，和那些这个新村那个新村的新式小区相比，简直就是两个世界两重天。从这些房屋里走出来的居民，都是普通的城里人，过着普通的生活，于红红很容易跟他们融为一个整体。于红红相信，要是蔡小菜在小街的人流中出现，她会一眼认出来的，就像她能一眼认出红红红美容美发休闲中心的那些小姐们一样，别的不说，就是她们的服装，在小街的人流中也是卓尔不群的。但是，蔡小菜一直没有出现。蔡小菜做什么生意会这么忙呢？她不会说话不算话吧？她不会又变卦了吧？她不会一个人去做赚钱生意而不带她吧？

　　于红红一连几天，都在焦急中等待着蔡小菜再度出现。她如此迫切地等待蔡小菜，一方面是蔡小菜说过，有桩赚大钱的生意等着她去分享，另一方面，也是最主要的，于红红还是想赶快离开这个鬼地方。自从长嘴猪朱老板深夜闯进她安逸的小窝，不由分说把她强暴了以后，她就没有一天安心过，特别是半夜收摊回家，她都要把门闩好，还用小桌子和小板凳抵住门。于红红怕朱老板和表姐夫一样，也会没完没了地钻进她屋里。但是她成天这样提心吊胆也不是个事啊？唯一的办法就是离开，或者到别的地方继续卖水煮花生，或者跟蔡小菜去，做更赚钱的生意。

在这几天里，美容院那边的女孩子们会三三两两地跑过来跟她闲扯几句。那个叫苏锦红的，还和高红一起，专门跑出来看看她的眉毛。高红说，怎么样？我说像张曼玉吧。苏锦红说，是有点儿像。苏锦红惊叹一声，说，原来于红红很漂亮啊。高红说，我早就说于红红很漂亮，你们都不相信，这回相信了吧？于红红要是打扮打扮，会像万人迷一样，要迷倒一大片。苏锦红也说，不错，高红你没说错，于红红模子真叫好，真的会成为红姑娘。于红红被她们说得不好意思，也找不出适当的话来应对，只能抿着嘴，似笑非笑的样子。两腮上明显红了一片。两个女孩推推搡搡着回店里去了，旋即，又跑出来三个女孩子，都来看看她，都说她像张曼玉。于红红知道她们在店里都在说自己了。于红红不知道张曼玉是谁。但是她听出来，人家都是在夸她。有一次，高红说，于红红这几天是不是有点儿不高兴啊？是不是生意没做好啊？于红红说，不是的。高红说，不对，于红红我看出来，你有心事，你肯定有心事。于红红被她一说，有点儿想哭的感觉。不过她终究没哭出来。她只是摇摇头。高红说，于红红你要是有什么话，跟我们说说看，说不定我们还能帮帮你。于红红说，我真的没事。高红把嘴巴凑到于红红的耳朵上，说，做生意苦吧？卖茶叶蛋苦吧？卖水煮花生苦吧？要不，你跟我们入伙吧？你都看到了，我们这些姐妹多好，到我们店里做，赚点儿轻快钱，怎么样？于红红知道她们是做什么生意的。于红红害怕做那种生意。她胆子小。她也曾想象过她们的生意，她一想，心里就打战，心里就发慌。于红红还是摇头。高红说，你先别摇头，你先想想么。于红红说，我怕做不来。于红红的意思是找个借口搪塞过去就算了。但是高红一听，急忙说，做不来不怕，先在我们店里玩几天，跟我们学学，要不了多久你就什么都懂了。于红红怕她没完没了纠缠着，只好说，我想想看。

于红红这样回答了高红，她就更盼着蔡小菜早点儿出现了。她怕高红再来问她，让她做出决定。但是高红并没像她想的那样，来问她想没想好。高红就像没跟她说过这类话似的，照常来买些水煮花生回去吃，或者买几个茶叶蛋，充当晚饭。现在，高红她们来拿水煮花生或茶叶蛋，都不直接付钱了，而是在夜里，让来她们店里消费的男人来付钱。那些男人也大方，来付钱时，都顺便把剩余的水煮花生和茶叶蛋买走了。不过，高红也抱怨过，天天夜里吃水煮花生和茶叶蛋都吃腻了，她让于红红能不能做点儿别的夜宵来卖。于红红想，自己都是要走的人了，就随便答应了一声。

于红红经常在小街上眺望，她没有望来她期盼已久的蔡小菜，而是望来了让她不寒而栗的表姐夫。

表姐夫突然从小街的一端出现了。表姐夫不像是从出租车上刚下来的，他就像散步一样，悠闲地走过来了。表姐夫穿着考究，气定神闲，走在这样的小街上，和匆匆来去的人流格格不入，打一个不恰当的比方，表姐夫就像凤凰落到鸡群里。看着表姐夫越来越高大的身影，于红红心里突然慌乱了。姐夫怎么会到这儿来呢？他家不是住在城东吗？他横穿整个城市，跑到城西来，干什么呢？莫非是来找她？这是完全有可能的，当初，表姐走后，她也收拾了行装，第二天把表姐留下的信放到棉花房的弹花机上，就走了。她为了突出那封信的重要性，还在信上压上了一根弹花棒。她和表姐一样，没有跟表姐夫家的人打招呼，悄然就从棉花房消失了。但是，于红红又想，我跟你们家已经不相干了，你已经不是表姐夫了，我还怕你干什么呢？我没必要怕你了。但是这种想法太轻飘了，远没有现实的恐惧来得迅猛。于红红唯一的想法就是赶快躲起来，决不能让他发现。

于红红真的是慌了神，她灵机一动，三步并作两步，屁股一扭，跑进美容院了。

美容院的姑娘们横七竖八地躺在沙发上，她们的溜溜转的眼睛都望着门外。美容院的门是落地的玻璃门，可以很清晰地看到门外的小街和小街上的人流。于红红仓皇失措地突然闯入，引起美容院里一阵小小的骚动。高红说，呀，于红红啊。苏锦红说，红红到我们红红红来啦！由于她把红红红说成了哄哄哄，大家都发出了善意的笑声。但是笑声就像是突然断了电一样戛然而止，反应敏捷的陈红梅已经站起来迎到门边了。于红红也看到，门外的姐夫已经伸手推门了。沙发上五六个女孩子都像陈红梅那样，站起来，迎上去。

推门而入的姐夫被女孩子们围到中间。高红哆着嗓门说，赵老板啊，好久没来了啊。

于红红不敢正眼看姐夫。她用侧光看到姐夫被高红拉着走进里间了。

别的女孩子又重新坐到沙发上了。

最先迎上去的陈红梅显然有些不悦，不知是对高红夺走了客户不悦，还是对姐夫不悦。总之，陈红梅把不悦发泄到了于红红身上。陈红梅说，你做生意也跑跑跑，不怕摊子叫人抢了！陈红梅又说，去，称二斤水煮花生来吃吃，等会儿让高红付账。苏锦红说，让赵老板付账还差不多。陈红梅说，差不多。苏锦红说，我也想吃了，我还想吃茶叶蛋，于红红你再去拿几个茶叶蛋来，等会儿里边的赵老板跟你结账。

　　于红红哪敢等着赵老板（表姐夫）结账啊，她把水煮花生和茶叶蛋送到美容院后，就收摊回家了。

　　于红红回去到家里还心有余悸，幸亏没叫姐夫看到。她不知道被姐夫看到会是什么样的后果。但是她知道姐夫要是看到她不会饶过她。姐夫说过，她要不听话就把她掐死。她不但不听话，还和表姐合谋逃走，姐夫能饶过她吗？于红红躲进小屋里，外面的天已经黑了。黑下来的天，给于红红带来一点点安全感。但是这样的安全感也是稍纵即逝。因为于红红不知道姐夫看没看到她，姐夫也许已经看到她了。在那样的场合，他是假装没看到而已。姐夫在里间接受高红敲背和按摩的时候，他会跟高红打听她的。高红也会一五一十地告诉他的。好在，高红并不知道她住在这里，否则，这里是一时一刻也不能待了。朱老板给她造成的惊恐还没有消失，姐夫又出现了。相对于朱老板来说，姐夫更为可怕。看来，水煮花生和茶叶蛋不能卖了，至少，不能在这儿卖了。这儿也不能再住下去了。再住下去，太危险了。这时候，于红红又想到了蔡小菜。

8

　　若干天以后，在苍梧小区豪华而气派的楼群间，走着一个瘦弱的女孩。这儿的楼群太漂亮了，和她曾经往返的城东和城西的老城区相比，简直是两个世界。这儿也太干净了，干净的让她有点儿不习惯，绿茵茵的草地，彩色的方砖路面，还有路边的芭蕉树，所有这些都让她感到生疏。对了，你已经知道她是谁了，她就是许多人不认识的于红红。她是来找蔡小菜的。几天来，她已经第四次来找蔡小菜了。于红红记得蔡小菜说过她在这里卖过炒板栗。这哪里是炒板栗的地方啊，这儿的天是蓝的，这儿的树是绿的，冬天了，这儿还有花，就连这儿的路，都是彩色的，就是让她在这里炒板栗，她也舍不得把这里弄脏了。也许，这种豪华的住宅小区，就是通常人们说的，富人居住的地方吧。于红红到这儿来找蔡小菜显然是不现实的，蔡小菜怎么能在这里呢？但是于红红只有这一条线索了。

于红红再到这里来，已经不光是找蔡小菜了，她是被这里美丽的环境吸引住了。

时近中午的时候，于红红坐在草地边上的木椅上，她想啊，这些楼房里的某一间，要是她的，那该是什么样子呢？她想象不出来。她已经搬家了。她现在住的地方，是一家旧平房的小耳房，放下一张折叠床，连屁股都转不开了。就是这种房子，房东老太太还一个月要她八十块钱。八十块钱虽然贵了点，但总归是安全了。安全，比什么都重要了。于红红已经想好了，找到蔡小菜，她就搬离那个地方，跟着蔡小菜好好做生意。至于做什么生意，她还没有想好，总之，换一个地方，她也要做生意。不管到什么地方，生意看来是不能不做了，实在不行，继续卖水煮花生和茶叶蛋也行。于红红坐在椅子上，四周都是暖融融的太阳。她闻到了一阵阵香味，这种香味不像茶叶蛋，也不像南京炸鸡，这种香味像是从她周围的草地里发出的，又像是太阳的味道，这种在别的地方闻不到的香味，让于红红有点儿昏昏欲睡的感觉。于红红没有敢睡，她让一个人带走了。这个面目不清的人，把于红红带到了大街上。于红红走在大街上，寻找门面房，在一个热闹的地段，她看到一条转让店面的消息。这么好的店面，做什么生意合适呢？弹棉花？卖炸鸡？开美容院？对了，她可以把这里开成一间美容院，店名现成的，就叫红红美容美发休闲中心吧。高红她们那个店是三个红，她用两个红。她被她的想法激动了。她开始装修房子了。招牌也竖起来了。两个大大的红字，就像两只红灯笼，把街面都照红了。双红美容美发休闲中心在鞭炮声中开业了。真是顾客盈门啊，她都忙不过来了。

于红红坐在草地边的椅子上。她还坐在椅子上，刚才的故事是她想出来的。没有什么面目不清的人来把她带走，也没有店面要转让，她更没有开什么双红美容美发休闲中心。不过，这个想法还是让她心情好受了一些。

大约中午下班时间到了，小区彩色的路面上有人走过了。于红红注意一下这些人。于红红是想从这些人里发现蔡小菜的。她知道蔡小菜不会和这些人走在一起的。这些人都是这儿的老住户，她蔡小菜算什么呢？但是于红红还是习惯性地看着他们。于红红一个一个地看着，就让她看到表姐夫了。于红红看到表姐夫，心里就条件反射地抖动了一下，跟着就麻沙沙地难受。好在她知道表姐夫不会看到她了。因为在表姐夫的身边，挽着表姐夫胳膊的，是一个年轻的女孩子。从这个女孩子的背影上，于红红认出她是谁了，她就是红红红美容美发休闲中心的高红。他们上这儿来干什么呢？莫非姐夫住这儿吗？这是完全有可能的，姐夫是个有钱的人，这儿说不定有他新买的家。他是带高红回家的吗？于红红不知道。于红红也不想知道。于红红只是知道她不能再来这个小区了。这个小区让她感到不安全。她要是找蔡小菜，应该到别的地方了。但是，她到哪里才能找到蔡小菜呢？她到哪里才是安全的呢？难道也像表姐那样跑到海南吗？是啊，海南那边还有表姐。姐啊，你知道吗？我在这里待不下去了，到处都让我害怕……

9

于红红开始在城市的别处走动,她一方面是找蔡小菜,另一方面,是给自己找机会。但是,于红红的走动,有点儿机械也有点儿茫然。

城市说小也小,于红红竟在城南的盐河边上碰到蔡小菜了。于红红先是闻到了烤山芋的香味。烤山芋真香啊,她好久没有吃过烤山芋了。她看到那个烤山芋的汉子,正往炉子里送山芋。于红红早饭没有吃,现正也快到吃午饭的时候了。她就准备去买一个烤山芋,就是这时候她听到一个女孩子对她大叫一声的。

于红红,你在这里啊!

于红红看到从桥上跑过来的蔡小菜,于红红一激动,心跳仿佛停跳了一下,眼泪跟着就要窜下来了。于红红拉着蔡小菜的手。于红红说蔡小菜蔡小菜……于红红的眼泪真的流下来了。于红红闻不到烤山芋的香味了,她闻到的都是蔡小菜的脂粉香。蔡小菜不知用的是什么化妆品,香味总是占得上风。于红红说,我都要找死你了!蔡小菜说,还说呢,你怎么一眨眼就不见了呢?这回我可不想让你走了!走,我带你去水帘洞!于红红说,什么水帘洞啊?蔡小菜说,走了你就晓得了!

于红红跟着蔡小菜,走过一条大街,又走过一条大街。蔡小菜一边走一边数落于红红,一边骂于红红。蔡小菜好像知道于红红这几天的遭遇似的,蔡小菜说,你要是早跟我走,早听我话,你就不会在大街上转大魂了!蔡小菜又说,你啊,你啊,你这个木脑壳子！于红红心想，你神神鬼鬼的，没说要带我走啊。

拐了几条大街小街，眼前就是一家大酒店了，蔡小菜说，看没看到，这就是水帘洞大酒店。于红红说，我能去这里啊？于红红有些犹豫了。蔡小菜说，你怎么不能来啊？对呀，你这鬼样子，灰汤土色的，肯定不行！你先跟我来吧，见见我们大姐，让她送几套衣服给你，你就变一个人了！蔡小菜的口气里，明显的兴奋。于红红小心地跟着蔡小菜，乘进了电梯，不知上了几楼。于红红走在铺着红地毯的走道里，两边都是一间一间带门号的房子，像是宾馆什么的。于红红人紧张，脚都不敢落下去了。但是，前面有蔡小菜领着，七拐八拐，她就听到了音乐声，还有别的什么声音。这些声音，似有若无的，不知从什么地方传来。于红红跟着蔡小菜走进一间不太亮堂的大屋里。大屋里弥漫着浓浓的脂粉香。于红红抬眼一看，当门的一排沙发上，坐着一排女孩子，这些女孩子就像早晨的瓜果蔬菜，鲜鲜亮亮的，一个赛一个漂亮。她们中有抽烟的，打哈欠的，小声说着话的，还有三个在打牌。包括打牌人，都仿佛在等候什么。屋里很暖和，女孩子们都穿很少的衣服。她们有的看着于红红，面色木然，有的呢，面色呆滞。于红红不敢多看她们。于红红跟着蔡小菜，在一个暗处的沙发上坐下了。蔡小菜说，你坐这里等着，不要乱跑，小心她们揍你！我去喊我大姐来。

不消说，蔡小菜走了片刻，又回来了。这回她没有走在前面，而是跟在一个女孩子的身后，从大屋子的某一个门里走过来了。女孩子穿一件黑色的大衣，围一条黑色的披巾，脸色平静，目不旁视，却是一咏三叹地走过来了。

黑衣女孩子还没有走到于红红跟前，于红红就站起来了。于红红认出她了。于红红小声地叫一声，姐……

于红红声音打着战,她看到她离别已久的表姐了。于红红鼻子一酸就哭了。于红红说,姐啊……

于红红听到一声清脆的声响。她看到表姐狠狠地扇了蔡小菜一耳光。

蔡小蔡愣了三秒钟,突然大叫道,你敢打我!你敢打我!我跟你拼……蔡小菜扑上来,跟表姐拼命了。

好像从天而降一样,蔡小菜身边突然冒出来两个男人,于红红还没看清是怎么回事,蔡小菜就躺到地上了。然后,两个男人每人拎着蔡小菜的一条腿,就像拎着彩色的拖把,把她拖走了。

表姐牵着于红红,像姐妹一样把她引到另一间屋里。这间屋子比那间大屋亮堂多了,也气派多了。这间屋里没有那么多女孩子。这间屋里就表姐一个人。表姐看着于红红。表姐面色平静。面色平静的表姐依然有着一双美丽的眼睛。但是,表姐美丽的眼里转着一圈泪。表姐说,红红,你怎么来啦?

表姐的声音,于红红半年没有听到了。表姐的声音,还像以前一样的好听。

红红啊,这地方你不能来啊,你还回去卖水煮花生和茶叶蛋吧……你怎么会认识蔡小菜呢?蔡小菜说有一个卖水煮花生的女孩子,怎么会是你啊?表姐眼里的那圈泪还在眼里打圈圈。

姐,你不是说去……

表姐打断于红红的话,说,他不是我跟你说的那样……在棉花房里,我跟你说的话……他……没带我去海南……我没去海南。他,他不是……他是个……

他是个什么呢?他一定就是要带表姐私奔的那个人。于红红想等表姐说下去。但是,表姐不说了。表姐没有把话说完。表姐脸上要多复杂有多复杂。表姐脸上要多痛苦有多痛苦。表姐似乎哽咽了一声,把最后的话咽回去了。

表姐的话,让于红红一时没有听懂。表姐的话,于红红是经常听不懂的。但是这一次,于红红又似乎听懂了。于红红发现,表姐眼里的那圈泪,始终没有流下来。表姐眼里的那圈泪,不知转了多少圈,就像有一道拦水大坝,把表姐眼里的泪拦住了。半年前,表姐在棉花房里,表姐的泪,流得多欢啊!

十几分钟后,于红红被表姐安排的两个男青年送出来了。于红红不知道,这两个高大的男青年,是不是就是拖走蔡小菜的那两个人?他们把蔡小菜拖到哪里了呢?表姐让于红红回去好好卖水煮花生,好好卖茶叶蛋。于红红想告诉表姐,水煮花生不好卖了,真的,不好卖了。不是水煮花生不好卖,是水煮花生……但是于红红没有说。于红红知道表姐那没有流出的泪。于红红知道表姐肯定也不容易。于红红听到表姐的声音就像从天外飘来。表姐说,红红,听姐的话,没错,姐迟早会去看你的,相信姐……

于红红茫然地走在大街上。大街上有许多人。大街上还是阳光灿烂。于红红走在人群里,一点儿也看不出她有什么心思。是啊,如果你走在大街上,你能看出一个陌生女孩的心思吗?

苹果熟了

1

风从北方刮过来，卷着鲜嫩、甜爽的香味，连绵起伏，横冲直撞。

其实，风没有香味。风从我们身边溜走了。香味是苹果和梨子的。苹果和梨子的香味钻进我们的鼻子，一直钻到我们的心里。

偷苹果的时候到了。

我和三叫驴潜伏在扁担河边。我头上戴一顶柳条帽子，就像电影里的侦察排长。三叫驴光着脑袋，他用手指当枪，朝河对岸射击。他叭勾叭勾地朝果园里放枪，我都烦透了。我真不想带他来。我本来是去找小会的。小会去年因为偷了她父亲偷来的苹果，被她父亲抽了三火叉。我看到她腿瘸了整整一个夏天。我想去告诉小会，我要到河北的果园里偷苹果了，你就等着吃苹果吧。可是小会不在家，她家的黑狗把我赶跑了。

我是在小庙门口碰到三叫驴的。三叫驴那家伙正朝北方张望，他看到我，说，"二全，你闻闻。"我说："我知道，你去不去？"就这样，三叫驴跟我来到河边。"叭勾——"三叫驴说，"我又撂倒一个！"我踢他一脚，低声吼道："你别打了，要是暴露目标，我毙了你！"

但是我们目标还是暴露了。那个突然出现的女知青，正朝我们走来。我认得她，她叫胡萝卜。当然，这是我们给她起的外号，我们只知道她姓胡，长一张瘦瘦长长的脸，和胡萝卜差不多。她到我们鱼烂沟村买过菜，也偷过菜。我们还看到过她在河那边，也就是果园边上的草棵里和男知青亲吻。我们都不怕她，如果在街头或村上看到她，我们都喊她胡萝卜。她通常都是微笑着的。她笑起来很美。她不笑的时候也很美。那时候，对于美，我们的认识很简单，好看就是美，能让我们心跳就是美。比如她洗澡的时候。胡萝卜在河里洗过澡，我们看过两次或者三次。她腰细，屁股大，奶子也大，我们只看一眼，就不敢再看了。我们把头埋在草棵里，气都不敢喘，只感到虎口发麻，心也发麻，难道这不是美？美就是使人难受的东西。这当然是去年的事啦。去年还有很多事，我不想去多说了。

胡萝卜走到河边，她隔着河朝我们望望，就撩起河水洗洗手。然后就唱起了歌。她好像用外国话在唱，我们听不懂。她唱了一会儿，又洗洗手，还洗了脸。我们不知道她想干什么。好在，她在洗第五遍手以后，就唱着外国歌走了。

"她会不会是里通外国的女特务？"三叫驴说。

"不像，"我说，女特务比她还好看。

"不错，女特务比她还好看，她怎么能像女特务呢？女特务有点儿像，像小会。"三叫驴气都粗了。

"胡说！"我踢他一脚，我还想再踢她一脚。我不愿他提小会，不管他说小会坏话还是好话。

三叫驴嗷嗷地吸着气，跟我翻了翻白眼。

"我们没有暴露目标。"等了一会儿，三叫驴又说。

是的，是我多疑。但是我还是又踢了他一脚，他敢说小会像女特务，这一脚是替小会报仇的。我踢他一脚之后，恶狠狠地说："你要是暴露目标，我枪毙你一百次！"

2

小会一辈子都没见过这么好的大苹果。

我一边朝裤子里塞苹果，一边想着小会要是看到这么多苹果，还不知有多高兴哩。

三叫驴爬到一棵苹果树上，他咬着牙，手脚一起用力，拼命地摇晃着树枝，树上的苹果就像下冰雹一样，噼噼啪啪砸到地上。我已经把三叫驴的裤子里装满了苹果。我已经开始往我的裤子里装苹果了。我和三叫驴在过河的时候，脱下裤子，用细麻绳把裤脚扎紧，裤子就变成一只分叉的大口袋了。大口袋能装很多苹果。

我让我的大口袋骑到脖子上。我对三叫驴说："你快点儿。"

可三叫驴像痴子一样，一动不动。我正要上去踢他一脚，我就看到一排粗壮的腿了。接着就是一阵乱七八糟的大笑。

我们被果园的知青抓住了。

3

　　果园的知青开始打牌。他们坐在苹果树下。我真担心苹果掉下来会砸碎他们的脑袋。

　　"苹果好不好吃?"那个上唇留着小胡子的知青没有打牌,他笑嘻嘻地问我。

　　我知道他没安好心。我紧闭着嘴不说话。我看到三叫驴也紧闭着嘴。但是三叫驴眼泪滚到脸上了。我就知道这家伙不坚强,他很可能马上就要把我出卖了。他很可能马上就要说,是二全让我来的。

　　我跟三叫驴瞪瞪眼。可他没有看到我跟他瞪眼。他只顾哭了。

　　小胡子看到三叫驴流泪,得意地哈哈大笑。小胡子说:"你怎么是个软皮蛋啊,没人打你也没人骂你,哭什么?老子问你话呢?说,苹果好不好吃?"

　　三叫驴终于说了,他说:"好吃。"

　　"这就对了。"

　　小胡子又走到我跟前,问我:"你说,苹果好不好吃?"

　　这时候,我和三叫驴被分别绑在两棵苹果树上,审问我们的小胡子我认识,他经常到我们村偷鸡偷狗,还偷猫。去年春天,他偷三叫驴家的鸡,叫三叫驴父亲老叫驴抓住了,老叫驴把小胡子吊在枣树上,一直等到果园的知青拎着酒来讲情,还不放他下来,最后,小胡子的尿被吊到裤裆了,屎也被吊到裤裆了,小胡子的尿尿顺着裤腿哗哗地淌。是小会父亲给他松的绑,他才被知青们抬着回去。小胡子被吊着的时候,他的脖子里,裤裆里,叫鱼烂沟村的孩子们塞满了泥土、瓦片和稻草,当时塞得最凶的是三叫驴,三叫驴还在他脸上啐一口。三叫驴已经承认苹果好吃了,可我不能承认。三叫驴是怕小胡子报复,我不怕,我没给他裤裆里塞稻草。

"苹果都敢偷,还不敢承认苹果好不好吃?"小胡子依旧是笑逐颜开的样子。

我知道他是笑里藏刀,他不会轻易饶过我的。

"好吧,你不吭声,我就不客气了。"小胡子果然原形毕露了,他用脚踢踢我的裤子。我的裤子在离我两步远的地方。我的裤子里装满了苹果。小胡子踢了几脚后,弯腰抱起了苹果。小胡子让苹果骑到了我的脖子上。

打牌的知青们都哈哈大笑了。

"乖乖,这一裤裆苹果不轻啊!有三十斤。"

"没有。"一个知青说。

"不止三十斤。"另一个知青说。

"你们发现没有,鱼烂沟村的裤裆又肥又大,男人女人大人小孩,都是大裤裆,知道为什么了吧?偷苹果。"

知青们又是一阵大笑。

小胡子说:"我不管它三十斤四十斤了,我要让这小子扛着他一裤裆苹果,一直到会说话为止。"

我看一眼三叫驴,他不哭了。他也看我一眼,就羞愧地低下了头。他虽然没有当一个可耻的叛徒,但是他已经承认苹果好吃了,这和叛徒又有什么差别呢?我不是不知道苹果好吃,谁不知道苹果好吃?小会因为吃一个苹果,让她父亲抽开了皮肉。她父亲是用火叉抽的。她父亲一边抽一边狂叫:"这苹果是你吃的!这苹果是你吃的！"小会的母亲也骂道："剁千刀啊，剁千刀啊，苹果是要卖钱的啊……"没有人不知道苹果是什么，鱼烂沟村的大人小孩都知道苹果好吃。鱼烂沟村的大人们还知道苹果能换来钱，有钱就能做很多事情。可是我不能承认苹果好吃。我知道果园的知青都很厉害，他们收拾苹果贼，跟老叫驴收拾偷鸡贼一样有办法。小胡子问我苹果好不好吃，这里一定有一个大阴谋。

小胡子解开三叫驴的裤带，让苹果从三叫驴的裤子里淌出来。又鲜又亮的苹果照得我眼花缭乱。小胡子拿一个大苹果，朝三叫驴嘴里一塞，说："吃吧。"

三叫驴真是不要脸了，他居然把一只苹果给吃了。他可是被绑在树上啊，他的手一动不能动，他是用嘴、下巴和肩膀，硬是把一只苹果给吃掉了。

小胡子又走到我跟前。我已经受不了了。我已经很累了。我满脸都是汗水了。小胡子看看我。我想，要是小胡子问我苹果好不好吃，我就告诉他，苹果好吃。可是小胡子不问我了。他跟女知青胡萝卜招招手。正在看打牌的胡萝卜就走过来了。小胡子说："你看，这小子出汗了，这小子马上就要受不了了，这小子马上就要叫喊了，你看，你看，他嘴都歪了，他就要喊了，喊啊，喊啊，你喊啊，你怎么还不喊？哈哈……"

女知青胡萝卜也咯咯地笑了，她的牙齿多白啊。

小胡子又跟女知青说："这样行不行？"

女知青胡萝卜撇撇嘴，然后，然后女知青胡萝卜没有说话。

小胡子说："好，先不管他。"

他们俩又要走了。他们又要去看打牌了。他们又会很长时间不管我了。他们再不管我，我真的要累死了。我听到一个声音在说：

"苹果……好吃。"

"你听,这小子说话了!"小胡子说。

"我怎么没听到?"女知青说。

"苹果好吃。"我又拼命说一句。

"说了,我看他嘴动了!"小胡子有点兴奋。

"不错,他嘴巴是动了,可他说什么呢?"女知青大声问我,"你说什么?"

"苹果好吃。"

"他说苹果好吃!"女知青也兴奋地说,"他说苹果好吃!"

我听到了乱七八糟的笑声像苹果的香味一样此起彼伏。

4

"吃吧,吃吧,你不是说苹果好吃么?你就吃一个解解馋吧。"小胡子把苹果朝我嘴里塞。那只苹果又大又光,半边呈暗红色,蒂上还带一片绿叶。我仿佛听到苹果在说,你就吃了我吧。

但是,苹果从我嘴里掉下来了。

小胡子又捡起苹果。小胡子说:"三叫驴都吃了,你怎么不吃?吃!"

我不是不吃,是我没有咬住。但是,我看到小胡子很凶,他手里还多了一根柳树条。

小胡子说:"好吧,我让你把手解放出来。我让你把苹果吃个够!"

小胡子把我松绑了。也给三叫驴松了绑。然后,小胡子又用绳子把我和三叫驴的腿拴在一起。

小胡了把我裤子里的苹果堆在我面前，把三叫驴裤子里的苹果堆在三叫驴面前。

小胡子用柳树条在三叫驴背上抽一下，三叫驴叫一声。小胡子又用柳树条在我背上抽一下，我也听到我叫一声。接着，我就听到女知青快乐的笑声了。女知青胡萝卜说："好玩！"

小胡子说："好玩吧？好玩还在后头哩。"

啪。啪。柳树条在三叫驴的背上叫了两声。三叫驴也叫了两声。啪。啪。柳树条又在我背上叫了两声。我也听到我叫了两声。女知青把腰都笑弯了。女知青胡萝卜把脸都笑红了。有什么好笑的呢？我背上火燎燎地疼，我能不叫吗？我讨厌胡萝卜的笑，她脸红跟苹果一样，我真想咬她两口。

小胡子说："好玩吧？我说过，我要替你报仇，你还不相信，你相不相信？"

女知青胡萝卜说："我相信。"

女知青胡萝卜又说："要是大白麻子就好了。我就解恨了。"

小胡子说："大白麻子是大人，又是女的。"

女知青胡萝卜说："我知道大白麻子是大人，我是说，这两个小孩，要是大白麻子家的，就行了。"

小胡子说："这好办，问问他。"

女知青胡萝卜用脚踢我腰，说："你妈脸上有没有麻子？"

我说："你妈脸上才有麻子！"

女知青胡萝卜又去踢三叫驴两脚，说："你妈脸上有没有麻子？"

三叫驴说："我妈脸上没有麻子。小会她妈脸上有麻子。小会她妈叫大白麻子。"

吴小丽一周的琐屑生活

女知青胡萝卜脸上有些失望,她狠狠地骂了一句大白麻子,然后说:"她敢骂我小骚货,敢骂我日千人,她敢骂我×里爬蛆,她一脸大白麻子,敢骂我!"

我知道了,女知青胡萝卜从前偷过小会家的大葱,这是很多人都知道的。小会她妈,就是那个大白麻子,可是我们鱼烂沟村有名的厉害女人,谁要是惹了她就倒霉了,非把你家骂得锅底朝天。大白麻子在不久前赶集的时候,碰到了女知青胡萝卜,大白麻子跟在女知青胡萝卜身后,一直骂了几里路。许多人都在津津乐道大白麻子的这次追骂。

女知青胡萝卜还在喋喋不休地说:"她敢骂我,你不知道那个女人多凶,多烂,多脏,她什么话都敢骂,我真想找一根针把她嘴给缝起来!"

小胡子说:"这还不好办?苹果熟了,抓住鱼烂沟村苹果贼,一个一个收拾。"

小胡子把手里的柳树条递给女知青胡萝卜,说:"抽他!"

女知青胡萝卜就甩着柳树条走来了。女知青胡萝卜穿一条黄军裤,一件很小的白衬衫。她的黄军裤让她改瘦了,把屁股裹得紧紧的,就像一只大苹果。她的白衬衫是那种脱袖子的,胸前也绷得紧紧的,也像藏着两只大苹果。她甩着柳条向我走来了,我看到她的腰像柳树条一样软软的,胸脯一抖一抖的。

女知青胡萝卜把柳树条举在我头顶。我已经准备她抽了。可她没有抽,我抬头看看,只看到她飘动的腋毛。

女知青胡萝卜说:"我不敢打人,你让他们吃一百个苹果!"

"好吧。"小胡子抽我一下,"吃苹果!"

小胡子又抽三叫驴一下:"吃苹果!"

我和三叫驴就开始吃苹果。

小胡子和女知青胡萝卜就隔着苹果在我们面前坐下了。

不知什么时候，打牌的知青们都走了。小胡子和女知青胡萝卜肩挨肩地坐在一起。他们两人的手也绞在一起了。

我吃第一个苹果很甜，吃第二个苹果也很甜，吃第三个苹果还有点儿甜。不知从第几个开始，苹果不甜了。苹果又涩又苦。三叫驴比我吃得快。我在吃第一个苹果时，他已经吃第二个了。我在吃第二个苹果时，他已经吃第四个了。我感到苹果又涩又苦的时候，我听到三叫驴说："我不吃了。"

小胡子就猛抽一下三叫驴，说："吃！"

三叫驴又吃了一个苹果。三叫驴流着泪，说："我要撑死了，我不能再吃了。"

小胡子说："你不是说苹果好吃吗？苹果好吃你就得吃，你偷多少吃多少，不要客气，吃吧，吃吧吃吧。你他妈吃啊！"

小胡子又啪啪抽了三叫驴三柳条。

三叫驴哇哇叫两声。三叫驴在叫第三声时，他开始哇哇呕吐了。三叫驴把吃进去的苹果大口大口吐出来。他吃得太多了，他吐的不可遏制。

女知青胡萝卜掩住鼻子，说："脏死了。"

女知青胡萝卜拉着小胡子跑了。他们弓着腰，躲着苹果和树枝，往果园深处跑。他们夸张的扭动的身影我很快就看不到了。我只能听到女知青尖锐的笑声了。

5

  我看到小会的时候,她正挑着两架筐青草从湖里走来。

  我也是下湖割草的。我母亲骂我好几遍了。她骂我是十岁长八岁,越长越败类。说我哪里像个十三岁的孩子。说你看人家小会,几天割那么多草,一个大草垛啊。说今年种马场收草的价格涨了半分钱。母亲跟我说这么多,她只想我能像小会那样拼命地割草。我不能让母亲失望,要不了几天,我也要割一个大草垛。但是现在,我不想割草。我想送一个苹果给小会。我架筐里放着两个大苹果,是昨天从果园偷来的。昨天的情形你都知道了。知青们突然不管我们了。我们如愿以偿地偷来了苹果。

  小会就要走到我跟前了。她的扁担上挑着两筐青草,青草在扁担上有节奏地跳跃。

  小会在前面的五步桥上歇息了。这正是我希望的。我几步就走到了五步桥上。我对正在擦汗的小会说:"小会,给你两个苹果。"我说着,就把苹果送到她面前。

  小会脸突然红了。小会小心地四下里望望。小会脸上就露出了一点点笑。小会说:"你偷苹果啦?"

  我说:"偷啦。"

  小会说:"这么大了,还偷苹果!"

  小会的眼睛闪烁不定。她的手扶着扁担,又放到腰上,最后在脸上擦了擦。小会说:"我不吃!偷来的苹果,谁爱吃!"

  小会挑着草走了。小会的扁担软抽抽的。小会长长的辫子在她的腰上抖来荡去。

我有点儿羞愧，还有点儿失望和悲伤。

在村上，或在湖里，再次见到小会的时候，我就情不由衷地躲开了。

有一天，是个很热的中午，我头带柳条帽，潜伏在扁担河边，朝河北的果园里张望，满枝的苹果真的熟了，果园里翻江倒海的香味经久不息。我不敢再到河北去偷苹果了。果园里经常有人影闪动，他们加强了防盗，日夜都有人巡逻。我只能闻闻苹果的香味了。实际上，我不想冒险去偷苹果，还有一个原因是小会不吃我偷来的苹果。她不吃苹果，我还偷苹果干什么呢？算了，还是割草去吧。就在这时候，有一只苹果，落在我面前的草棵里了。

小会戴着一顶草帽，穿一条旧一点的黄军裤，站在我身后，在夕阳下正灿烂地微笑着。

她的笑相当迷人，她的眼角和现在的样子，接近于狐狸。我心跳开始加快了。

"给你吃的。"小会也在我身边趴下了。小会说："你在看什么？"

我不想说偷苹果。我说："你看。"

在河的那一边，女知青胡萝卜和男知青小胡子，正手牵手地向河边走来。小会显然也看到了他俩。小会的脸上被夕阳涂上了一层晕红。

拉车人车小民的日常生活

1

车小民坐在夕阳下,看着太阳一点一点地滑下树梢。

车小民就这么看了一会儿,把目光又回落到大街上,那是一条灰头土脸的大街。大街两边是城里的机关和商店,再朝远处一点,就是城东的药材市场和繁华的百货公司。车小民等着大街上走来一个体面的人,喊他们一声,拉货啦!

可是,车小民一直没有等来这一声喊。

车小民手里拿一块石子,在地上胡乱地写字。别人不认识他的字。他自己认识。那些圈圈点点、曲里拐弯、奇形怪状的字都是一个字:钱。

太阳就要落山了。一天就要过去了。他这天一分钱没挣到。

在他身后,就是那辆板车。板车在夕阳下比车小民要安静一些。车小民已经够安静的了。可他眼皮还在动,说不定他心里还有一点点心思。

在他那辆板车的后面,是一大片板车。在一大片板车中间,就是拉车人了。他们围成一团,正打一副扑克牌。

车小民是第一个拉着板车回家的车夫。

他老婆包明珍等着他拿药回家。

他老婆包明珍病了。其实也不是什么大不了的病,就是不停地咳嗽。车小民早上就是被包明珍的咳嗽声叫醒的。包明珍的咳嗽声像没有蒙好的鼓,发出喑哑、沉闷、短促的声音,有时还伴着咔咔的金属般的回声。包明珍一般都要忍着,不让咳嗽声太响亮。但是,很多时间,她只能忍两声,接着便暴风骤雨一样地席卷而来。这时候,包明珍趴在炕沿上,伸长脖子,不容她回一口气。包明珍在每一次忍受了剧烈的咳嗽后,都会有一种胜利的感觉。但是,今天,包明珍再怎么忍,脖子伸得再怎么长,咳嗽声就像连珠炮一样停不下来。车小民看着老婆咳嗽,手里端的一碗冷水把他手腕都累酸了。车小民拉板车能拉八百公斤,将小腿一样粗的板车柄握在手里拉走几公里也不感到手腕酸,可他端着一碗水把手腕累酸了。车小民看一眼外面放亮的天,对包明珍说,我拉车去了,要是挣到钱,我买药给你吃。

包明珍回答他的依然是一连串的咳嗽,她只能回答他咳嗽。

可是,今天真不凑巧,竟然一分钱没挣到。

没挣到钱,自然就没有买药。没买到药,他还得听老婆的咳嗽。老婆咳嗽的时候,他的心一紧一紧的。现在,他拉着板车,车轮在他身后发出和土路碰撞的声响,这响声也有点儿像老婆的咳嗽。车小民的脚步因此就失去了弹性，因此就并不轻松。

车小民把板车拉到家，两个孩子就围了上来。七岁的女儿掏他左边的口袋，五岁的儿子掏他右边的口袋。车小民的口袋里空空的，两个孩子什么都没有掏到。他们并不感到失望，也许是他们太习惯了。他们还有一个习惯就是爬到板车上去玩。包明珍出来呕喝两个孩子，包明珍说，让你爸歇一阵。

车小民发现老婆不咳嗽了，脸上均匀地覆盖着一层土灰色，甚至还有一点儿平静。

包明珍说，你买药啦？我让你不买不买，你不听我话就走了，这不是不咳嗽啦，这不是好啦。

车小民说，今天没拉到钱。

包明珍心跳停顿了一下。包明珍说，我煮一锅面皮，等着你回来吃哩。

不过年也不过节，吃什么面皮。

而两个孩子不等大人发话，就往屋里冲了。

车小民和包明珍听到两个孩子抢碗的噼啪声。

这时候，天就完全黑了。

晚饭过后，接着就是睡觉。车小民让儿子骑在肚子上，快乐地说，乖乖，你把我肚子里的三碗面皮挤出来了！儿子咯咯地笑着。儿子说，我要听爸唱歌。

车小民说，我昨天教你识数，你能数到几？又忘啦？再教。一二三四五，打倒大地主，六七八九十，打倒蒋介石。

女儿爬过来说，我会我会！一二三四五……

车小民一脚把女儿踹回去，谁叫你数啦？睡觉！包明珍拉过女儿，说，招兵，睡觉。招兵小声地说，一二三四五，打倒大地主……

　　爸，招兵数数啦！

　　让她数，咱数别的。儿子，听好啦，一二三，三二一，一二三四五六七，七加八，八加七，还有十九加十一。

　　就在车小民数数声中，儿子睡着了。和儿子一起睡着的，还有趴在地上的两头猪。

2

　　半夜，包明珍爬到丈夫身边。

　　车小民把包明珍搂过来。车小民的手摸到了她的乳房，那是他了如指掌的东西，十年前，他第一次在触觉上感受了它，那天晚上打谷场上的电影不是战争片，也不是反特片，而是让村民们十分反感的外国片。车小民的左侧就站着包明珍，包明珍的胳膊贴着他的胳膊，他试探性地抚摸她，她没动，他那只手就滑到少女的乳房上，他感觉它是那样的凉。他第一次出神地看着它，是在两年后他们的新婚之夜，她裸露的肌肤如水般平滑。自那以后，他时时欣赏它、抚摸它、亲吻它，并看着它哺育了他们的孩子。而他也看着它失去了原有的挺实和缎子般的光洁，渐渐地变得更胖、更圆、更重，变得像他熟悉的一个旧靠垫一样，虽然不值得注意，但他感到很舒服、很温暖。

　　包明珍快乐地呻吟着，却突然咳嗽一声。

　　车小民不动了，他似乎在等着她第二次咳嗽。

　　包明珍的这声咳嗽真不是时候，她这声咳嗽让车小民就像泄了气的轮胎，一步也走不动了。

车小民滚到了一边,说,你咳嗽了。

包明珍说,没事。

于是两口子开始说一些别的话。

他们开始讨论给儿子起名字。

车小民说,招兵生下来时,我给她起名叫招兵,这不,把儿子给招来了。现在,我们家穷,连牲口都没有,我看王村长家,有机器,有面粉加工厂,还养着两头奶牛,咱们儿子就叫买马吧。

这名字好,包明珍说,我说咱家咋就翻不了身,都怪儿子名字没起好。你看村西张二家,儿子叫发财,这两年,果真就发了大财。

瞎说,张二家发财,是他妹婿的姑爷当上了镇里的书记,好工程都让他干了。

反正他儿子叫发财,包明珍说,对了,村长过晌来了,他让咱家交四百块钱提留款。

去年不是三百六吗?

村长就涨了。村长说人民生活水平在提高,提留款也水涨船高。

我们家还有多少钱?

没有钱了,本来还有一块三,我让招兵打了半斤煤油,还有五毛五。

屋里的猪很识时务地哼一声。

车小民说,那头大猪,有两百斤了吧?

我看不止,至少有二百三。

明天卖了吧,车小民又说,这几天车不好拉。

3

　　车小民家的那头大猪，出人意料地卖了二百六十八斤。车小民怀里揣着四百八十二块四毛钱，把招兵和买马放在板车上拉着。招兵大声地说，爸，那边有卖油糖果子的。

　　车小民说，好，称二斤。

　　车小民称了二斤油糖果子，分成两包，招兵一包，买马一包。他在分包时，给买马多包了一根。车小民歉疚地说，招兵，你是大姐，你带买马慢慢吃。车小民拉着板车，穿过县城最繁华的解放路，他在路过药材交易市场时，心想，要是有人要我拉货，再挣三块钱，给老婆也称一斤油糖果子。可是，药材市场门口那么多人，没有人喊他拉货。车小民刚把脚步放慢，路边的交通警就盯着他看了，这儿是交通要道，不许乱停乱放，他怕被交通警罚五块钱，赶紧走了。他把板车拉到了城东的集结地，把板车停在几十辆板车的后边。

　　招兵说，爸，我要回家。

　　我找不到家。

　　我能找到，我和妈来过。

　　不行，等一会儿咱再回家，等我拉趟货，给你妈也买一斤油糖果子。

　　买马说，我也要吃一斤。

　　你吃过一斤，车小民把买马从车上抱下来，又说，那就让你再吃一根。

爸，我想吃两根。

好吧，就让你吃两根。

爸，我想吃三根。

不行，你都吃一斤了，就让你吃两根。

车小民真是走运，他和另外两个拉车的，被一个老客户叫去拉黄芪了。临走时，车小民对两个孩子说，在这儿好好玩，等我回来，带油糖果子给你们吃。买马，听你姐话，不听话我不让你吃油糖果子。

买马赶紧说，我听话。

车小民从客户手里接过三块钱，就像接过一斤油糖果子。车小民心里已经好久没有这么舒坦过了，他把三块钱全买了油糖果子，油糖果子两块钱一斤，三块钱买了一斤半。

车小民把两个孩子抱到车上。车小民分给招兵一根油糖果子，分给买马两根。车小民说，吃吧。买马把油糖果子咬得咯吱咯吱响，招兵却把油糖果子拿在手里没有动。车小民说，招兵，你怎么不吃？招兵，你……好吧，再给你一根。吃吧吃吧。车小民把剩下的油糖果子包好，放在板车上。车小民快乐地说，这是你妈的。车小民拉着板车，出了城，拐到通向纸房村的小路。

车小民一边走一边算账：卖猪卖了四百八十二块四毛钱，交村里四百块钱提留，还剩下八十二块四，买二斤油糖果子花了四块，还余七十八块四，这七十八块四怎么花呢？对了，再买一头小猪，大约要花十五块钱，要是老婆咳嗽病犯了，就拿这钱去买药。

车小民把这笔账在心里算了好几遍。他上过扫盲班，认识不少字，不过，没上扫盲班时他就会算账了。他最后决定，买一件羊毛衫给老婆。

车小民把板车拉进村。有人问，小民，猪卖了多重？

二百六十八！

小民，没打二斤肉吃？

没打，买了油糖果子。

不错不错！

车小民把车拉到家门口，大声喊道，回来啦！

包明珍从屋里应声而出，她脸上的笑有点儿惊慌，因为她不知道猪卖了多少钱。

乖乖，二百六十八斤，咱家猪压秤！

打了多少钱？

四、百、八、十、二、块、四！车小民一字一顿地说。

包明珍脸上就绽开了笑容。

看看，我给你买了什么，一斤油糖果子！

给买马吃就行了，我还吃什么油糖果子啊！包明珍笑逐颜开地走到板车跟前，我都好几年没吃油糖果子了，啥味都忘了。

车小民抓起那只塑料袋，塑料袋是空的。车小民大惊失色道，我的油糖果子呢？

买马咽一口唾液。

招兵也咽一口唾液。招兵说，是买马要吃的。

买马说，招兵也吃了。

你两个，把你妈的油糖果子偷吃啦？车小民愤怒地抽了招兵一个耳光。你气死我了，你两个一人吃了一斤多，还没吃死啊！看我不揍死你！

招兵脸上起了五个红指印。招兵的眼泪吧嗒吧嗒地滚下来。

包明珍把买马抱下车。说，吃就吃了，谁吃还不是一样。

吴小丽一周的琐屑生活

车小民钻进屋里，从裤裆里掏出钱，把钱数得嚓嚓响。其实他已经数过好几遍了，不会多，也不会少的。不过，数钱的滋味真好。嚓，嚓，嚓，钱的声音和别的声音不一样，钱的声音像糖，像蜜，是甜的。就是说，数一遍钱，就等于吃一块糖，就等于喝一口蜜。难道不是吗？车小民的脸比吃一块糖还甜，他的笑，就像喝了一大碗蜜。车小民当着包明珍的面，把钱数了两遍，在第三遍数到一半时，车小民把手停下来，他看了眼包明珍，包明珍眼里有闪闪发光的东西，车小民就把钱朝包明珍怀里一塞，说，让你数一遍！

包明珍脸红一下，她接过钱，手指头放进嘴里蘸一点儿口水，一张一张地数。显然，她没有车小民会数，她数钱的动作有点儿笨拙。

不是这样的。车小民抢过钱，说，是这样的。瞧，你瞧瞧，是这样！

包明珍又把钱抢过来，我偏要这样数！

车小民就幸福地看着包明珍数钱！

天要黑时，车小民把欠村里的钱送到了村会计家。车小民回到家时，交给包明珍两包老鼠药。车小民说，会计让我买的。

村长不是卖过两包给咱家吗？

会计让我买我能不买？他还敬我一支烟呢。

你又不抽烟，敬你一支烟，你就买他两包老鼠药，要是敬你两支烟，你要不要买他四包老鼠药？算了，我不跟你算账了，反正用得着。

不，要算！从前，我教你算账，你都不会算，你脑瓜比猪还笨。现在，你会算账了，你说，要是他敬我五支烟，我该买几包老鼠药？算算看？

包明珍憋了一阵,说,不跟你算了!

车小民哈哈大笑。

车小民的笑声从屋里一直飘到屋外。

4

车小民去市场买了一头黑猪,小黑猪有猫那样大。车小民把小黑猪抱在怀里,在路过昌盛饭店门口时,他闻到了油糖果子味。车小民站在昌盛饭店门口,看着那口正在炸油糖果子的铁锅里冒着香甜的油烟,车小民用鼻子悄悄地吸几下。铁锅旁边是一竹箧金灿灿的油糖果子,车小民想买一斤,不,他想把一竹箧子油糖果子全端回家。这时候,招兵脸上那五个红色的手指印就清晰地浮现在他眼前,就是说,他看到油糖果子时,想到了招兵买马吃油糖果子时的那种馋相,不过车小民最终还是没买,他已经花十六块钱了。他怀里抱的那头小猪崽花了他十六块钱,除了交村里的提留,十六块是他家今年最大的一笔支出。

车小民没敢在昌盛饭店门口多停留,他抱着小黑猪回到他的板车上。他把小黑猪的四条腿扎起来,小黑猪就像被宰一样的哇哇叫。车小民说,你叫什么叫,你又不是书记,还能有小轿车给你坐?你连村长都不是,你要是村长,我就让你蹲自行车。旁边的车夫哧哧地笑几声。又夸小民这头小猪崽个头不错,油黑油黑,能放大个子。车小民就得意地说,我前天卖的那头大猪,看不上眼的个子,卖了就算三百斤!又牛气地说,我老车,还能看走眼?

车小民把小黑猪放在板车上拉着,一路哼着什么歌。车小民的幸福是显而易见的,就像歌声一样。在车小民的四周,到处簇拥着欢乐的分子。阳光也很生动地照耀着他和他的板车以及车上的小黑猪。六月的亚高原上,阳光格外灿烂,路边山坡上的洋芋绿油油,水灵灵,也露出丰收的样子。车小民把脚下的黄土走得烟尘腾腾。

车小民到村头时,看到招兵牵着买马,招兵和买马迎着他跑来,招兵和买马的脚下也烟尘腾腾。车小民就停下车,让招兵掏他左边的口袋,让买马掏他右边的口袋。招兵从左边口袋里掏出一块糖,买马从右边口袋里也掏出一块糖。招兵爬到板车上,买马也爬到板车上。

车小民老远就看到了包明珍的笑,包明珍的笑像阳光一样金灿灿,像洋芋一样绿油油。车小民大声说,十六块!

又是小黑猪啊?不是说买头小花猪玩玩的吗?

这头小猪个头不错,身子长!

不是说照十五块钱买的吗?

多花一块也不屈!你瞧瞧就晓得了。

车小民把小黑猪放到院子里,小黑猪腿可能被捆麻了,摇晃一下才站起来,小黑猪站起来就在院子里乱窜。墙根那儿的丝瓜架下,还有一头猪,这是一头近一百斤的猪。车小民家院子里长年生活着两头猪,两头保存梯队状,等到明年的这时候,那头大猪就长到二百来斤了,刚买来的这头小猪,也就是现在的这头大猪那么大了。

车小民不知从身上的什么地方掏出一颗糖,悄悄塞到包明珍手里。

包明珍娇羞地笑着。包明珍看一眼招兵,招兵手里正在叠一张糖纸,包明珍看一眼买马,买马嘴里咯吱咯吱地嚼着糖,包明珍就把那块糖握在掌心里,包明珍感觉到了糖的甜味,包明珍脸上也像糖一样甜。她也蹲在门空里,看着小猪崽在院子里散步。小猪崽就像老熟人一样地在院子里走走停停,不时地用鼻子在地上拱。包明珍用胳膊抵一下身边的车小民,说,你看它,就跟到家似的。车小民说,这就是它家,你看,它要上大猪那儿了。包明珍把胳膊搭在车小民的胳膊上。车小民说,让招兵看到了。包明珍说,就你乱想!说完,脸红了。车小民看着包明珍,嘿嘿地笑。包明珍说,我晚上做面皮汤吃,已经三天没沾油了。包明珍又说,我头发乱死了,我梳梳头去。车小民还是咧着大嘴笑,他看着包明珍站起来,看着包明珍的屁股扭着进了屋。

包明珍拿一把木梳梳头,包明珍是长头发,做姑娘时就是长头发。车小民说,你要穿条裙子,像城里人哩,城里人都是长头发。这是很多年前的话了,包明珍一直记在心里。包明珍把木梳上喷一点儿水,站在相框前梳头。包明珍没有镜子,从前是有一面镜子的,让买马两岁那年用小铁锤敲碎了,本来还留一块镜片,也给招兵和买马玩捉老鼠时弄没了。不过,包明珍梳头的时候,或者洗完脸的时候,喜欢站在相框前,那是一个很小的相框,是她十六岁那年买的,相框里有她十六岁时的一张照片,她很喜欢自己照片上的样子。没事的时候,或者心情好的时候,她就站在相框前看自己十六岁时。包明珍对她的十六岁印象特别深,那年夏天在打谷场上,在看电影的时候,她让车小民抚摸了她,第二天,她就进城照相片了,照了相片,又买了相框。这是她唯一的一张照片,照片上的包明珍天真地笑着,把眉毛都笑弯了,眼睛亮汪汪的,还露出一排整齐而洁白的牙齿。

车小民的脚步声在她身后停下了。包明珍说,我和照片上一点儿都不像。车小民说,招兵和买马跑出去玩了……咱也……包明珍说，等吃过面皮……包明珍还没有说完，就让车小民抱走了。车小民像扔一包棉花一样，把包明珍扔到了炕上……

5

买马突然在院子里哭起来。

车小民随便抓一件衣服扔到包明珍的身上。

车小民跑到院子里，看到小黑猪在拱买马的脚，车小民就笑了。车小民说，儿子，踢它，踢它一脚！看它那小猪样！

没等买马踢，小黑猪就到别的地方拱了。可买马还是哭。车小民说，叫猪崽子咬啦？车小民笑哈哈地走到儿子跟前，查看了儿子的脚。没事没事，又没让它咬一口，哪像男子汉？儿子，不哭了，明天买糖给你吃。

可买马还是哭。

包明珍说，来，让妈看看。

包明珍把买马抱在怀里，包明珍惊叫一声，哎呀，儿子好烫啊！

车小民说，我试试。车小民摸摸儿子的头，说，发烧了。

包明珍突然愤怒了，包明珍气咻咻地嚷着，怎么会发烧呢？啊？迟不发烧早不发烧，偏偏这时候发烧，这不是坑人吗！你看我刚卖了猪是不是？你看我那几个钱难受是不是？你这个讨债鬼啊！你这个讨债鬼啊！

包明珍抱着买马就往外走，车小民知道包明珍是去村里的小药房的，车小民也就跟着去了。村医生说买马的病是肺炎，要打针，还要吃药。

包明珍眼里闪着泪花。包明珍说，光吃药不行啊？不打针不行啊？

村医生说，肺炎这种病发展起来很快，要抢先治，误了时间会耽误的。

包明珍说，那就治吧。包明珍又问，要花多少钱？

村医生说，肺炎这种病很厉害，要先退烧，后治病，五十块钱恐怕打不住。

要这么多啊……包明珍抽一口冷气。包明珍又坚定地说，那就，治！

村医生说，肺炎这种病，要用好药。这样吧，你家又不是村长家，你家也没有多少钱，我不赚你家钱，就收五十块，可以了，我可从来没收过这么低的药费。要是村长家小孩生病，我不收他三百才怪呢。他们家不在乎，他们家有的是钱。

村医生在给买马打吊水的时候，又强调说，肺炎这种病，耽误不得，一不留心就会引起并发症，那就不是三十五十能打得住的了。

村医生的话，让包明珍非常感激。包明珍觉得自己家幸亏不是村长家，不然就要花三百块钱了。

村医生继续说，肺炎这种病，讨厌得很，它有点儿像小感冒，一般的小医生，是识不透的。你儿子这肺炎不要紧，我今天给他打一针，明天再给他打一针。明天那一针，你就不用带儿子来了，我到你家去，省得让孩子来回跑。这是药，你拿着，黄的一次吃一片，白的一次吃两片，一天吃三次，吃三天就行了，吊针有两瓶也够了。肺炎这种病……

买马两只眼睛盯着输液管，盯着药水一滴滴下来。这孩子不怕打针，从小就不怕打针，好像天生就喜欢打针似的，这让包明珍特别不高兴。

包明珍从身上的某一个口袋里摸出一颗糖，她小心地剥开糖纸，把那颗糖塞到买马的嘴里。包明珍不想让车小民发现，可车小民还是发现了。车小民发现这颗糖正是他带给包明珍的那颗。包明珍没舍得吃，她把这颗糖留给了买马，买马一点儿也不自觉，他一点儿也不客气地把这颗糖嚼吧嚼吧就吃了。车小民嘴里咽一口唾液，他那尖尖的喉结夸张地滑动一下。包明珍说，你回家还是我回家？她又接着说，还是我回家吧，我回家做面皮汤。

包明珍回家做面皮汤去了，包明珍在家把一锅面皮汤做好后，她的咳嗽病就犯了。包明珍的咳嗽病说犯就犯，受凉也犯，受暖也犯，生气也犯，高兴也犯。说不上什么时候犯，反正包明珍已经习惯了。

包明珍没有把晚饭吃安稳，她咳嗽得连碗都端不住了。车小民真是不解，刚才在村药店还是好好的，放屁的工夫，就咳嗽成这样了。车小民心疼地望着包明珍，说，你连一颗糖都舍不得吃！

晚上睡觉，买马还要骑在车小民的肚子上。车小民在心里说，儿子儿子，你真不争气，好好的，你生什么病呢？你真不争气啊，我的臭儿子，我的香儿子！

炕那头，包明珍顽强地和咳嗽做斗争。她趴在炕沿上，把脖子尽量伸长，那样，咳嗽似乎就顺畅一些。咳嗽声有时候像急鼓催兵，有时候像爆炒黄豆，而更多的时候像敲响一面破锣。车小民让儿子骑在肚子上，车小民轻轻地唱歌给儿子听：

小花鸡，跳磨台，哪里天巴到小媳妇来，多吃多少及时饭，多穿多少可脚鞋。小花鸡，跳磨道，哪天巴到小媳妇到，多吃多少及时饭，多睡多少回笼觉……

儿子在车小民的歌声中和包明珍的咳嗽声中睡着了。

车小民也在包明珍的咳嗽声中睡着了。

6

车小民碰到了一个大客户，正在讨价还价的时候，天上突然下起大雨，大雨把车小民给淋湿了。车小民恨死了这场雨，没有这场雨，他就赚到钱了，即便是在梦里，能赚到钱也不容易啊，现在赚钱太难了。车小民没听到包明珍咳嗽，她是咳嗽得太累了，她现在正睡得香呢。车小民翻一个身，身底下湿了一片，他才知道，梦里的雨，其实是买马的尿，买马尿床了。是买马的尿把他生意给尿跑了的。车小民随便摸到了一件衣服，塞到身底下，他是小心做这件事的，他怕把包明珍吵醒。

天已经麻麻亮了。车小民悄悄起了床，他知道，今天板车好拉，梦反梦反，大人的梦都是反的，梦里下雨，就是晴天。外面果然是晴天。梦里没拉成车，今天就会有好生意。

车小民看了眼包明珍，包明珍的头发乱乱的，脸上有一种疲惫的神色，包明珍已经不像年轻时那么年轻了，她脑门儿上刻着细细的皱纹，嘴两边有两道弧形的深沟，沟里面流动着岁月的风霜。其实，包明珍才二十八岁，二十八岁的包明珍还应该有点儿风韵的，不是吗？包明珍圆领衫里的两只大乳，就像安详熟睡的两头小猪。车小民看着两头小猪，心里很踏实，很温暖。他真不想去拉车，他真想好好和老婆睡一觉。可是包明珍醒来的咳嗽声让他害怕，让他揪心。有时候，车小民真担心包明珍会把嗓门给咳嗽断了，会把肚里的五脏六腑给咳嗽出来。车小民的担心显然是有道理的,车小民还从没听过有谁的咳嗽像包明珍这样持久和剧烈。车小民又看了眼儿子,儿子流着口水,正吧嗒着嘴。车小民的大手在儿子的小脑瓜上试试,儿子不烧了。村医生还真管用。车小民没有看女儿,他看了眼炕头的地上,两头猪正挤在一起睡。那头小黑猪真懂车家的规矩,偎在大猪的肚子上,好好地睡了。

车小民拉板车悄悄地出了门,悄悄地出了村。离开村口时,他听到了包明珍的咳嗽声。车小民犹豫了一下,放开脚步走了。村子离他越来越远,县城离他越来越近。

车小民把板车拉到模具厂门口时,被一个骑摩托车的追上了。摩托车吱扭一声挡住了他的路。青年愤怒地说道,你这人怎么回事?耳朵聋啦?我喊你十几声,你没长耳朵啊?我一巴掌扇死你!

车小民赔着笑脸,想绕过摩托车。

青年说,你看你看,你还笑!你不是拉车的呀!回去!回头走,我收了一车药,你给我拉到药材市场去。

原来是生意来了!车小民笑着说,好哩好哩。

这趟车拉得把车小民牙都喜掉了。那个脾气火爆的青年,出手意外的大方,给了他六块。六块钱啊!有时候一天也拉不到一分钱,有时候两天也拉不到一分钱,有时候三天也拉不到一分钱,而有时候,路打路撞就拉了六块钱!

有了六块钱垫底,车小民中午破例地吃了一块钱一碗的辣汤,他把从家里带来的面馍泡在辣汤里,辣汤又浓又香,是岷县县城最好的辣汤。车小民慢慢吃,慢慢地品咂,越吃越好吃,吃着吃着他就想起了包明珍,想起了招兵和买马,他们还没有吃过饭店的辣汤呢。他们还没尝过饭店辣汤的滋味呢。车小民想象着,要是买马,能吃三碗，乖乖，三碗，会把他的小肚子撑成大皮球！车小民喝完最后一口辣汤，他就决定了，他决定晚上回家时，买二斤油糖果子，还要买五毛钱糖块。不论下午赚不赚到钱，二斤油糖果子和五毛钱糖块都要买。

车小民回到车行，就盼着下午能有生意来。他坐在板车上，两眼盯着解放路上的行人，希望他们中能有人来叫车。车小民的心情从来没有像今天这样急切，原因当然不言自明，他要买二斤油糖果子，还要买五毛钱糖块。

车小民没有赚到钱。

不过赚钱对于今天的车小民来说，已经不是特别重要了。重要的是他兑现了自己的诺言，他买了二斤金灿灿的油糖果子和五毛钱花生糖。车小民把二斤油糖果子包好，用绳子抓紧在板车上，五毛钱花生糖分装在身上的三个口袋里，左边和右边的口袋是留给招兵和买马掏的，另一个口袋是给包明珍留着的。

车小民拉着板车，出城了。

拉车人车小民有点儿喜气洋洋，有点儿兴高采烈。他眼下不停地出现招兵和买马，还有老婆包明珍。招兵和买马在村口迎着他了，他们冲上来，招兵掏他左边的口袋，买马掏他右边的口袋。招兵掏到一把花生糖，买马掏到一把花生糖。他们那个高兴啊，那个高兴啊，还有包明珍，包明珍不咳嗽了，她把二斤金灿灿的油糖果子分一根给招兵，分一根给买马，包明珍也金灿灿地笑着，金灿灿地笑着……拉车人车小民脸上也金灿灿地笑着。拉车人车小民听到一种声音在说，他们多高兴啊，他们多高兴啊……可是，就在这时候，车小民听到一声刺耳的呼啸……车小民感到自己就像鸡毛一样飘起来了……

吴小丽一周的琐屑生活

这天晚上，招兵和买马没有在村口等到车小民。

在城郊的人民桥头上，有一堆四散的已经被各种车轮碾碎了的粉末，细心的人可以看出来，那是油糖果子的残渣。在人民桥头的桥栏边，还有一块包装漂亮的花生糖。

紫金文库

源头活水（代后记）

2012年年末，无意中在一家书店买到一本《小说选刊》选编的《一本杂志和一个时代的故事——〈浮生记〉》。这是一本横跨十年的选本，从2001年到2010年。在这册汇聚许多名家的选本中，也收我一篇小说《拉车人车小民的日常生活》。这是我第一篇被《小说选刊》选载的作品，发表在2001年第五期的《延河》上。记得在2000年年末时，《延河》的编辑还打电话跟我核实，说他们从自然来稿中发现了这篇小说，问是我写的吗？然后，还对我进行一番口头表扬，大致意思是，经常在其他杂志上读到你的小说，没想到你会以自然来稿的方式给《延河》投稿。当时我是怎么说的也忘了，只记得不久后这篇小说被《小说选刊》选载时那抑制不住的激动。因为此时我的小说写作已经历时多年，也被《小说月报》等选刊选载过。但《小说选刊》只在后边的目录上出现过。后来这篇小说又被选进多种"年选"，也是和《小说选刊》的影响有关。

吴小丽一周的琐屑生活

这次选载的经历，让我对自己的写作路径有了新的认识，也有了更多的思索。从前过多地关注各种流派，各种思潮，各种主义，各种热闹，甚至对自己的创作也有过怀疑。但《拉车人车小民的日常生活》被《小说选刊》选载，一时让我淡定了许多，似乎有一种声音在说，去他的思潮、主义，去他的流派、热闹，你写你的，别左顾右盼心神不定了。这样坚定地写下来，便有了此后的《苹果熟了》《夏阳和多多的假日旅行》《菜农宁大路》《换一个地方》等多篇小说被《小说选刊》选载。《小说选刊》选编的各种年选和文集里，也经常会有我的中短篇小说。《拉车人车小民的日常生活》还被译介成其他文字在国外发表。

其实，真的追根溯源起来，我与《小说选刊》的缘分更早，《小说选刊》也可以说是我的文学启蒙。

20世纪80年代初，我才十几岁，还是一个穿喇叭裤、留小胡须的文艺少年，耽于幻想，怀揣文学梦，心气比天高，没日没夜地沉浸在古今中外的文学名著中，囫囵吞枣，贪多嚼不烂，对许多小说进行过模仿。记得有一本上海译文出版社出版的《当代美国短篇小说选》，每读一篇，都会在边口空白处写写画画，狂妄地要写几本不同风格的小说集来。结果当然可想而知了。除此而外，多如牛毛、扑面而来的各种文学杂志，也是极大的诱惑。我的那些所谓各种"风格"的作品，像燕子一样纷纷飞向那些杂志的编辑部，又像燕子一样飞了回来。

折腾一段时间后，真正影响我写作的，便是创刊不久的《小说选刊》了。

那时候的《小说选刊》，我们像神一样景仰着，在每期大约要出刊时，便到邮局报刊零售亭打听到了没有，生怕卖光了。杂志一到手，读到一篇喜欢的小说，便奔走相告，互相阐述阅读的心得。但是，好景不长，和我一起读书的小伙伴们，有的迷上了溜旱冰，有的提着双卡录音机到处听歌，有的忙着上夜校，只有我，还继续迷恋着阅读，继续买来大摞大摞的稿纸，一篇一篇地写小说。在当时我生活的小县城里，文学的氛围像当时的天空一样干净纯洁，人人高唱着"八十年代新一辈"的歌，走在"希望的田野上"。我的阅读和写作，也没有什么不合时宜的。有一次，夜深人静时，我在《小说选刊》上读到一篇小说，激动得夜不能寐。这是一篇描写北大荒知青生活的短篇小说，带有一种浪漫情怀的英雄主义风格。我也被那片神奇的土地感染了。这年冬天，我只身一人去北大荒，寻找小说中描写的景色，白桦林、神秘的"鬼沼"、一望无际的"满盖荒原"。我当然什么都没有找到，但这次远行的经历，从此让我找到了目标，这便是《小说选刊》和《小说选刊》上诸多优秀的作品。

　　我的阅读不再那么散漫和无边，写作不再那么毫无节制，投稿也不再那么天女散花。我开始有了选择和挑剔，学会了对文学的景仰，对我笔下人物的崇敬，学会了隐忍和克制，学会了谦卑。一篇小说的力量有多大？一本刊物的力量有多大？别人知道不知道我不敢说，但是我知道。因为我曾被深深地感染，曾带着杂志，带着这篇小说，北上数千里来追寻心中的梦想。同时我也丈量出了我和文学的距离，和《小说选刊》的距离，唯一的信念就是坚持和继续。自然的，水到渠成，便有了2001年第七期上的《拉车人车小民的日常生活》，以及以后多次在《小说选刊》上的亮相。

　　在2014年，发表在《山花》上的中篇小说《支前》，再次被《小说选刊》第五期选载。《小说选刊》在"责编稿签"中说："小说人物不一定是其所属时代主流精神的写照，人物既不排除时代和现实，也不应单单成为时代和现实的解说员。人是古老的人，也是某一个时代的人，一定还和未来的人有着共通之处，这是人和人之间可以在某种程度上相互理解的原因。《支前》有野史的气质，作者以且戏谑且温情并且尖锐还让人略感意外的笔墨，描述了淮海战役的一个侧面。淮海战役是一次公度性极强的战役，这篇小说选择是读者在史书中无法见到的小人物，无法窥见的一个偏僻角落。"评论家雷达先生专门打电话给我，说《支前》里的麻大姑这个形象刻画得好，立起来了。有不少未曾谋面的读者在博客里也为这篇小说叫好。说来有趣，正在我写这篇短文时，收到一个大号的挂号信，打开一看，是上下两册的《2014年中国年度中篇小说》，选编者正是"中国作协《小说选刊》"，书里也收入了这篇小说。与此同时，作家马晓丽也通知我，今年的中国《军事文学年选》也将收入这个中篇。可以说，《小说选刊》的"眼睛"是雪亮的，能在众多文学期刊中发现值得进一步传播的小说，也才让作者的小说有了更多的读者，得到更多的评判。

每个人的创作都有自己的根，都能从他们的作品里发现或窥见前辈大师们的影子。这是不言而喻的，也是值得骄傲和自豪的。事实上一个成功的作家，也必须要有自己的根，有自己独特的语言体系和作品风格，有让评论家们好"归纳"的"一二三四五"。很可惜我没有，十多年前，就有一家杂志社的评论家朋友告诫过我，说你的作品很危险，谁都靠不上，所以，新文学以来产生的各种热闹都没有你的份，也不带你玩。我只能原则上同意朋友的话。当初的野心勃勃不就是要特立独行地写出属于自己的一套东西吗？但人的才情、气质、禀赋和环境毕竟各各不同，或者说我的"体系"还没有被认同和发现。但《小说选刊》不讲究作者的"宗谱",不看作者的"脸面",以自己的标准选择小说,而且多年来一直坚持,实在让人敬佩。

对于我来说,如果一定要打个比方,《小说选刊》就是我的源头活水——我是在《小说选刊》的引领下学习写作的,也是《小说选刊》让我的小说有了更多的读者。多年来,我不去刻意模仿,不去跟风,不去迎合,可以说是《小说选刊》潜移默化地影响了我。我手里有一本《小说选刊》就够了,因为从"选刊"里总能读到我喜欢的作品,读到我喜欢的人物和故事,当然也会读到我不喜的作品(不一定不是好作品),我对这些作品和对我读到的其他中外文学大师们的作品一样,在充满敬意之余,用自己的文学观去贴心地理解和感受,去吸取我自己需要的养分。所以《小说选刊》是我的福地。

《小说选刊》还会继续这样滋润着我,也会继续荡涤着我。我的意思是说,我还要走我自己的路,尽管这条路可能还在摸索中,可能暗藏着更多的凶险。但是,有《小说选刊》的呵护,有《小说选刊》提供的源源不断的营养,我会更虔诚、更谦卑地写作,献上一个文学信徒对文学些微的贡献。